디엠지
나이트

DMZ NITE

백금남 장편소설

디엠지 나이트

그 밤을 잊을 수가 없어. 단 한 발에 목숨을 걸던 그 밤을!

Their pendulums
begin to stir in silence.

그들의 추가 움직이기 시작한다.

일러두기

* 대한민국 군인들의 위상을 실추시키기 위한 작업이 아님을 분명히 밝혀둔다.
* 소설이다.

차례

1장 비늘의 틈

한 발과 두 발 / 8

2장 천인누금강

MP벙커 / 70
휴대폰 하나 보내라우 / 81
생사의 확률 / 93
무슨 소리? / 102
무모한 도전 / 118
미츠키 / 130
천인누금강 / 135

3장 내 마음의 모습

6월 그때쯤 / 156
트릭의 전조 / 168
공명의 모순 / 180
내 마음의 모습 / 208
그날을 위하여 / 222
내 앞의 장군님 / 242

4장 탄환의 진자

증거의 시간 / 256
소초병의 눈물 / 285
연분홍 치마가 봄바람에 / 292

작가의 말

비늘 사이에서
우리들의 의식은 이미 시작되었어.
운명의 추가 흔들리고 있잖아.

한 발과 두 발

1

  소초 안이 숨 막힐 듯 덥다. 장병 둘이 서성일 수 있을 정도의 공간이지만 허리춤 위로 천정까지 사방이 터져 있다. 소초병 두 사람이 앉기에도 버거운 공간 속으로 바람 한 점이 없다.
  한 소나기 했으면 싶지만, 비가 그친 뒤의 적막감이 싫어 김성은 상병은 진저리를 부르르 쳤다.
  좀 전에 잠시 졸며 꾼 꿈의 잔상이 뇌리를 스쳤다.
  푸르른 밤이었다.
  달이 높이 솟아올랐고 거대한 비늘과 비늘 사이에 두 병사가 탁자를 사이하고 마주 보고 앉아 있었다. 내국인 같기도 했고 아닌 것 같기도 했다. 포성 소리가 가까이에서 들려와 그들 주위를 맴돌다가 멀어져 갔다.
  한 병사가 탁자 위에 놓인 권총을 집어 들었다. 사회에 있을 때 시계공이었다는 생각이 들었다.
  맞은편 병사가 그를 시퍼렇게 노려보았다.

총을 집어 든 병사가 실린더를 돌렸다.

뭐지?

번쩍 눈을 떠보니 꿈이었다. 재빨리 자세를 바로잡고 K-2 방아쇠에 손가락을 걸었다. 그 바람에 울던 풀벌레들이 소리를 멈췄다.

김성은 상병은 사방을 살폈다. 풀벌레의 본능적 경계는 인간의 시력보다 정확하다. 인간이 듣지 못하는 소리를 풀벌레들은 본능적으로 감지해 낸다. 그러므로 풀벌레 소리를 유심히 들어야 한다. 언제 어느 때 북측 애들이 접근할지 모르기 때문이다.

K-2를 잡은 손에 다시 힘을 주는데, 갑자기 왜 그런 꿈을 꾸었는지 모르겠다는 생각이 들었다. 꿈속에서 총소리를 들은 것 같았는데, 그 소리가 총소리였는지 확신할 수는 없었다. 잠시 후면 치러야 할 일 때문에 그런 꿈을 꾼 것 같지만, 엄청나게 큰 비늘이 잊힐 것 같지 않았다. 비늘과 비늘 사이 거기 달이 떠 있었고, 달빛이 푸르게 빛나는 건 그 비늘 때문인 것 같았다.

밤 11시.

30분 후면 전반야가 끝난다. 교대병이 밀고 올라올 것이고 오늘의 경계근무도 끝이다.

-새벽 2시다.

낮에 GP장의 언질이 있었다.

-1시 50분까지 내려올 거다.

손님이 내려올 것이니 준비하라는 말이었다. 그의 음성이 약간 들떠 있는 것 같았다. 이상하게 그 점이 신경을 긁었다.

어제 본 신문이 자꾸 뇌리에 떠올랐다. 때를 만난 듯이 신문마다 떠들어 대는 기사의 헤드라인들.

한 선임병이 후임병의 입속에 권총을 넣고 '러시안룰렛'을 하는 등 가혹행위를 했다는 신문 기사들이었다. 위병 근무 도중 선임병 B 씨가 자신에게 권총 총구를 들이댄 채 '러시안룰렛'을 했다며 군대 내 부조리를 폭로했다고 하였다. 가끔 있는 일이지만 하필이면 이때 그런 기사가 터졌는지 모를 일이었다. 사건 후 피해 충격으로 후임병은 외상후스트레스장애(PTSD)를 진단받아 향정신성 마약을 먹어야만 잠을 잘 수 있다고 했다. 그로 인해 국방부는 신속하게 진상 파악에 나섰고, 선임병은 '직무수행 군인 등 특수폭행' 혐의로 기소하면서 해당 사건은 공론화됐다고 하였다.

단속이 강화되자 CP장 이 중위도 그로 인해 마음을 다잡고 있는 것이 분명했다.

더욱이, 군인들의 대대적인 도박 사건이 다시 터졌다. 스마트폰을 이용한 불법 도박은 예전부터 있어온 것이었다.

'바카라'와 '텍사스 홀덤', '룰렛 게임'을 수년 동안 해온 군인들이 검거되자, 단속이 강화됐다. 그것도 한두 푼이 아니라 무려 수백, 수천, 수억이 오간 도박을 군인들이 복무 중 생활관에서 저지른 것이다.

김성은 상병은 머리를 홰홰 내저었다.

지금 무슨 생각을 하고 있는 것이야! 그만한 일에 흔들리다니.

—각오하라우. 한 발이면 끝날 거임.

빙글빙글 웃으며 말하던 북측 인민무력부 정찰국 김상철 대위의 얼굴이 눈앞을 가렸다.

땀이 줄줄 흘러내렸다. 북쪽 산야가 화선지에 점점이 뿌려진 먹물 같다. 달빛 속 흐릿한 경계선. 어디쯤일까? 저 멀리 철조망이 희미한 불빛에 아른거린다. 그 불빛만큼이나 희미하던 바람은 어디로 가버린 것일까?

소초 밖으로 보이는 나뭇잎들이 사진 속의 그림 같다. 꼼짝도 하지 않는다. 이럴 때 조심해야 한다. 다른 생각을 하느라 조금이라도 방심해 모깃소리를 놓쳤다가는 갑옷이라도 뚫고 들어오는 밤모기의 공습에 허를 찔리고 만다. 그럼 뒤이어 기다렸다는 듯이 섬뜩한 고라니의 비명이라도 들려올지 모른다.

김성은 상병은 K-2를 들어 올리고 북측 초소를 노려보았다.

모르지. 방심하는 사이 놈들이 바로 코앞까지 기어 왔을지도….

제기랄.

이제 단련이 될 때도 됐는데 이 시간만 되면 그걸 참아내기가 쉽지 않다. 더욱이 소변은 왜 그렇게 자주 마려운지. 열화상 감시 때문에 소변도 아무 곳에나 볼 수 없다. 땅을 파 그곳에 누고 묻거나 정해진 장소로 가야 한다. 그것도 싫으면 소변 봉투(요실금 패드나 특수 용기)를 사용하거나, 교대 시간까지 참아야 한다.

문득 미츠키(みつき, 美月)의 모습이 뇌리를 스쳤다. 꿈에 그녀를 보았던가. CP장 이영운 중위와 누워 있던 그녀가 바람 부는 들판으로 나아갔다. 멀리서 이 중위가 그녀를 지켜보다가 일어나 가버렸다. 그녀가 이 중위를 향해 돌아보지도 않고 손을 흔들었다. 그리고는, 바람이 속삭이는 들판 한가운데 누웠다. 그녀의 옷자락이 바람결에 가볍게 흔들렸다. 무엇을 생각하고 있는 것일까? 그녀의 얼굴에 잔잔한 미소가 번졌다. 무한한 하늘과 끝없는 평원, 바람의 손길이 그녀의 피부를 쓰다듬었다.

그녀의 흰 허벅지를 보자, 비릿한 살내음이 혀끝에 맴돌았다. 천천히 그녀 곁으로 가 누웠다. 그녀의 기름지고 흰 허벅지에 입술을 가져다 대고 싶었지만, 치솟는 불길을 누르듯 참았다. 바람은 두 사람을 감싸며 흘렀다. 한동안 그녀와 하나가 된 듯한 평온함이 전신을 사로잡았다. 그녀가 천천히 두 손을 얼굴 쪽으로 뻗쳤다. 그녀의 눈 속에 키스하고 싶다는 갈망이 스쳤다. 그녀가 목을 끌어안고 입술로 입술을 찾았다. 단내 나는 입술에다 자기 입술을 놓았다. '사랑해요.' 그녀의 음성이 꿈결 같았다. 시간이 멈춘 듯한 한순간이 흘렀고 행복이란 이런 것일지 모른다는 생각이 들었다.

2

MP벙커.
새벽 2시 정각.
11시 30분에 정확하게 교대가 이루어졌다. 김성은 상병이 씻고 식당에서 식사한 다음 완전무장 하고 MP벙커에 도착한 시간은 1시 정각. 50분 동안 손님 맞을 준비를 완벽하게 마무리했다. 김성은 상병은 평소 예습했던 대로 준비해 나갔다.
1시 51분.
열화상 감청실로부터 북측 땅개들이 넘어오고 있다는 연락이 왔다. 요즘 나왔다는 적외선 열화상 카메라는 성능이 확실한 모양이었다.
잠시 후 북측 땅개들이 도착했다. 분명히 하늘개(공군), 물개(해군)는 아니었다. 붉은 별(장교)이 둘, 말뚝이(부사관), 짠밥(구병), 짬지(신병) 등이 여럿 섞여 있었다.
공식적인 절차에 들어갔고, 끝나기가 무섭게 곧바로 자리 이동이 있었다. 낮은 천정의 불빛 때문인지, 그들의 그림자가 섬찟했다. 어딘가 은밀하고 찬기가 도는 행동거지 때문일 것이다.

 두 짐승이 원탁을 사이하고 마주 앉은 것은 2시 10분. 잠시 후면 두 짐승 중 하나가 권총을 떨어뜨리고 넘어질 것이다.

 김성은 상병은 K-2 방아쇠에 손가락을 걸고 어금니를 지그시 물었다.

 김상철 대위 곁의 북측 상위 두 사람은 분명 귀때기(감청실)들일 것이다. 처음 보는 인물들이지만 감청실 귀때기들이 눈치를 챘다는 말을 김상철 대위로부터 들은 적이 있었다.

 불쑥 기억나지 않던 꿈의 잔상이 기다렸다는 듯이 떠올랐다. 실린더를 돌리던 병사가 한순간 총구를 옆머리에 가져다 댔다. 방아쇠를 당기려는 손가락이 떨렸다. '안 돼!' 소리치며 눈을 떴을 것이었다.

 왜 하필 이때 그 꿈자리가 떠오르는 것일까?

 고개를 갸웃하며 시선을 들자, 정찰병 둘이 입구 쪽으로 몰려갔다.

 김성은 상병이 시선을 들어보니, 키가 작달막하고 다부진 체격의 사내가 들어섰다. 구창모 소령이었다. 수색대 중대장. 김준엽 중령과 동기였으나, 진급이 늦어 아직도 소령 계급장을 달고 있었다. 이번 판에 꽤 큰 돈을 걸었다는 말을 들었다. 이미 오늘이 있을 것을 알고 사흘 전에 유엔사에 통문 통과 신청을 했을 것이다.

 ―이제 오십니까?

 정찰병들이 들어서는 구창모 소령에게 깍듯이 인사를 챙겼다.

 그의 등장으로 입구가 봉쇄됐다. 좀 전까지 비치던 중앙 섹터의 불빛이 사라졌다. 소란스러운 스피커 소리도 숨을 죽였다. 아니 숨을 죽인 것이 아니라 이곳의 방음 장치가 작동되었다는 말이다.

 김성은 상병은 희미한 불빛 밑에서 김준엽 중령과 마주 앉은 북측 유휴철 상위를 바라보았다.

　김성은 상병이 유휴철 상위를 기다리다가 그가 있을 북쪽 벙커를 망원경으로 살폈을 때, 유휴철 상위는 시위나 하듯 초소의 불빛 아래 앉아 술을 마시고 있었다. 어두운 조명 밑에서 마지막인 듯 그는 술을 마셨다. 그의 뒤로 솟아오른 북쪽 초소의 모습이 흡사 잘못 지어진 2층 판잣집 같았다. 분명히 콘크리트 건물인데 합판을 덕지덕지 붙여 페인트를 칠해 놓았다. 그 주위로 전선들이 어지럽게 늘어졌고, 인공기가 희미한 불빛을 받아 펄럭이고 있었다. 뒤로 펼쳐진 황량한 들판은 어둠 속이라 보이지 않았다. 다시 그 뒤로 동산처럼 솟아오른 산등성이 역시 보이지 않았다. 먹을 것이 없어 나무나 풀을 찾아볼 수가 없다는 걸 그는 알고 있었다.

　유휴철 상위는 술병을 비우고 미련 없이 일어나 부하들을 데리고 어둠 속으로 사라졌다. 그가 나타났을 때 그의 몸에서 술 냄새보다는 숲 냄새가 났다. 어디에 지뢰가 묻혔는지 그는 사냥개처럼 기막히게 알고 있었다. 부하들은 그가 발 디디는 곳만 디뎌 이곳에 도착했으리라. 지금의 철책이 예전의 철조망이 아니었다. 스치기만 해도 모든 정보가 중앙시스템으로 들어간다.

　그러나 그는 알고 있었다. 전자장비가 발달하면 할수록 어떻게 대처해야 하는지. 어떤 전자장비로 강화해도 어디를 건드리면 먹통이 된다는 것을 그는 알고 있었다. 그는 북에서 평생을 그것만 해왔고 실행에 옮기는 사람이었다.

　-남쪽 간나들 웃기지 말라 그래. 딴에는 전력을 강화한다고 하지만 어림없어야. 사람 죽이는 거이 쉽겠네. 전력 시설 먹통 만드는 거이 쉽겠네. 급소만 알믄 거 아무것도 아닌 기야.

지난번에 부대를 이탈한 북한군 병사가 북측 철책을 넘어 비무장지대 안의 남측 GP를 지나 무려 세 개의 철책을 차례로 넘어 GOP까지 와 내무반 문을 두드린 사건의 주모자도 바로 그의 부하였다.

완전무장 한 북측 군인들과 남측 대원들이 원탁을 마주하고 앉은 두 짐승을 에워쌌다.

김준엽 중령과 마주 앉은 유휴철 상위의 몸이 엄청 비대하다는 생각이 김성은 상병은 들었다.

북측에도 저렇게 비대한 군인이 있나?

그의 둥근 얼굴에 엷은 미소가 번졌다.

죽음을 앞에 두고 저렇게 태연할 수 있다니.

그와는 달리 김준엽 중령의 눈가에는 핏발이 서 있었다.

주위를 에워싼 대원들의 아우성이 멀어졌다가 천둥소리처럼 가까워졌다.

불길한 예감이 전류처럼 전신을 휘감았다. 이곳 판관이 있었으나 공정치 못할 것으로 생각했는지 일본인 판관을 내세운 것은 그들이었다.

기다렸다는 듯이 일인 판관이 총이 든 상자를 들고나왔다.

김성은 상병은 순간 자신의 눈을 의심했다. 남자인 줄 알았는데 여자였다.

여자? 여판관?

놀란 것은 김성은 상병뿐만이 아니었다. 실내가 갑자기 소란스러워졌다.

휴전선 벙커에 갑자기 일본 여자?

하나 같이 이해를 못 하겠다는 표정이었다.

-뭐여? 어매 시불란바 죽이네잉.

어디선가 중얼거리는 소리가 들려왔다. 앞뒤 못 가리는 지뢰병 이철 병장일 것이다.

분명 이제 삼십 대의 여자였다. 키가 훌쩍한데 얼굴이 갸름한 하얀 피부의 여자였다. 그녀의 손에 총이 든 상자가 들려 있지 않았다면 술집의 여급이라고 생각했을 것이다.

그녀가 두 사내를 향해 가까이 다가갔다. 가관인 것은 그녀의 차림새였다. 평상복을 입고 있지 않았다. 머리를 단정하게 말아 올렸다. 이상한 것은 그녀가 혼례복을 입고 있다는 사실이었다.

혼례복? 죽고 살고 하는 마당에 혼례복을 입은 여판관?

어이가 없었다. 며칠 전 북측 벙커로 넘어갔을 때 김상철 대위가 이상한 말을 하기는 했었다.

-전에 양키 간나들하고 한판 붙었지비. 느끼는 게 많았어야. 우리도 하나 꿰차야 하겠더라고. 일본 바닷가에서 계집을 하나 납치했지비. 그곳 야쿠자 두목의 둘째 부인이라고 하지 않갔어.

달러 난이 심각해지자 미군들과 거래가 있었던 모양이었다. 어떻게 그들과 미군들과의 거래가 있었는지 모르겠지만 그때 걸린 판돈이 20만 달러였다고 했다.

김상철 대위는 미군들을 꺾었다는 것이 무엇보다 자랑스럽다고 했다. 그리고 미군들이 부적처럼 데리고 다니는 일본 여판관이 마음에 들더라고 했다.

그래서 일본 여자를 하나 골라 납치했다고 하였다.

김상철 대위가 바닷가에서 납치해 온 여자를 벗겨보았더니 전신에 문신이 수놓아져 있었다. 그렇게 아름다울 수가 없었다.

상부에 보고를 안 할 수가 없어 보고했더니 윗전에서 가지고 놀다가 내쳐버렸다. 그럴 줄 알고 있던 김상철 대위는 그녀가 있다는 은냇골로 찾아갔다. 외국인들은 주로 예전의 아오지 은넷골에 버려지기 때문이었다. 그곳 지도장에게 거금을 건네고 그녀를 데리고 왔다. 부대 옆에 방을 얻어주었다. 생각했던 대로 그녀는 예사내기가 아니었다. 그때까지도 독기가 새파랗게 살아 있었다. 거기에다 색골이었다. 밤마다 남자를 가지고 놀았다.

그렇다고 해도 이곳이 어디라고 여자를 데리고 나타나? 이런 식으로 기를 죽이겠다는 거야 뭐야?

하기야 미군들과 판을 벌일 때마다 부적처럼 데리고 나타났다면 그럴 만도 했다.

김상철 대위의 말에 의하면 여판관은 밑에 음모가 없어야 한다고 했다. 이유가 있다는 것이다. 그 이유를 그때 들었다. 설마 싶었지만 부정할 수 없는 사실이었다.

그의 말은 이랬다.

음모는 숲이다. 숲은 비밀이다. 숲으로 숨어들면 보이지 않는다.

일본은 본래 음모를 미의 기준으로 삼는 문화와는 거리가 멀었다. 취향의 차이는 있겠지만, 티 없이 매끄러운 피부를 이상으로 여기는 경향이 강해, 남성들이 여성의 팔이나 다리에 털이 보이면 몹시 불쾌하게 여길 정도여서 제모 기술이 발달했다는 말이 있을 정도였다.

그럼에도, 룰렛 판에서는 성기에 음모가 없는 여자는 사람 취급도 하지 않는다.

그런데 하필이면 왜 여자인가?

죽음을 관장하는 데 여자일 이유가 없다. 그러나 여인은 생명을 생산하는 기관을 가지고 있다. 새 생명의 주인. 여인이 없다면 이 세상에 새 생명이 탄생할 리 없다. 그러므로 죽음의 판에는 여자가 있어야 한다. 남자가 룰렛에서 져 죽음을 맞는다면 그 혼이 여인의 자궁으로 들어가 새롭게 태어나야 하기 때문이다. 그런 염원으로 여판관 제도가 생겨났다는 것이다.

어느 해, 남편의 원수를 갚기 위해 성기의 질 속에 탄환을 넣고 여판관으로 나선 여자가 있었다. 음모로 가린 탄환이 보일 리 없었다. 남편을 죽인 사내가 이기자 그녀는 음모를 헤치고 질 속에서 탄환을 꺼내 남편을 죽인 자를 쏘아죽였다. 그 후로 절대로 음모가 있는 여자는 여판관이 될 수 없었다.

문명의 강박은 흔적을 지우려는 데서 비롯되기 마련이다. 모(毛)는 원시의 흔적이라 여겨졌고, 다모를 꺼리는 문화가 그렇게 형성되었다면, 방점을 찍을 만한 일들이 생겨나기 마련이다. 그 사건 또한, 방점 중 하나였을지 몰랐다.

일본 사람이나 미군들은 생명의 순환 뭐 그런 거창한 꿈이라도 꾸고 있을 테지만 북측 애들은 여자를 여판관으로 내세우면 재수가 좋을 것이라는 생각을 하는 것이 분명했다.

김성은 상병은 그때 웃음이 나왔었다.

그들에게는 위대한 지도자 장군님이 신이 아닌가. 여판관이 재수가 좋을 것이라는 부적을 믿고 있다니. 웃기는 일이었다.

김상철 대위는 무작스럽게 생긴 것답지 않게 그 방면으로 제법 아는 것이 많았다. 그는 여판관들이 입는 옷에도 이유가 있다고 했다.

-일본 전통 혼례복은 흰색인데 왜 여판관은 붉은 혼례복을 입는지 아나?

-웃기는군. 죽고 살고 하는 판에….

그때 김성은 상병은 자신도 모르게 이죽거렸는데 의외로 김상철 대위는 심각하게 말했다.

-피지. 저 붉은 혼례복이 상징하는 피. 저 짐승 중 누군가 흘려야 하는 피.

피는 생명이 아니냐고 했다. 생명은 전쟁이라고 했다. 전쟁은 삶과 죽음. 그 자체가 생명력이라는 것이다. 생명력은 새로운 생명이 된다. 여판관이 여자이며 붉은 혼례복을 걸쳤다면 새롭게 태어날 아기를 뜻한다고 했다. 붉은색은 바로 혈액을 상징하는 색이기 때문이다. 삶만이 생명력이 아니라는 것이다. 죽음도 새로운 생명의 씨앗이라는 것이다. 만물의 근원.

그때 김상철 대위의 말을 들으면서 김성은 상병은 생각했다.

생사의 갈림길에서조차 의미를 두는 촌놈들의 관념유희. 정말 기가 막히는구나.

그래서인가? 하나같이 사람들은 붉은색의 혼례복을 입고 등장하는 여자를 보며 말을 잊은 표정이었다. 그래서 주위는 뭔가 엄숙한 분위기가 감돌았다. 더러 고개를 끄덕이는 사람도 있었다.

그녀는 천천히 심판대로 다가가 총이 든 상자를 탁자 위에 올려놓았다.

-조만간에 보게 될 것임메.

북측 김상철 대위에게 그런 말을 들을 때까지도 이곳에서 판이 실지로 벌어지라고는 생각지 못했다. 서로 오가면서 인삼주나 도라지 위스키도 나눠 먹는 정도였는데 막상 판이 성사가 되니까 북측 김상철 대위가 남쪽을 고집했다.

-남쪽 벙커에서 하자우.

-왜 그러십니까?

-그걸 내 입을 꼭 말해야 되갔어?

하기야 그 대답 들으나 마나 한 소리였다. 사실 북쪽 초소, 그렇게 환경이 좋은 것이 아니었다. 장소도 협소하지만, 소음장치가 완벽하지 않았다. 그럼 잘 만들어진 소음 권총을 사용해야 한다.

총의 소음은 크게 3가지로 나눌 수 있다. 가스가 만드는 소리, 탄자의 비행음, 총의 작동음이 그것이다. 가장 큰 소리를 내는 것이 가스에 의한 것이다. 방아쇠를 당기면 고온 고압에 연소가스는 탄자를 밀어내며 총구로 이동한다. 탄자가 총구를 떠나면서 가스가 공기 중으로 분출되는 것이다. 그래서 미 해군 네이비 씰의 소음 권총 MK22를 김 소령은 가장 아낀다. 이북에서는 구할 수도 없는 총이다. 이 권총은 특수부대의 잠입용이라 앞에 원통형의 소음기가 달려 있다. KAC에서 제작한 슈어파이어다. 이 소음기는 소리를 줄이는 데 목적이 있지만 불꽃의 노출량을 줄이고 발사된 위치를 적이 알아채지 못하는 이점이 있다. 22 LR 탄을 사용하면 피융 소리보다는 '탁! 탁!' 하는 소리가 난다. 노리쇠의 운동 음이다.

소음기가 달리지 않았다면 총구에서 분출되는 가스는 계속 고온 고압을 유지한다. 3,000psi가량의 압력이다. 주변의 공기가 급격하게 팽창하며 찢어진다. 공기의 비명, 이것이 총성인 것이다.

그러나 좋은 소음기는 고압의 가스를 천천히 배출시킨다. 총강 내의 면적보다 몇 배 넓은 공간이 총구 앞에 달려 있기 때문이다. 총강 내의 탄자와 가스가 소음기 속을 이동하면서 소음기 속에서 작게 팽창하여 압력을 잃어버리게 되는 것이다.

김준엽 중령은 이 소음기만을 떼 총포상에 맡겼다. 육 연발 여섯 발 실린더로 고안된 특수부대의 잠입용 권총에 KAC에서 제작한 원통형의 소음기 슈어파이어를 갖다 붙인 것이다.

실린더(Cylinder)는 총기의 심장이라 그는 각별히 신경을 썼다. 특히 리볼버는 여러 개의 탄환실(Chambers)을 가지고 있는 총이다. 회전하는 원형 구조로 이루어져 있어 탄환이 들어가 방아쇠를 당기면, 실린더가 회전하여 다음 탄환실을 발사 위치에 맞춘다.

미군들과의 첫판은 북쪽 초소에서 있었다고 했다. 설령 총소리가 났다고 하더라도 상관없다는 것이다. 상관들이 몰려오기 전에 시체를 지뢰밭으로 던져버리면 그만이었다. 그들은 그것은 이쪽도 마찬가지가 아니냐고 했다. 만약 어디서든 지뢰가 터지면 귀순이나 전향자로 처리하면 되고 지뢰가 터지지 않았다고 하더라도 총소리 몇 방 내면 그만이라는 것이다.

-우리는 그런 짓 안 합니다.

김성은 상병이 그렇게 말했을 때 김상철 대위가 빙그레 웃었다.

-아직 정신을 덜 차렸구나야? 굶어봐야 정신을 차리지비. 거 재미가 있다우. 국가발전에 도움이 되고. 하하하.

국가발전에 도움이 된다는 말이 이상하게 들렸다. 달리 난이 심각하다더니 그런 생각까지 들었다.

-거 생명을 담보로 하는 일이라 쉽진 않지만 입 뽕만 잘한다면 문제 될 것이 없어야. 첫째로 대원들의 교육이지비. 잘 세뇌되어 있어야 일이 수월하게 굴러가니깐드르. 배분이 잘 이루어진다면 아무 문제 없다우. 공정하게만 이루어지면 설령 불만이 있다고 하더라도 입을 벌리지 못한다우. 그래도 배신할 기미가 보이면 사정없이 지뢰밭으로 던져버리믄 될 거 아니갔어. 그래도 배신하겠다면 몽땅 쓸어버리믄 되지.

-쓸어버리다니요?

-아, 피붙이들 말이야.

어이가 없어 말이 나오지 않았는데 이제 그의 말대로 무도 차원에서 하던 판은 룰렛 판으로 번지고 있었다.

이번 판을 치르기 위해 그동안 포섭한 대상만도 벌써 열 명이 넘었다. 하나같이 필요해 의해 포섭된 인물들이다.

철책사단 비호 연대 3대대(경계 전담 지갑 대대) 대대장 김준엽 중령, GP장 이영운 중위, 수색대대 중대장 구창모 소령, 정보장 이철로 소위, 정보시스템 분과장 구미오 준위, 중앙시스템 책임관 염도노 소위, 정보장 김여운 소위, 김성은 상병, 이차운 상병, 중앙시스템 관리병 염무웅 상병. 지뢰병 이익수 일병, 사수 이철 병장, 시스템 기술병 톰 병장, 이재우 정찰병.

이영운 중위의 말에 의하면 초창기 김준엽 중령에게 포섭된 사람들은 김 중령이 손을 내밀었을 때 하나같이 무슨 소릴 하느냐고 했다고 한다. 그런데 어느 날 문득 김 중령이 신기에 가까운 능력을 보였다는 것이다.

그 신기함이 영적인 능력 뭐 그렇게 비화한 것인지도 모르지만 아무튼 입이 벌어질 정도였다.

-무슨 일이 있었기에요?

너무 궁금해서 김성은 상병이 그렇게 물었더니 이영운 중위는 잠시 망설이다가 말을 이었다.

김준엽 중령의 회유가 있고 난 뒤 구창모 소령과 이철로 소위 그리고 이영운 중위가 김준엽 중령의 청에 의해서 모임을 가졌다.

초저녁이었다. 장소는 GP벙커 안. 세 사람이 먼저 도착했고 김준엽 중령이 10분 정도 늦게 나왔다. 김준엽 중령은 벙커에 들어서자마자 대뜸

권총부터 뽑았다.

　그들이 나중에 생각해 보니 판이 있을 때마다 쓰던 그 육 연발 권총이었다.

　권총부터 뽑는 그를 보며 하나같이 입을 다물지 못했다.

　김준엽 중령이 그들을 마주 살펴보다가 실린더를 열어 약실에 장전된 탄환을 바닥에 쏟았다. 탄환이 소리를 내며 바닥으로 떨어졌다. 김준엽 중령은 바닥으로 떨어진 탄환 하나를 주위 약실에다 도로 박았다. 그리고 실린더를 닫고 휘리릭 휘리릭 몇 번 돌렸다가 손으로 잡았다.

　그가 총구를 머리에 갖다 댄 것은 순식간이었다.

　-김 중령님!

　이영운 중위가 놀라 부르자 어느 사이에 그의 검지가 방아쇠를 당기고 있었다.

　그 모습을 보다가 이철로 소위가 그 자리에 주저앉았다.

　-김 중령, 왜 이래?

　동기인 구창모 소령이 소리쳤다.

　다시 김준엽 소령에 의해 실린더가 휘리릭 돌았다. 어느 한 순간 김준엽 중령의 손이 그 실린더를 잡았다. 그리고 그대로 구창모 소령을 향해 총구가 겨누어졌다.

　-왜, 왜 이래?

　구창모 소령이 소리쳤다.

　-나를 못 믿겠나?

　김준엽 중령이 물었다.

　-왜 이래 정말?

―그럼 죽어야지.

말이 끝나기가 무섭게 방아쇠가 당겨졌다. 구창모 소령이 군복 바지에 오줌을 지리면서 제풀에 넘어졌다.

그사이에 일어난 이철로 소위가 김준엽 중령을 덮쳤다. 김준엽 중령이 넘어졌으나 그는 엎어진 자세로 이번엔 이철로를 향해 총을 겨누었다.

―왜 이러십니까?

이철로 소위가 소리쳤으나 이내 방아쇠가 당겨졌다.

세 번이나 방아쇠를 당겼으나 탄환이 터지지 않았다.

이철로 소위의 바짓가랑이에서 오줌이 새어 나왔다.

그래도 김준엽 중령은 다시 여섯 번이나 자기 머리에 대고 방아쇠를 당겼다. 방아쇠를 당기기 전에 그는 실린더를 돌렸는데 이해하지 못할 것은 발사가 되지 않는다는 사실이었다.

그걸 보고 있는 세 사람은 제정신이 아니었다. 울다가 웃다가 흡사 미쳐버린 사람들처럼 제발 그만두라고 소리쳤다.

―알겠습니다. 알겠어요. 인정할게요.

―뭘 인정한다는 것이야?

―영적인 능력이 있다면서요? 그러니 이제 제발 그만두세요. 제발요.

나중에 세 사람은 무릎을 꿇고 울면서 빌었다.

―인정합니다. 인정해요.

―이제 나를 믿는다는 말인가?

―그럼요. 그럼요. 그런데 왜 탄환이 터지지 않는 것인지…?

그래도 의혹이 가시지 않아 이철로 소위가 중얼거리자, 아직도 믿지 못하겠느냐며 김준엽 중령이 다시 실린더를 돌렸다.

구창모 소령이 손을 싹싹 비비며 빌다가 김준엽 중령의 팔에 매달렸다.
-알겠다. 알겠어. 그러니 이제 그만하자.
김준엽 중령이 총구를 옆머리에 가져다 대자 이철로 소위가 김준엽의 바짓가랑이를 잡고 늘어졌다.
-알겠습니다. 알겠다니까요. 영적인 능력! 인정합니다. 인정해요.
참으로 어이없는 일이었다. 소위 최전방 장교들이 모여 그런 추태를 부리고 있었으니. 도대체 영적인 능력은 뭐고, 그를 인정한다는 것은 무엇인가?
아무튼 그렇게 세 사람은 김준엽 중령에게 포섭되었다. 그런데 그때의 장교들은 지금도 이상하게 생각하고 있다고 이영운 중위는 김성은 상병에게 말했다. 영적인 능력이 없고서야 무슨 배짱으로 제 머리에 총구를 대고 쏠 수 있느냐는 것이다. 한 번도 아니고.
그런데도 김준엽 중령이 포섭하지 못한 사람이 있었다. 바로 정보시스템 정보팀장 정이모 소위였다.
그는 대한민국의 진정한 군인이었다. 저들과 판을 벌이려면 그를 포섭하지 않을 수 없는 상황이라 김준엽 중령이 손을 뻗쳤는데, 도통 말이 통하지 않았다.
어느 날 김준엽 중령은 자신의 영적인 능력을 보이기 위해 그를 불러내었다.
그는 아예 약속 장소에 나오지도 않았다. 안 되겠다는 생각에 이영운 중위가 그를 속여 MP벙커로 불러들였다.
그런데 김준엽 중령의 영적인 능력을 보고는 정이모 소위는 소리쳤다.
-어떤 트릭을 쓰는지 모르겠지만 영적 능력? 웃기지 마십시오.

김준엽 중령은 그의 이마에 총구를 대고 방아쇠를 당겼다. 그는 군복 바지에 오줌을 지리면서도 입가에 조소를 물었다.

-대한민국 군인이 다리 한쪽을 잃고 기껏 생각한다는 것이 총 놀이? 웃기지 마십시오. 거기에다 판돈까지? 이유야 어떻든 부끄럽지 않습니까?

그의 머리에 대고 김준엽 중령은 방아쇠를 여섯 번이나 당겼는데 그래도 그는 포섭되지 않았다. 나중에는 눈물을 줄줄 흘리며 미쳐 웃었다.

-쏘십시오. 쏘세요. 이상하긴 이상하군요. 탄환이 터지지 않으니. 하하하. 러시안룰렛도 아니고 그러네요. DMZ룰렛이라고 해야 하겠네요. 하하하.

김준엽 중령의 이마에 땀이 솟았다.

-네놈이 정말 죽고 싶은 모양이구나?

이미 이성을 잃어버린 정이모 소위가 눈을 뒤집었다.

-그래. 이 절뚝발이 새끼야. 부끄럽지도 않냐? 북쪽 놈에게 다리 한쪽을 잃고 용쓰는 모습이 역겹다. 대한민국 장교라면 부끄러운 줄 알아라. 그래 죽여라. 이 절뚝발이 새끼야.

김준엽이 절망적으로 그의 옆머리에 총구를 박았다.

-정말 죽고 싶은 게로구나?

-쏘아라. 너는 나를 죽이고, 나는 너로 인하여 대한국군 영웅이 될 것이다. 쏘아라. 이 절뚝발이 병신새끼야.

그날 결국 김준엽 중령은 고개를 숙이고 총을 거두고 말았다. 그렇다고 포섭을 그만둘 수도 없는 일이었다. 이제 DMZ(Demilitarized Zone)는 옛날처럼 주먹구구식의 경계가 아니었다. 나뭇잎만 스쳐도 그 정보는 중앙시스템으로 연결된다. 그러므로 그를 포섭하지 않고는 판을 벌일 수가 없다.

그러나 정이모 소위는 어떠한 감언이설과 협박에도 굴하지 않았다. 그는 마침 두 번째 아들을 낳은 뒤라 돈이 필요한 상황이었지만, 집부터 마련해 주겠다는 김준엽 중령의 제의를 일시에 거절했다.

　-이 절뚝발이 새끼야. 대한민국의 군인으로서 먼저 부끄러움을 알아라. 피 같은 세금 축내면서 나라를 지키라고 맡겨 놓았더니 호박씨를 까? 이러면 안 되는 거 아니야? 나이를 어디로 먹은 것이야?

　-안 된다는 것을 누가 모르겠나?

　-그리는 못 해. 대한민국의 군인으로서 자존심이 있지. 저기를 봐. 저 힘차고 순수한 젊은 건아들을. 저들에게 부끄럽지도 않아? 나는 지금도 소위 계급장을 달았을 때의 감격을 간직하고 있다. 나라를 지키는 군인으로서의 자부심이 늘 자랑스러웠다. 그런데 그 고귀한 신심을 더럽히라고? 정리해. 그리고 마땅한 처벌을 받아. 이것은 전체 대한민국 군인들에 대한 모독이다. 절대 좌시하지 않을 것이야.

　-정이모 소위. 눈 한번 감아주면 될 것을 왜 이러나?

　-그리는 못 한다. 지금이 70~80년대인 줄 알아. 대한민국 군인들, 그렇게 썩지 않았어. 자식을 자기 부대로 배치해도, 구설에 오르는 게 대한민국이다. 진급에 영향을 미칠 수 있고, 곧바로 기무대에 신고된다. 이 일이 영원할 거 같아? 어림도 없는 소리. 대한민국 군이 그렇게 어설프지 않다는 걸 아실 만한 사람이 그런 꿈을 꾸고 있다니, 국민이 무섭지도 않아? 주변을 돌아봐. 눈이 한둘이야? 이런 좋은 건수를 놓칠 것 같애? 군기강이 어쩌고 하는 판에…. 꼭 당신들 같은 사람들이 불거져 군인들의 위상을 망치는 거야. 지금도 불철주야 나라를 어떻게 지킬까, 열정에 차 있는 저 군인들이 보이지 않는다면 넌 정말 시발새끼다!

그렇게 부르짖던 그는 5일 후 자살하고 말았다. 휴전선 철조망에 기대어 권총으로 옆머리를 꿰뚫었는데, 유서 한 장 없었다. 그가 죽을 이유가 없고 보면 국방부가 벌컥 뒤집혔다. 끝내 부검까지 했으나 죽음의 이유를 찾아내지 못하였다.

그의 죽음을 놓고, 그를 설득하던 김준엽 중령이나 이영운 중위를 의심하는 대원들이 있었다. 분명히 두 사람 중 누군가가 죽였다는 것이다. 그러나 끝내 범인은 밝혀지지 않았다.

지금도 그가 생각날 때면 김성은 상병은 그때 왜 그는 김준엽 중령을 고발하지 않았을까 생각할 때가 있었다. 그럴 때면 김준엽 중령에게 협박받았을지도 모른다는 생각이 김성은 상병은 들곤 하였다.

-군 당국에 한 번 꼬질러 봐. 어떻게 되나. 너의 피붙이들이 성할 줄 알아.

그런 협박이 계속되었다면 그는 군인으로서의 자부심을 지키기 위해 눈을 붉혔으리라는 생각이 들었다.

죽어갈 때의 그 심정이 어떠했을까?

그런 생각이 들 때면 김성은 상병은 가슴이 아팠다. 군인으로서 내가 이러면 안 된다는 생각이었지만 이미 늦었다는 생각이었다.

-내가 미쳤다. 내가 미쳤어.

그러면서도 그들의 손아귀에서 벗어날 수 없다는 생각에 잠 못 드는 밤들이 이어졌다. 생각에 생각을 거듭해도 빠지겠다고 말할 수가 없었다. 만약 빠지겠다고 한다면 식구들의 목숨까지도 부지하기 쉽지 않을 것이었다.

여관관에 의해 상자 뚜껑이 열렸다. 권총 두 자루가 희미한 불빛에 눈을 반짝였다. 여기저기서 웅성거렸다. 두 자루의 총이 각자 앞에 놓였다.

열 발의 탄환.

그녀, 즉 여판관의 소개가 엉뚱했다. 구경꾼들의 호기심을 자극하는 말 그 자체였다.

-윈 코너. 대한민국 대표 김준엽 중령.

목소리가 카랑카랑했다. 창을 하는 가부키일까?

비로소 김 중령의 입가에 미소가 떠돌았다. 그는 생각하고 있었다.

무섭구나. 목숨을 걸었는데 그것을 희화해 버리는 이놈의 민족 근성. 사내는 죽어도 명분이 있어야 한다는 근성. 대한민국 대표라니. 내가 어떻게 대한의 대표란 말인가. 나는 대한을 대표하는 사람도 아니고 그럴 마음도 없다. 나는 그저 김준엽 중령일 뿐이다.

-우 코너. 조선인민공화국 대표 유휴철 상위.

김성은 상병은 자신도 모르게 길게 숨을 몰아쉬었다. 이상하게 사르르 속이 쓰렸다. 비로소 죽음의 그림자 같은 것이 엄습하는 것 같은 그런 느낌이었다.

두 사람이 시작하자고 신호를 보내자, 여판관이 인사를 마주하게 한 다음 소리쳤다.

-각 다섯 발의 탄환이 지급되었습니다. 이제 여섯 발 실린더에 탄환은 다섯 발까지 약실에 장전할 수 있습니다. 처음부터 다섯 발을 장전할 수 있고 한 발을 장전할 수 있습니다. 전 횟수는 5회로 끝납니다. 5회까지 승부가 가려지지 않는다면 약실에 박은 탄환의 수로 승자가 결정됩니다. 1회 한 발을 박은 선수와 다섯 발을 박은 선수의 결과가 같을 수는 없습니다. 1회 다섯 발로 전 경기 5회전을 마쳤다면 스물다섯 발로 인정합니다. 한 발로 경기를 마쳤다면 다섯 발로 인정되므로 승자는 스물다섯 발

을 박은 선수가 승리잡니다.

 여판관의 음성은 모가 없고 꼬장꼬장했고 물기라고는 없었다.

 -매회 실린더를 돌리는 것이 원칙입니다. 한 발 이상을 박을 시 첫 회는 실린더를 돌려야 하지만 그 후는 돌리지 않아도 됩니다.

 역시 그녀의 음성은 메마른 갈대가 서걱이는 것 같았다.

 그녀는 말을 끝내기가 무섭게 옷섶에서 동전 한 개를 꺼냈다. 아주 반짝거리는 은전이었다.

 그가 유휴철 상위에게 은전을 보이며 물었다.

 -앞면?

 유휴철 상위가 고개를 끄덕였다.

 여판관이 몸을 돌려 이번에는 김준엽 중령에게 은전 뒷면을 보였다.

 -뒷면?

 김준엽 중령이 고개를 끄덕였다.

 여판관이 은전을 허공으로 높이 던져 올렸다. 은전이 포물선을 그리며 허공으로 솟구치다가 떨어졌다.

 떨어지는 은전을 손으로 잡아채며 여판관이 두 사람을 쳐다보았다. 두 사람의 시선이 동전을 잡아챈 그녀의 손으로 옮겨졌다.

 여판관이 손바닥을 보였다. 동전의 뒷면이 나타났다.

 김성은 상병은 길게 숨을 내쉬고 단추 하나를 풀었다. 거울이 깨어질 때처럼 머릿속에서 쨍그랑하는 소리가 났다.

 -먼저 시작하시지요.

 여판관이 정중하게 김준엽 중령을 향해 경의를 표했다. 그러고는 실내를 둘러보았다. 이내 그녀의 음성이 실내에 울려 퍼졌다.

-1회전이 시작되겠습니다. 소음기를 장착하세요.

권총 옆에 놓여 있던 소음기가 장착됐다.

그걸 확인한 여판관이 다시 소리쳤다.

-약실에 탄환을 장전하시오.

김준엽 중령이 실린더를 열고 왼손으로 실린더를 잡은 채 약실 구멍 각도를 적절히 유지하며 오른손으로 두 발의 탄환을 약실에 삽탄했다. 스피드 로더나 문클립이 있다면 이 과정에서 그대로 탄창 교환하듯이 새 탄환을 넣었을 텐데 그는 한 발 한 발 정성스럽게 넣었다. 탄환 박는 손길이 떨리고 탄환은 약실 입구를 찾아 쇳소리를 내었다.

유휴철 상위의 눈빛이 번뜩였다.

김성은 상병은 갑자기 심장이 멎는 거 같고 숨 쉬기가 힘들었다.

-총을 어깨 위로 들어 올리시오.

여판관의 음성은 여전히 메마른 갈대 같았다.

김준엽 중령이 천천히 총을 허공으로 들어 올리며 한순간 눈을 감았다.

침착하자.

그는 속으로 다짐하듯 중얼거렸다.

나를 증명할 순간이 온 것이다.

-실린더를 돌리시오. 실시.

여판관이 지켜보고 있다가 소리쳤다.

김준엽 중령은 실린더를 돌렸다. 그의 눈빛이 실린더 소리를 따랐다.

-총구를 옆머리에 대시오.

실린더가 멎자, 여판관이 소리쳤다.

김준엽 중령은 말없이 총구를 들어 올렸다. 귀 바로 위, 총구가 옆머리뼈에 닿는 순간, 땀 한 방울이 관자놀이를 따라 천천히 흘러내렸다. 방아쇠를 당기는 데 걸린 시간은 눈을 깜박이는 것보다도 짧으리라, 해머가 작동하면서 격발침이 앞으로 내지르듯 돌진할 터이고, 마침내 탄피의 뒷면, 바로 뇌관에 강하게 충돌하리라. 뇌관은 점화될 것이고, 마치 작은 번개가 금속 안쪽에서 터지는 듯한 느낌이 오리라. 이어 화약이 순식간에 연소되겠지. 탄피 내부를 가득 채운 가스가 급팽창할 것이며 이 폭발적 에너지는 수천 기압에 달하는 고온의 압력으로 쏟아져 나올 것이다. 그 압력은 한 치의 망설임도 없이 탄두를 앞으로 밀어낼 것이며, 탄두는 총열을 따라 나아가리라. 정교하게 파인 나선형 강선은 탄두에 빠른 회전을 부여할 것이며, 마치 자이로스코프(gyroscope, 균형추)처럼 탄두를 안정시킬 것이다. 그렇게 탄두는 정직하고 씩씩하게 더 치명적으로 날아가리라.

총구를 벗어난 탄두의 속도는 시속 1,200km. 목표물에 도달하는 시간은 0.005초. 뇌가 고통을 인지하기 시작하는 시간은 0.006초.

어떤 감각도, 어떤 후회도, 고통조차도 느낄 수 없는 그 영겁의 속도.

찰나. 0.001초. 생각날까? 나의 생애가 전광석화처럼 지나갈까?

어릴 적 누이와 뛰놀던 강변, 첫눈 내리던 날 손을 맞잡았던 연인의 웃음, 군번줄을 손에 쥐었던 입대한 날의 떨림….

그렇게 마치 시간의 나침반이 거꾸로 돌듯 생의 단면들이 지나갈까?

예전 어느 사격장에서 뇌에 총을 맞고 기적적으로 살아난 병사는 이렇게 말했었다.

-탕, 소리가 났을 때였어요. 세상이 조용해졌고, 제가 살아온 날들이—그 모든 시간이—마치 한 장의 꿈처럼 제 앞을 스쳐 지나갔어요. 그리고

그 순간은… 믿을 수 없을 만큼 길더군요.

-공이치기를 당기시오.

공이치기가 당겨졌다.

여판관이 호루라기를 입에 물었다.

호루라기 소리가 칼로 생살을 도려내는 것 같았다.

순간 김준엽 중령이 눈을 뜬 채로 미련 없이 방아쇠를 당겼다.

찰칵.

방아쇠 소리가 불화살이 되어 김성은 상병의 가슴에 와 박혔다.

그러면 그렇지.

김준엽 중령이 약실 구멍이 위로 가게끔 총을 살짝 기울이고 돌려놓는 걸 보며 김성은 상병은 자신도 모르게 주먹을 쥐었다.

비로소 김준엽 중령이 눈을 감았다.

김성은 상병은 이영운 중위를 바라보았다. 지켜보는 이영운 중위의 얼굴에 안도의 그림자가 스쳤다.

유휴철 상위가 김준엽 중령을 날카로운 시선으로 쏘아보았다. 의미심장한 표정이었다.

유휴철 상위는 그 표정을 구겨버리듯 상의 윗단추를 풀고 여판관의 지시에 따라 총을 들었다.

김성은 상병은 그가 혹시 떨고 있는 것이 아닐까 하고 그의 손끝을 유심히 살폈으나 전혀 떨고 있지 않았다.

-약실에 탄환을 박으시오.

유휴철 상위가 실린더를 열어 확인하고 그 역시 두 발의 탄환을 약실에 박았다. 자동권총이었다면 탄창멈치는 자동권총이나 반자동권총에서 탄창을 분리할 때 사용하는 것이므로 탄창멈치를 누르고 왼손가락으로 실린더를 밀며 총을 기울여 약실을 개방했을 것이었다. 리볼버에서는 실린더를 열어야 약실을 개방할 수 있다. 그래야 총알을 장전하거나 제거할 수 있다.

그는 실린더를 열기 위해 실린더 릴리즈 버튼을 누르고, 실린더를 밀어 약실을 개방했다. 그리고는, 자신의 여유를 과시한 듯 탄환이 박힌 약실을 사람들을 향해 보였다.

-실린더를 닫고 돌리시오.

여판관의 명령대로 유휴철 상위가 실린더를 돌렸다. 실린더 돌아가는 쇠붙이 소리가 살기스러웠다.

-옆머리에 대시오.

실린더가 멎자, 여판관이 소리쳤다.

유휴철 상위가 총구를 옆머리에 가져다 댔다. 먹이를 노리는 사나운 짐승의 눈빛 같던 살기가 순식간에 사라졌다. 그 눈빛이 말하고 있었다. 제발!

긴장된 순간, 유휴철 상위가 갑자기 눈을 치떴다. 그 눈가에 전신의 열기가 모아졌다. 그것은 점차 살기로 퍼들거렸다. 눈가가 붉은 핏줄로 뒤엉키기 시작했다. 어느 사이에 그의 검지가 방아쇠에 걸려 여판관의 명령을 기다렸다.

이내 호루라기 소리가 들렸다.

유휴철 상위가 주저 없이 방아쇠를 당겼다.

찰칵.

김성은 상병의 가슴이 섬뜩하게 얼어붙었다.

3

2회전.

김준엽 중령이 총을 들었다.

김준엽 중령은 빈 네 개의 구멍에 정신을 집중해야 한다고 생각했다. 오로지 그 구멍들과 하나가 되어야만 살 수가 있다.

그렇게 생각하면서 김준엽 중령은 김갑철 스승을 생각했다.

김갑철 스승을 생각하자 그와 함께하던 세월이 파노라마처럼 눈앞을 스쳤다.

김갑철 관장은 정의롭고 정이 많은 사람이었다. 김준엽 중령이 육군 사관학교에 붙자 제 일처럼 좋아했다.

소위로 임관하자 앞으로 도장을 김준엽 소위에게 맡겨야겠다며 너털거렸다.

김갑철 관장에게는 김상미라고 하는 여동생이 있었다. 김상미는 김준엽 소위만 보면 낯을 붉혔다. 김준엽 소위도 김상미만 보면 가슴이 쿵쾅거렸다. 그때는 몰랐다. 그게 사랑이었는 줄.

하루는 김상미에게 김갑철이 김준엽 소위를 마음에 두고 있느냐고 물었다. 여동생은 길러준 오빠의 물음에 얼굴을 붉혔다. 내심으로 눈치를 챈 김갑철은 고민에 휩싸였다. 아무리 제자를 사랑한다고 해도 여동생은 자기 핏줄이었다. 김갑철은 김준엽을 내쫓아 버리면 둘의 사이가 멀어지리라 생각했다.

김갑철이 도장에 나오지 못하게 하자 김준엽은 그러지 못하겠다고 했다. 그러자 김갑철이 제안했다. 수련을 연마해 나를 이긴다면 여동생과 결혼을 시켜 도장을 물려주겠다고 했다.

그때부터 피나게 수련했지만, 김준엽은 스승 김갑철을 넘지 못했다. 김갑철이 대련에 져 늘어진 김준엽에게 물을 마시다가 침을 내뱉으며 고함을 질렀다.

-틀렸다. 네가 변하길 바라느니 차라리 이 대접 속의 맹물이 붉게 변하기를 바라는 게 낫겠다.

김준엽은 김갑철이 마시다 남은 물그릇에 자기 새끼손가락을 단지하여 넣었다. 금세 물이 붉게 변했다.

김갑철은 김준엽을 그때부터 달리 보았다. 평생 군바리로 늙어갈 사내에게 자기 여동생을 주었다. 그는 죽기 직전까지 자신의 모든 비법을 김준엽에게 가르쳤다. 김준엽이 소령 계급장을 달았을 때 김갑철은 스스로 도장의 문을 닫고 눈을 감았다.

-그냥 진행하실 겁니까?

잠깐 생각에 잠겨 있는 사이 여판관이 물었다.

김준엽 중령은 잠시 망설였다.

한 발의 탄환을 더 박을 것인가? 그럼 세 발이다. 살 수 있는 확률은 반반이다. 무리다. 그런데 저놈이 한 발을 더 박는다면? 그래서 성공한다면 문제는 심각해진다. 그러나 두 발로 5회전까지 견딘다면? 저놈이 세 발을 박고 5회전까지 견딘다? 확률이 없다.

생각이 거기까지 미치자, 김준엽 중령은 고개를 끄덕였다.

-실린더를 돌리세요.

의사를 확인한 여판관의 명령이 떨어졌다.

김준엽 중령은 눈을 감고 잠시 생각하다가 실린더를 돌리지 않았다.

-으음.

유휴철 상위가 갑자기 신음을 토했다. 김준엽 중령은 잘못 들었는가 했는데 아니었다. 갑자기 유휴철 상위가 긴장된 표정으로 자신을 건너다보고 있었다. 분명히 그는 눈치 빠르게 무엇인가를 동물적 감각으로 감지해 내고 있었다.

그랬다. 김준엽 중령의 생각처럼 유휴철 상위는 머릿속으로 계산하고 있었다. 실린더를 돌리지 않는다? 그럼, 어떻게 되는가?

리볼버의 실린더는 여섯 개의 약실로 이루어져 있다. 그중 두 칸에 탄환이 들어 있다. 방아쇠를 한 번 당겼지만 발사되지 않았다. 즉, 첫 번째 약실은 빈칸이었다는 사실을 알게 된 셈이다.

그것을 1, 2라고 하자. 실린더를 돌리지 않았으므로, 다음에 발사될 약실은 첫 번째 약실 바로 옆 칸이다. 탄환을 더 장전하지 않았기 때문에, 여전히 두 발의 탄환이 남아 있다.

그런데 첫 번째 약실이 소모되었으므로, 남은 약실은 다섯 칸이다. 그중 세 칸은 빈칸이고, 두 칸에 탄환이 들어 있다.

따라서, 다음 발사에서 빈칸이 나올 확률은 5분의 3이다. 소수로는 0.6, 백분율로는 60%, 분수로는 3/5이다.

호루라기 소리가 들려왔다.

김준엽 중령은 주저 없이 방아쇠를 당겼다.

찰칵.

으음 하고 신음을 내뱉던 유휴철 상위의 머릿속이 하얗게 비었다. 대단한 배짱이다. 연속적으로 방아쇠를 당긴다? 두 발을 장전하고?

-대단하군!

당황해 자신도 모르게 탄성이 터져 나왔다.

김성은 상병이 보니 생각지도 않게 김준엽 중령은 웃고 있었다.

아아, 저 웃음!

저 웃음을 어디서 보았더라. 그래! 그날이다.

김준엽 중령이 김갑철 관장을 보내고 지금의 이곳 부대로 옮겨 오던 날 비가 내렸었다. 2010년 임관해 27보병사단 수색 중대와 39보병사단 해안 감시기동대대 등을 거쳤다. 그에게 특공연대는 또 다른 도전이었다. 수색 중대장은 대위가 맡기 마련이다. 그때만 해도 그는 대위였고 이영운 중위는 소위였다. 전방 수색대에 불만은 없었다. 아무나 올 수 없고 맡을 수 없는 자리였다. 몇 번의 자리 이동이 있었으나 그럴 때마다 벙커만 바꾸었을 뿐이었고 다시 이곳으로 온 것은 특별히 자원을 했기 때문이었다.

중령 계급장을 단 이듬해 GOP 올라가는 철책사단 비호 연대 3대대(경계 전담 비갑대대) 대대장을 맡았다. 이영운 중위는 DMZ GP장을 맡았다.

김준엽 중령이 부대 내에 무도관이 있다는 것을 안 것은 부대로 온 직후였다. 무도관이라고 하기에는 뭐한 병사들의 체력단련실이었다. 거기다 가라테도우에 필요한 운동 장비를 넣고 병사들을 받았다. 관장실까지 넣었으니 무도관이 따로 없었다.

김성은 상병과 GP장 이영운 중위와의 조우는 정말 뜻밖이었다.

그날 김성은 상병은 철책 점검하느라 힘들었지만 밀린 빨래도 하고 족구도 했다. 전화도 할 수 없고 PX도 없고 노래방도 없는 곳이 이곳이었다. 겨우 안전검사대를 네트 삼아 하는 족구가 전부였다.

족구를 하던 중에 이차운 이병이 그랬다. 논산 훈련소에서부터 같이 붙어 다니던 동료 병사였다.

-GP장 내려온 모양이다.

-GP장?

무심코 되뇌며 고개를 돌렸을 때 햇살 속의 그를 보았다.

아,

-저 사람이 GP장이라고?

-이곳 무도관의 부관장이라고 해.

-뭐? 부관장? 이곳에 무도관이 있다고?

-병사들의 체력훈련장을 무도관으로 바꾸었지.

족구를 그만두고 이영운 중위의 뒤를 따라 무도관으로 들어갔을 때 대원들은 무도 연습에 열중이었고 그러다 들어서는 김성은 상병을 멀거니 바라보았다. 먼저 들어간 이영운 중위는 어디로 가버린 것인지 보이지 않았다. 이리저리 살피고 있는데 병장이 발차기하다가 다가왔다.

-상병, 누굴 찾아온 거야?

-예. 김성은 상병, 여기에 무도관이 있다고 해서 와봤습니다.

-가라테도우 무도관이야. 관심 있어.

-고등학교 때 무도관을 좀 다녔습니다,

-그래? 태권도?

-아닙니다.

-아니면 유도? 복싱?

-아닙니다.

-아무튼 따라와.

그가 피복실로 가더니 도복을 들고나왔다.

-갈아입고 나와.

도복으로 갈아입고 나가자, 병장이 기다리고 있다가 빙긋 웃었다,

-실력 한번 보자.

두 사람이 대련 자세를 취했는데 결과는 곧바로 나고 말았다. 너무 싱겁게 끝나버렸으므로 오히려 김성은 상병이 멋쩍어했는데 뒤쪽에서 눈부시게 두 사람의 대련 모습을 지켜보던 대대장 김준엽 중령과 이영운 중위가 손뼉을 쳤다.

-대단하군. 아, 아니 자네?

김성은 상병의 얼굴을 알아본 이영운 중위가 눈을 크게 떴다.

-절 알아보시겠습니까?

이영운 중위가 고개를 끄덕였다. 김성은 상병의 눈이 다시 환하게 열렸다. 이영운 중위. 김성은 상병의 뇌리에 새겨져 있던 이영운 중위는 그 모습 그대로였다.

김성은 상병은 이게 운명이지 싶었다. 그렇지 않고서야 이렇게 다시 만날 리가 없었다.

-여기서 만나다니. 형이권(形意拳)이지?

-맞습니다.

-형이권의 붕권(崩拳)이라.

-잘 아시네요?

-나도 한때 붕권에 미친 적이 있었지. 유파를 가리지 않는 특정 형식의 타격이라는 것이 내 마음을 빼앗거든.

그렇다. 붕권은 순식간에 힘을 모아 타격 위치를 정확히 하여 내지르는

권법이다. 빠르면서도 강하며 빈틈이 없다. 도장에 다니면서 느낀 것이지만 무술이란 크게 익혀서 작게 쓰는 것이었다. 형의권을 가르치던 유덕만 권사는 특히 붕권에 달통해 있었다. 무술은 자기 기술은 최대한 작게 보여주는 기술이라는 것을 그에게서 배웠다. 세상에 대한 예의가 있었다. 반보붕권(半步崩拳), 타편천하(打遍天下)였다. 반 주먹이 천하를 친다는 말이었다. 정권을 90도로 몸 바깥쪽으로 틀어줘어야 한다.

인연이라고 생각했다. 이영운 중위가 붕권을 알고 있다는 것이 신기했고, 인연이 있기에 그렇게 다시 만나는 것으로 생각했다.

그 길로 GOP 생활을 끝냈다. 막상 끝내려고 하자 이곳에서 있었던 일들이 주마등처럼 떠올랐다. 처음 GOP 생활이 시작되었을 때 이거 뭐야 싶었다. GOP 생활은 일반 부대와는 궤를 달리하는 부대였다. 그냥 막연한 경계근무가 아니었다. 뉴스에서나 보았던 휴전선 최전방 초소에 그는 와 있었다. 중대는 세 개의 초소로 이루어져 있었다. 파란 강충이는 상관들이 이끄는 대로 이끌려 다녔다. 사수가 김여욱 병장이었는데 불평불만이 많은 자였다. 제대 말년에 더럽게 걸렸다면서도 널 보면 동생이 생각난다며 이것저것 가르쳐 주었다.

부여된 초소는 모두 삼십 개. 서쪽으로 1.5km, 동쪽으로 1.5km 도합 3km. 세 개의 초소는 서로 만날 일이 없었다. 소대 본부 소속 네 명이 12시간 교대로 상황 근무 했다. 주간, 전반야, 후반야, 8시간마다 교대가 되는데 여름에는 모기나 물 것에 대비만 잘하면 견딜 만했다. 그러나 겨울에는 이가 갈렸다. 초소의 겨울은 9월에 와서 6월에 간다는 말이 있었다.

2주 간격으로 교대 기간이 바뀌고는 했는데 주간에서 전반야로 후반야로 그렇게 자연스럽게 바뀌었다. 맨 처음 후반야로 GOP 생활이 시작되었다. 정오에 투입되려면 30분 정도 준비해야 한다. 세수도 해야 하고 초소 앞에 있는 안전검사대로 집합해야 한다. 나가지 않은 수류탄과 실탄도 세어야 하고 그런 다음 전술도로를 통해 섹터의 주심부로 이동해야 한다. 그곳으로 가면 통제해야 할 초소가 나온다. 초소마다 번호가 붙어 있다. 00번, 20번 24번, 30번…. 번호는 매겨져 있으나 실제 초소 아닌 것이 많았다. 서너 개는 허수아비를 세워 놓은 기만용 초소고 몇 개는 순찰자들이 일지를 적는 곳이거나 교차초소다. 다섯 개의 초소는 둘씩 짝을 지어 들어가고, 투입 후 30분이 지나면 밀조가 시작된다.

그렇게 GOP병이 되었는데 인연이 무엇인지 이영운 GP장을 따라 이제 GP로 가는 GOP통문을 통과하고 말았다. 그리고 룰렛의 세계를 알고 말았다. GP로 온 지 꼭 한 달이 지났을 무렵이었다. 느닷없이 북측의 유휴철 상위와 남측의 김준엽 중령이 맞붙을지도 모른다는 소문이 돌았다. 그때까지도 김성은 상병은 GP의 생리를 잘 몰랐으므로 무슨 말인가 했다. 그러나 북측 초소와 남측 GP와의 왕래는 오래전부터 있었던 일이었다. 가까운 곳은 양측 초소와 GP와의 거리가 1km도 되지 않았으므로 기회를 봐 양쪽 병사들이 자주 만남을 가졌다. 도라지 술도 나누어 마시고 라면도 가져다주고 약도 나누어 먹고…. 그러다가 일본 가라테의 운동 이야기까지 나왔다.

-일본에서 활동하는 최배달이 말이야. 황소를 맨주먹으로 때려눕힌다고 하지 않갔어. 그 아이 새끼래 일본에서 쵸스를 만났는디 쫄아가지고 인사도 제대로 못 했다고 하드만.

쵸스라고 한다면 중국 흑사회 두목이다.

-최배달도 조선인이지 않습니까?

이영운 중위가 말했다. 조선족인 쵸스에게 남한 출신 최배달이 당했다는 것을 은근히 강조하는 북측 병사의 의중을 알아채고 한 말이었는데 이 대답이 화근이 되었다.

-무시기 소리하는 거임? 그런 간나 우리는 키우지 않음.

나중에 알게 된 사실이지만 북쪽의 유단자가 최배달에게 도전했던 모양이었다. 그런데 최배달의 수도 한 방에 나가떨어져 목숨을 잃었다. 그런데 쵸스를 만나 최배달이 기를 못 폈으니 그럴 만도 했다.

-북쪽에도 가라테도우가 있습니까?

이영운 중위가 물었다.

-이보라우. 당수는 본시 우리 거이야. 위대한 인민공화국 격술의 모체가 바로 당수야. 역도산. 역도산이 알지? 김신락이 말이야. 그 사람이 원조야. 수기회의 최고 사범 김창근이와 곽동구 그들이 당수, 아니 뭐 가라테? 그래, 가라테의 원조들이야. 하나같이 일본에서 활약했지비. 나중에 역도산의 딸이 이곳으로 와 가라테를 가르쳤는데 조총련계 인사들 말고는 받아주지도 않았어야. 나카무라 총사가 위대한 수령 동무 앞에서 시연까지 할 정도였음 말 다했지비.

그런데 최배달이 그것을 자기 것인 양하다가 쵸스에게 기가 꺾였다는 말이었다.

-우리 쪽에도 고수들이 여럿 있습니다.

그때 이영운 중위는 모시고 있는 김준엽 중령의 가라테 솜씨가 신인의 경지에 들었다는 것을 알고 있었으므로 그렇게 말했다.

그러자 북측 병사가 눈을 반짝였다.

-무시기? 가라테의 고수가 있다고?

-그럼요.

-누구가? 알 만한 이름 대보라우.

-내가 알기에 김준엽이라고···.

-김준엽이?

북측 병사가 되뇌며 고개를 갸웃갸웃했다.

-가라테 몇 단이네?

-그건 모르겠고 아무튼 고수 중의 고숩니다.

-그것 잘됐구만. 남쪽에도 당수의 고수가 있다니, 그럼, 말이야. 시합을 한번 가져봐야 하지 않갔어?

-시합요?

-왜, 자신이 없네? 하긴···.

-자신이 없기는요.

그래서 북측의 유휴철 상위와 김준엽 중령 간의 대련이 성사되었다.

그때까지만 해도 룰렛으로 번질 것을 아무도 예상하지 못했다. 어느 날 김준엽 중령이 룰렛을 유휴철 상위에게 제의했는데 그때 이영운 중위가 북측 초소로 넘어가면서 데리고 간 병사가 김성은 상병과 이차운 상병이었다. 왜 이영운 중위가 이제 GP로 온 지 얼마 되지도 않은 그들을 데려갔는지 모를 일이었다.

그렇게 신병 둘은 본의 아니게 룰렛에 발을 넣게 되었다.

지금도 김성은 상병은 가끔 생각에 잠길 때가 있었다. 그것은 왜 북측 초소로 넘어가면서 이영운 중위가 자신들을 데리고 갔느냐 하는 것이었다. 그때만 해도 아무것도 모를 때였다.

분명 GP로 온 지 얼마 되지 않아서였다. 북측에서 연락이 왔다고 했다.

맨손으로 소를 잡고 대학생 때는 사격선수로 뛰었을 만큼 무예에 뛰어난 북측의 유도 선수가 있는데 남측에 가라테의 고수가 있다고 하니 자신 있으면 겨루어 보자는 연락이었다. 사기 차원에서라도 거부할 수가 없는 일이라 곧바로 김준엽 중령에게 사실이 보고되었다.

그때 이미 GP장을 맡고 있던 이영운과 GOP대대장 김준엽 중령에 의해 MP벙커는 만들어져 있었다. GP체력단련실이 GOP무도관급으로 새롭게 단장한 마당이었지만 MP벙커에서 치르기로 했다.

김준엽 중령은 흔쾌히 수락했다.

-잘됐구먼. 그렇지 않아도 빚이 있었는데….

몰라서 그렇지, 예전부터 북측과 기회 있을 때마다 비공식적으로 태권도나 유도, 가라테 등 무술 시합이 있어 왔다고 했다. 그때마다 판판이 져오던 마당이었다.

곧이어 북측에서 머니 통보가 있었다. 머니는 소위 말해 판돈이있다. 처음에는 순수하게 대련 정도로 끝냈는데 나중에 그냥 시합만 하니 맨숭맨숭하다고 하여 판돈이 붙었다는 것이다.

그 판돈의 금액이 몇 푼 되지 않았다. 겨우 천 달러나 만 달러 정도였다.

북측과의 대련 날짜가 정해졌다. 판돈이 꽤 컸다. 5만 달러였다.

고등학생 시절부터 선수를 뛰었다는 천하의 김준엽 대대장이 3일 전에 통문 통과 신청을 해놓고 이를 갈며 때를 기다렸다. 그의 나이 이제 마흔. 가라테도우로 단련된 몸은 군살 하나 없었다. 젊은이와 팔씨름해도 져본 적이 없는 사람이었다.

더욱이 그의 가라테도우 실력은 신인의 경지에 들었다고 할 정도로 뛰어났으므로 북측 유휴철 상위에게 다리 한쪽을 잃을 줄은 아무도 몰랐다.

처참했다. 김준엽 중령의 몸은 상상할 수 없이 날랬으나 유휴철 상위의 힘을 당해낼 재주는 없었다.

그때 안 것이지만 북측 유휴철 상위는 만능 스포츠맨이었다. 가라테 7단. 유도 6단. 심지어 태권도 7단…. 세계 무술 챔피언을 세 번이나 제패했고 황소 뿔을 맨손으로 뽑는 고수 중의 고수였다.

그날 그가 보인 비기는 무술사에 볼 수 없는 것이었다. 그는 정사에서 수도로 찔러 들어오다가 갑자기 허리를 비틀어 뛰어올랐다. 김준엽 중령의 머리끝까지 뛰어올랐는데 그의 발끝이 김준엽 중령의 정수리에 꽂혔다. 비암술(飛埯術)이었다. 구덩이에서 날아올라 급소를 찌르는 비술이었다.

김준엽 중령은 구덩이에 떨어지듯이 비틀거리다가 넘어졌다. 그는 새처럼(鳥飛術) 날아 김준엽 중령을 덮쳤다. 그 큰 몸이 정말 새가 날듯이 했다. 그는 덮치기가 무섭게 곧바로 암바(팔 관절 공격)공격에 들어갔다.

암바에 걸린 김준엽 중령은 결국 빠져나오지 못하고 다리 한쪽을 쓰지 못했다. 다리에 피가 통하지 않았기 때문이었다. 유휴철 상위의 무서운 기술이 한쪽 다리를 못 쓰게 해버린 것이다.

그 길로 김준엽 중령은 군병의 신세를 졌고 퇴원을 말리는 군의의 말을 듣지 않고 무도관에서 기거하면서 기간에 맞춰 전역을 준비했다.

가끔 그가 있는 무도관에서 기타 소리가 흘러나왔다. 뜻밖이었다.

-저 늙은 군바리가 미쳐버렸나?

나이 마흔. 아무리 혈기가 왕성해도 젊은 무술 고수를 당할 수는 없다고 했다. 옛날의 김준엽이 아니라는 것이다.

그렇게 병사들은 고개를 내저었다.

이영운 중위가 휴가를 내 무도관을 들락거렸다.

어느 날 김준엽 중령은 이영운 중위에게 종이봉투 하나를 내밀었다.

-뭡니까?

이영운 중위가 물었다.

-밤에 북측 유휴철 상위에게 가져다줄 수 있겠나?

-무슨 말입니까?

유휴철 상위라고 한다면 김준엽 중령을 꺾은 북쪽 인물이다. 이미 잊혀가는 일이다. 이영운 중위가 의아한 표정으로 물을 만했다.

-가져다주면 알 것이다. 철저하게 날 비웃고 있다는 것을 알고 있다. 그자를 그대로 놔둘 수는 없어.

-그만 잊으시지요.

-그렇다고 치욕이 없어지는 건 아니다.

이영운 중위는 김준엽 중령의 명령대로 밤을 이용해 북측 민경초소로 유휴철 상위를 찾아갔다. 민경대대에서 초소로 내려와 도전장을 받아본 유휴철 상위가 어이없다는 표정을 지었다.

-아니 무슨 일이네?

-그러게, 말입니다.

-그런데 이거이 뭐임?

-사무침이 깊어져서겠지요.

-오호, 룰렛? 이게 뭐이가? 밑도 끝도 없이 룰렛으로 끝을 내자니?

유휴철 상위가 눈을 크게 뜨고 물었다.

-모르겠습니다.

밤을 이용해 유휴철 상위가 남측 GP로 넘어왔다. 통문을 통과해 MP벙커에서 기다리고 있던 김준엽 중령과 만났다. 유휴철 상위는 역시 무례

했다. 나이도 자기보다 연상이고 계급으로 따진다고 해도 그는 남한에는 없는 계급인 대위급이다. 중위와 대위 중간 사이에 있는 계급이 상위이기 때문이다.

김준엽은 영(領)급이다. 중령이라면 짬밥으로 따져도 하늘이다. 그런데도 전혀 그는 적군의 계급을 인정하지 않고 있었다.

-뭘 오해하고 있는 거 아님? 나가 그대더러 무도인답게 살라고 충고했는디 왜 이럼? 인제 팔이 부러지고 싶은 기야? 룰렛이라니? 뭐 양키 간나들이 맹근 디어헌터 숭내라도 내자는 기야?

김준엽 중령이 웃었다.

-보다시피 그대 덕분에 나는 설 수가 없잖소.

-왜 그러는 기야? 사내답잖게 억울한 기야?

-내게는 아직도 필살기인 손이 있기 때문이오.

-오호, 이제야 간나의 저의를 알겠구만. 아직도 날 꺾어보시겠다 그 말인 기야?

김준엽 중령이 다시 웃었다.

-그럼 그대도 앉아서 싸워야 하겠구면.

-이게 무슨 소리네?

-그래서 나의 무도로 그대에게 도전장을 낸 것이오.

김준엽 중령이 슬슬 자신의 비열함을 드러냈다.

-그대의 무도?

-이제 내가 뭘 할 수 있겠소.

그렇게 말하고 김준엽 중령은 미리 준비해 놓았던 권총 두 자루가 담긴 상자를 내놓았다.

그 속을 들여다보던 유휴철 상위가 깜짝 놀랐다.

-총 아이가?

-하하하, 그것도 미 해군 네이비 씰의 소음 권총 MK22요. 룰렛을 제대로 하자면 리볼버를 써야겠지만 특별히 여섯 발 실린더로 고안된 특수부대 잠입용이요. 그 옆에 KAC에서 제작한 원통형의 소음기 슈어파이어, 어떻소?

-뭐가?

유휴철 상위가 어이가 없다는 듯 물었다.

-혹시 그대는 러시안룰렛이란 말을 들어보았소?

-러시안룰렛?

되뇌던 유휴철 상위가 희미하게 웃었다.

-러시안룰렛을 모르는 사람이 어디 있간네.

그가 알기에 러시안룰렛은 회전식 연발 권총에 탄환 한 발 장전해 머리에 대고 방아쇠를 당기는 게임이다. 19세기라던가? 제정 러시아 시대, 감옥에서 교도관들이 하던 판이 러시안룰렛이었다. 죄수에게 강제로 시켰다고 하던가? 누가 죽을지 모르는 상황에서 비롯된 게임. 차르 체제의 암울한 시대적 반향이었다고 알고 있는데 갑자기 러시안룰렛이라니?

-그럼 잘됐군요.

지켜보던 김준엽 중령이 웃으며 말했다.

-뭐가 잘됐다는 기네? 내래 잘못 들은 것이 아니라믄 뭐가 잘못된 기야? 이거이 회전식 연발 권총 아니네? 그러니까 뭐네? 이것에다 총알 집어넣어서리 위치를 알 수 없도록 실린더를 뱅뱅이 해 옆머리에 대고 방아쇠를 당기자, 그 말이네?

—그렇소.

그랬다. 러시안룰렛에 쓰이는 리볼버는 탄환실 약실이 있고 그것을 싸고 있는 실린더가 회전하면서 격발시키는 구조로 되어 있다. 다시 말해 한 발이 발사되면 총열이 회전하면서 다음 약실(총알이 들어가 회전할 수 있는 원통형 부분)에 들어 있는 탄환을 격발시킨다. 이때의 약실은 자동권총이나 반자동권총 같은 총기에서 사용되는 탄창과는 개념이 좀 다르다. 탄창은 분리할 수 있지만 약실은 분리할 수 없다. 탄창의 총알은 수직으로 배치된다.

하지만, 약실은 리볼버에서 사용되며, 분리할 수 없게 되어 있다. 총알이 들어가고 회전할 수 있는 원통형 부품인 것이다.

그러므로 약실을 비워두면 방아쇠를 당겨도 탄환이 없으므로 발사되지 않는다. 그들이 흔히 쓰는 베레타식의 자동권총은 그런 구조로 되어 있지 않다. 권총 손잡이 안에 약실이 있다. 그 약실 안에 탄환이 채워져 있다. 용수철의 압력에 의해 탄환이 위로 밀려 올라오는 구조다. 그러므로 중간에 공간을 둘 수가 없다. 열두 발짜리 약실에 한 발만 넣어도 가장 위에 있게 되므로 격발하면 무조건 발사가 된다.

—뭐시래? 이 간나이 지금 나한테 목숨을 건 일생일대의 도박을 하자 그 말이네? 그리 수작 거는 거이네?

—그렇소. 제대로 멋을 내자면 1873년도 리볼버를 써야 하는데 여건상 총소리가 나서 말이오. 영화 「디어 헌터」에서는 콜트 싱글 액션 아미(Colt 1873 single action army)를 쓴 것 같은데 서부 개척 시대에 인기가 있었던 것이었지. 총신이 고풍스럽기도 하지만 미국 서부 시대 수많은 총잡이가 쓰던 것이었으니까.

―이 간나 지금 무시기 소리하고 있네. 정말 맛이 간 거 아이네? 이보라우. 정신 차리라우. 돌아버린 거이네? 아이구야. 남쪽 간나들, 미국물이 제대로 들어도 오지게 들어부릿네. 못쓰겠구만. 뭐이가? 지대로 흉내 내 보자 이거이가? 그런디 갑자기 무도인이 총은 뭐이가?

―총을 들고 무슨 무도를 하느냐?

―그럼, 아니네?

―남쪽에서는 룰렛도 무도로 보고 있소.

―이 간나이, 정말 무시기 소리를 하는 거이네? 뭐이? 총싸움도 무도라는 거이네 시방?

―검도도 칼싸움이지 않소?

―어찌 검도를 총싸움에 비교하는 거임?

―그럼 어찌 주먹으로만 싸우는 게 무도겠소. 진정한 무도는 정신의 용맹성에 있는 게 아니오.

―이 에미나이 정말 미친 거이 분명하구나야. 나는 우리 조상들이 총을 들었다는 말은 들어보지 못했음.

조소를 물고 유휴철 상위가 뇌까렸다.

김준엽 중령은 아랑곳하지 않았다.

―그대는 사병 시절부터 유명했지요? 외국으로 파병되어 전쟁에 참여한 경력도 있고?

―지금 내 뒤를 까발렸다 그 말이네?

―나도 대학 다닐 때는 사격부에 좀 있었지요. 어떻소? 발이 없으니 손으로 이곳의 룰렛을 즐겨보는 게.

유휴철 상위가 그제야 희미하게 웃었다.

-이곳의 룰렛? 그거이 러시안룰렛과 뭐가 다르다는 거임?
 -이곳의 룰렛을 설명하려면 말이 길어질 거요. 요점만 말하겠소. 러시안룰렛은 한 발을 넣고 쏘지요?
 -그렇치비.
 -한 발을 넣고 쏘면 죽을 확률은 6분의 1, 약 17% 정도요. 하지만 용맹한 한국인들은 두 발에서 다섯 발까지 넣소.
 -두 발에서 다섯 발?
 한 발도 그러한데 두 발에서 다섯 발이라니 하는 표정으로 유휴철 상위가 뜨악한 표정을 지었다.
 김준엽 중령이 악랄하게 웃으며 고개를 내저었다.
 -러시안룰렛과 이곳 룰렛의 차이점이 바로 그거요. 러시안룰렛은 총알이 한 발이 지급되지만, 이곳의 룰렛은 다섯 발이 지급되오.
 -다섯 발? 뭐이가? 육 발 실린더에 다섯 발? 죽자는 기네?
 -전 경기의 회수는 5회전으로 마무리되오. 5회전을 치르는 동안 다섯 발은 한 발씩 약실에 박히게 되오. 물론 실린더는 매회 돌려야 하나 첫 회 두 발을 박았을시 두 번 방아쇠를 당길 수도 있소.
 -그건 왜?
 -거의 확률이 없기 때문이오. 죽으려고 하는 짓을 왜 말리겠소.
 이해되는지 유휴철 상위가 고개를 주억거렸다.
 -첫 회, 두 발과 한 발. 그게 무슨 차이냐고 할지 모르지만, 그렇지 않소. 생사의 확률이 확연히 차이 나기 때문이오. 하지만 그대가 결투에 응하겠다면, 나는 그대에게 여섯 개의 약실 중 한 발을 약실에 넣고 실린더마저 돌릴 아량을 베풀 수 있소.

―뭬야?

―나의 도전을 받아들이겠다면 말이오. 내가 아량을 베풀겠단 말이요. 나는 첫 회부터 두 발은 넣을 것이니까. 어떻소?

―한 발과 두 발?

―그렇소. 러시안룰렛과 코리안룰렛의 다른 점이 바로 이것이오. 만약 첫 회부터 두 발을 약실에 박았다면 5회전 끝날 때까지 계속 가야 하오. 그럼, 거의 살 확률은 없을 거요. 살 확률은 6분의 4이기 때문이오. 실린더는 두 번에 한 번. 첫 회 3회, 5회, 7회…. 그렇게만 돌리겠소. 그럼, 그대는 어떻겠소? 끝날 때까지 탄환을 한 발 넣고 매회 실린더를 돌릴 수 있소. 그럼, 언제나 살 확률은 6분의 5요. 어떻소? 완전히 뒤바뀐 판 아니오. 이래도 싫소?

―그러니까 간나의 죽을 확률이 두 배다?

김준엽 중령의 말에 유휴철 상위가 하얗게 질려 중얼거렸다.

고개를 끄덕이며 김준엽 중령이 노골적으로 조소를 물었다.

―물론이오. 첫판부터 구미가 당기지 않소? 그대가 생존할 기회는 6분의 1, 내가 생존할 기회는 3분의 1. 그대가 생존할 확률은 소수: 0.167. 백분율: 16.7%. 분수 1/6이지. 내가 생존할 확률은 소수: 0.333. 백분율 33.3%. 분수: 1/3. 이 정도의 차이라면, 이 게임을 시작해 볼 만하지.

―무슨 소리야?

―알아듣지 못하겠다면 뒤집어 말해주지. 그대가 죽을 확률을 소수로: 0.167. 백분율로: 16.7%. 분수로: 1/6. 내가 죽을 확률은 소수로: 0.333. 백분율로: 33.3%. 분수로: 1/3. 이 정도의 차이라면, 이 게임을 시작할 만하지 않으냐 그 말이야.

어이없다는 얼굴로 유휴철 상위가 김준엽 중령을 쳐다보았다.

-이보라우. 내가 바본 줄 아네? 그럼, 처음부터 다섯 발은 왜 주는 거이가. 다섯 발을 다 박는다는 건 뭐이가?

-아마 처음 하는 이들은 감당하지 못할 게요. 그래서 한 발과 두 발로 하자는 거요. 그래도 마찬가지니까. 한 발로 5회전을 끝낸다고 해도 탄환 수는 다섯 발이니까. 하지만 두 발로 5회전을 끝낸다면 탄환 수는 열 발이 되는 게 아니오. 당연히 열 발이 승자요.

유휴철 상위가 어림없다는 표정을 지으며 고개를 내저었다.

그 얼굴을 보며 김준엽 중령이 못을 박듯 이죽거렸다.

-인제 보니 순 겁쟁이가 아닌가!

유휴철 상위의 얼굴에 점차 분노의 그림자가 스며 나왔다. 잠시 후 그는 머리를 내저으며 말했다.

-무시기? 겁쟁이? 이보라우. 나는 무도인이지 총잡이가 아님.

김준엽 중령이 필필 웃었다.

-그대가 무도인이라고?

-이 간나가! 날 무시하는 거임?

-말해드릴까? 내가 왜 그대에게 다리 한 쪽을 주었는지? 나는 이미 그대의 전력을 알고 있었소. 그래도 대련에 임했던 건 무도인으로서의 긍지 때문이었소. 이제 다리 없는 새가 그대에게 다시 도전하고 있소. 그런데 겁에 질려 거절한다? 그게 무도인이요? 어떻소? 이제 내 조국처럼 발이 잘리고 보니 손만 남았소. 내가 그대를 이기는 길이란 이 손가락뿐이오. 이 손가락이 바로 그대를 이길 수 있는 탄환이란 말이오. 지탄(指彈). 이 손가락 하나로 그대의 골을 부술 수 있고, 내장을 으깰 수도 있소. 방

아쇠는 당길 수 있으니 말이오. 그렇다면 나의 무도는 바로 지탄에 있는 게 아니겠소. 이 손가락 무도. 어떻소. 그대 역시 마찬가지 아니오. 주먹 하나로 나를 조롱하지 않았소. 그리고 이제 손가락 하나로도 나를 이길 수 있는 처지가 되지 않았소. 어떻소? 방아쇠를 잡아당길 만한 힘이 없다고는 부정하지 않겠지? 내 말은 그대의 무도 정신은 그대의 몸에 있는 것이 아니라 상대를 제압하는 용기에 있다 이 말이오. 증명해 보시오. 그대 정신의 손가락 힘을.

-이 간나 정말 안 되겠구만. 어떻게 총싸움이 무도의 범주에 든다고 할 수 있캇어! 말 같잖은 소리 작작 씨부리라우.

분노의 그림자가 어른거리던 유휴철 상위가 소리쳤다.

김준엽 중령이 고개를 내저었다.

-궤변이 아니라 그대의 고정관념을 말하고 있는 것이오. 봉이나 칼은 무도의 범주에 들어도 총은 아니다? 그건 아니지. 총 하나를 쏨에도 그 법도가 있고 생명을 건 길이 있다면.

-뭐시기?

-오히려 더 철저하지. 당신들의 무예 속에 칼이 있지? 왜 칼은 되면서 총은 안 될까? 활이나 칼이나 그에 합당한 법도가 있듯이 총에도 그 법도가 있다 그 말이오. 그런 면에서 가장 윗자리에 있다고나 할까. 웬만한 용기를 가지고 덤벼들지 못하지. 왜 말이 있잖소. 희망이 없는 자는 터무니없이 용감하다고. 하지만 인간이란 본시 희망 덩어리가 아니오. 제 목숨 아깝지 않은 사람이 어디 있겠소. 총의 무도 정신은 그 희망마저 넘어서야 하지. 그래야 나설 수 있을 테니까.

-그러니까 간나는 여섯 발 약실에 두 발을 넣어 당기고, 나는 한 발을

넣어도 된다 그 말이 아님?

　-당연하오. 나보다 살 확률은 당신이 갑절이지. 문제는 처음부터 두 발을 박고 마지막까지 견딜 수 있느냐는 거지.

　-한 발을 박고 안전하게 5회까지 가느냐 두 발을 박고 모험을 하느냐?

　-세 발은 어떻소?

　-세 발로 5회전을 치른다?

　-다섯 발은 어떻소?

　-지금 무시기 소리 하는 거임?

　-그래서 당신에게는 한 발, 나는 두 발로 5회전까지 치를 기회를 주겠다는 거 아니오.

　-그럴 수는 없지! 조선인민공화국의 군인이 그럴 수가 없지비. 좋습메. 나도 두 발로 하갔음. 죽기 아님 까무러치기지. 간나가 하는 대로 하갔음.

　-호오!

　김준엽 중령이 오기를 보면서 미소를 지었다.

　-역시 조선인민공화국 군인답군.

　그 점을 노렸다는 듯이 김준엽 중령이 중얼거렸다. 그러고는 다시 말을 이었다.

　-그렇다면 유서부터 써야 할 거요.

　-유서?

　-북측 군인들의 실상을 까발리고 남한으로 월남한다는 유서 말이오. 물론 나도 그렇게 쓸 것이오.

　-그래?

　-진정한 무도란 뒤끝이 깨끗한 것. 설령 패배했다 하더라도 책임을 묻

지 않는 것. 만약 누구든 진다면 저 지뢰밭에 던져질 거요.

희미한 미소가 유휴철 상위의 얼굴에 떠올랐다. 점차 그 미소는 야수의 눈빛처럼 차갑게 번쩍였다.

그 모습을 보면서 김성은 상병은 그대의 고정관념이 문제라던 김준엽 중령의 말을 되씹었다.

결투일을 기다리는 동안 북측 책임자 김상철 대위에게서 연락이 왔다.

-일이 묘하게 되지 않았음메. 언젠가는 이렇게 될 줄 알고 있었지만 이 판돈 흥정은 해야 될 거 아님? 맨입에는 못 한다우. 죽고 살고 하는 문젠 디 맨입에 되것음.

-판돈을 얼마나?

그때 김준엽 중령은 정보시스템 분과장 구미오 준위를 찍고 있었는데 그가 흥정에 나섰다.

-못해도 20만 달러는 걸어야 하지 않것음.

-20만 달러요?

-와 작네?

-아, 알겠습니다. 곧 연락하지요.

20만 달러라면 얼른 우리 돈으로 계산해도 2억 5천에 가까운 돈이다. 김준엽은 좋다고 했다. 자기 재산을 일부 털어서라도 걸겠다는 것이다. 자신이 이긴다면 판돈 40만 달러를 독식하지 않겠다고 했다. 그때 배분의 규칙이 정해졌다. 총을 드는 당사자는 판돈의 총 20%. 나머지는 이유 여하를 막론하고 관계 대원에게 공정하게 배분한다였다. 만약 이기기만 한다면 결코 적은 돈이 아니었다.

그런데도 김성은 상병은 참 황당하다는 생각이 들었다. 판돈이 적다는 생각은 아니었지만, 그렇다고 봉이나 칼은 무도의 범주에 들어도 총은 아니라고 하는 생각이 그때까지도 의식의 꼬리를 물고 놓아주지 않았다. 경계부대 대대장이고 그 부대 무도관의 관장이 다리가 없으니까, 서부의 사나이처럼 총을 든다는 것이 아무래도 이상했다. 더욱이 이제 판돈까지 걸렸다. 아무리 불손하게 생각지 않으려고 해도 고개가 갸웃거려지는 마당이었다. 상황이 그렇게 되어간다고 해도 뭔가 구려 보이는 것이 사실이었다.

더욱이나 나라를 지키는 군인이 이래도 되나 싶었다. 자기를 믿고 나라의 안보를 맡겼는데 그 신심을 배신한다?

배신이라는 생각이 들면서 자기합리화라는 생각이 머릿속에 맴돌았다. 그랬지만, 한편으로 생각해 보면 그럴 수도 있겠다 싶기도 했다.

고정관념의 늪은 참으로 무서운 것이었다. 칼은 무도로서 용납이 되는데 총이라고 하니까 용납이 안 되는 것은 무엇 때문일까? 서부 시대, 그들의 결투에도 무도 정신이 있었을까? 서로 등을 맞대고 선다. 앞으로 열 보. 돌아서기가 무섭게 먼저 쏜 자가 승리자다. 살아남기 위해서는 필사적인 노력이 필요했으리라. 하지만 그것도 무도 정신인가?

그런 생각을 하다 보니까 그럼 그동안 김준엽 중령은 무도관의 관장실 안에서 무얼 했단 말인가 하는 생각이 들었다. 기껏 자기를 합리화하려는 생각에나 골몰하고 있었다?

생각이 거기까지 미치자, 김준엽 중령이 가지고 있는 권총이 떠올랐다. 여섯 개의 약실. 거기 들어갈 탄환…. 여섯 개의 구멍을 내려다보고 있었을 김준엽 중령. 그에게 그 여섯 개의 구멍이 얼마나 깊어 보였을까.

그런 생각이 들자, 방아쇠를 당기고는 실린더를 확인하는 김준엽 중령의 모습이 그림처럼 떠올랐다.

무슨 용기일까? 한 발도 아니고 두 발을…? 두 발을 넣고 연속으로 방아쇠를 당긴다?

이건 말이 안 된다.

너무 무모해 보였다.

미치지 않고서야 어떻게 두 발로 한 발을 이길 수 있다는 말인가?

어느 날 모처럼 날이 개어 MP벙커를 청소하면서 보았다. 김준엽 중령이 남기고 간 책, 그 갈피 속에 넣어 놓았던 룰렛의 룰을.

〈룰렛 룰〉

1. 6발 실린더면 총신이 40cm를 넘지 않는 한 어느 총도 가능하다.
2. 전 경기의 횟수는 5회전이다.
3. 탄환은 각 5발씩 지급된다.
4. 6발 약실에 탄환은 5발까지 장전할 수 있다. 처음부터 5발을 장전할 수 있고 1발을 장전할 수도 있다.
5. 5회까지 승부가 가려지지 않는다면 약실에 박은 탄환의 수로 승자를 결정한다. 1회 1발을 박은 선수와 5발을 박은 선수의 결과가 같을 수는 없다. 1회 5발로 전 경기 5회전을 마쳤다면 25발로 인정한다. 1발로 경기를 마쳤다면 5발로 인정되므로 승자는 25발을 박은 선수가 승리한다.
6. 첫 회는 필수적으로 실린더를 돌려야 한다. 이후 탄환 수를 약실에 더 박지 않는 한 실린더는 돌리거나 돌리지 않아도 된다. 탄환을 더했다면

실린더는 필수적으로 돌려야 한다.
7. 총신은 옆머리에 대고 방아쇠를 당겨야 하며 판관의 지시가 있고 방아쇠를 당김에 1분을 넘기면 안 된다.
8. 별도의 약속이 없는 한 전리품은 승자가 독식한다.
9. 승자에게 일체의 이유를 묻지 못하며 결과의 책임은 패자가 진다.

그날 김성은 상병은 이영운 중위에게 따지듯 물었다.
-너무 심한 거 아닙니까? 엄밀히 김준엽 중령은 GP 소속도 아니지 않습니까. 아무리 그의 권한이 대단하다고 해도 여기는 대한민국의 얼굴 GP입니다. GOP대대장이 GP 핵심 벙커에 들어앉아 그 짓을 하겠다니요. 그리고 무엇보다 김준엽 중령이나 유휴철 상위는 군인이면서 무도인입니다. 그런데 총으로 붙는다는 게 말이 됩니까?
-왜 말이 안 돼? 군인의 무기가 뭐야? 총 아니야? 총으로 한판 붙자는데 뭐가 잘못되었다는 거야?
김성은 상병은 순간 자기 귀를 의심했다. GP장이 그런 말을 할 수 있다니? 어이가 없어 입도 열지 못하다가 겨우 숨을 몰아쉬고 말을 내뱉었다.
-뭐가 잘못되었다니요? 잘못되었지요. 군인이니까 총으로 하자. 그게 말이 됩니까?
-안 될 거 없어.
분명히 그가 변했다는 생각이 들었다. 왜 이러십니까? 하는 말이 나오려다가 도로 목으로 넘어갔다.
-GP장님, 군인으로서 국가와 민족…. 아 아닙니다. 상투적인 말은 그만두지요. 그렇다고 하더라도 그들은 군인이기 전에 무도인입니다. 무도

인으로서 그게 말이 됩니까? 다리가 있느니 없느니, 그거 다 구실에 불과한 거 아닙니까?

이영운 중위의 눈에서 불이 쏟아졌다.

-김성은 상병. 방금 구실이라고 했나?

-네. 김성은 상병, 분명 그렇게 말했습니다.

-문제는….

이영운 중위가 무슨 말을 하려다가 말을 끊었다.

-문제는 뭐 말씀입니까?

김성은 상병이 겁도 없이 다그쳤다. 알 수도 없는 심해 속으로 이끌려 가는 것 같은 이상한 느낌을 그는 받고 있었다.

-문제는 룰렛 역시 무도라는 사실이다. 최소한도 발이 없는 이에게는.

그랬다. 그렇게 이유는 충분했다. 말도 안 되는 이유. 그러면서도 수긍할 수밖에 없는 이유.

지탄이라고 했던가?

김성은 상병은 생각했다. 손가락 탄환.

김성은 상병은 더 할 말을 잃고 말았다. 생각해 보면 이해가 되지 않는 것도 아니었다. 칼이나 총이나. 칼은 무도가 되고 총은 안 된다는 것이 스스로 생각해도 이상하기는 이상했다. 더욱이 총싸움이 총싸움이 아니라 정신적 싸움이라고 한다면 더 할 말이 없었다.

그러나 여기가 어딘가. 대한민국을 지키는 GP다. 그곳에서 이제 총싸움한다?

말이 안 되는 짓거리였다. 대한민국 군인의 자존심이 있지 지금 무슨 장난을 치려고 이러나 싶었다.

장난? 그럼, 장난이 아니면 무엇인가?

여기는 나라의 안보를 책임진 신성한 공간이다. 국민의 믿음과 여망이 담긴 곳.

그런데 그 믿음을 이용해 더럽힌다?

잠을 이룰 수가 없었다. 많은 생각들이 새벽까지 이어지곤 했다.

우리의 고정관념이 항상 안으로만 열려 있다는 건 상식이다. 그 무엇이 김준엽 중령의 무도 정신을 바깥 경계선 너머로 이동시킨 것일까?

그걸 모를 사람이 아니다. 누구보다도 군인정신이 투철한 사람이었다. 모자만 삐뚜름하게 써도 보지 못하던 사람이었다.

적대국의 상대에게 질 수 없다는 자존심이 무도라는 고정관념마저 변형시켜 버렸다면 이것은 분명 가치관의 상실이다.

군인의 자존, 그것은 신앙이다.

그러므로 어떠한 고난 속에서도 참고 견디며 나라의 안보를 위해 싸울 수 있었다. 그런 군인이 절망한 나머지 손가락 하나에 용기의 극대화까지 밀고 나가는 생사의 싸움에 목숨을 걸었다?

그런 생각이 들자, 이영운 중위의 말이 남의 말 같지 않았다.

—나도 처음에는 김 중령의 행동을 받아들이기 쉽지 않았다. 무도인이 무슨 짓인가 하고 말이다. 더욱이 무도인이기 전에 군인 아닌가. 이 나라의 안보를 책임진.

—그래서 하는 말입니다. 이건 분명 신성해야 할 공간에다 구정물을 들이붓는 행동입니다.

—그래. 그걸 누가 모르나.

—그런데요?

-총이 무도가 될 수 없다는 생각을 뒤집어 보자.
  어이가 없어 이영운 중위를 똑바로 바라보았다.
  -군인정신을 말하고 있는 겁니다. 나라의 안보를 책임진 군인정신 말입니다. 우리에게 나라의 안위를 맡긴 백성들의 신성한 믿음 말입니다.
  이영운 중위가 눈을 감으며 고개를 주억거렸다.
  -그나 나나 그걸 모르는 게 아니야.
  -그럼요?
  -그러기 전에 먼저 인간이란 말이다.
  -이 중위님. 군인정신은 그 인간 위에 있어야 한다는 걸 모르십니까?
  이영운 중위의 눈에서 불이 터져 나왔다.
  -그런데 그 정신 위에 있던 군인이 울고 있다. 자존에 의해서든, 자기 신념 때문이든, 국가나 백성을 위한 충성심에 의해서든. 난 그 눈물을 닦아주고 싶다. 그게 인간이고 나니까. 그러자 해답이 보이더라. 그러한 생각, 그러한 신념, 그러한 충성 자체가 고루한 관념에 젖어 있다는걸.
  -무도에 대한 고정관념이 잘못되었다고 한다면 그렇다는 말로 들립니다.
  그때까지도 김성은 상병은 꼿꼿한 자세를 잃지 않았었다.
  이영운 중위가 고개를 주억거렸다.
  -국가와 민족을 떠나 군인의 자존심 그것이 손가락 하나로 상대를 제압하는 고수의 정신과 실력 그와 다를 게 무엇이겠는가.
  이영운 중위는 역시 잘 배운 사람답게 그렇게 말하고는 눈을 감았다.
  -군인의 자존심. 그것 역시 민족과 국가를 위해 존재해야 하는 거 아닌가요? 진정한 군인이라면 말입니다.
  이럴 수가 없다는 듯이 김성은 상병이 다시 말하자 이영운 중위가 두 손으로 얼굴을 싸안았다.

 ―군인의 자존심. 그것을 망각하고 총을 들겠다는 김 관장을 보고 있으면 무도에 대한 내 시선이 이상하게 부끄러워져.

 ―군인의 패북입니다!

 ―패북? 페이스북(Facebook)의 페북도 아니고? 군인의 패북이라? 군인으로서 주적을 향한 자기 신념을 꺾었다? 맞아. 하지만 그를 이해하고 싶다. 내 가치관이 옹졸하다고 생각하고 싶다. 무도는 외부로부터 형성되는 여러 가지 양상에서 벗어날 수 없을지도 모른다는 생각에 동의하고 싶다. 인간은 때로 터무니없음에 자기 영혼을 팔기도 하는 동물이라고 생각하고 싶다.

 ―김 중령님이 지금 주목하고 있는 것은 외부란 고정된 것이 아니라는 그것일지도 모른다?

 김성운 상병의 뇌까림에 이영운 중위가 고개를 끄덕였다.

 ―그렇다면 어떤 것이든, 그 본질적 의미는 늘 변화하며 그 형태를 달리하는 것일지 모른다. 이 세상의 절대적, 본질적 가치를 탐구하기 위한 무도. 그러나 그것은 시대의 흐름을 따라 결국은 상황에 맞게 형성된다. 그렇다고 본래 의미가 변질되는 것이 아니다. 단지 행위적인 면에서 거부감이 있을지 모르지만, 그 내부에 도도하게 흐르고 있는 것은 무도 본래의 정신이라고 할 수 있을 것이다. 그런 것들이 국가와 민족에 의해 재단된다면 그것 또한 권력의 산물이 될 테지.

 ―말 정말 어렵게 하십니다. 그러니까 더 변명 같아 보입니다.

 이영운 중위가 고개를 끄덕였다.

 ―그럴 테지. 하지만 무도 정신의 일차적 목적은 고결한 정신적 용기라

는 데에 대해선 부정하고픈 마음이 없다. 그렇다면 그것은 무도인으로서 찾아야 할 최극의 경지다. 그것은 국가이며 민족이다. 아니 그 이상이다. 김준엽 중령은 목숨을 걸고 그것을 쟁취하겠다고 말하고 있는 것이다. 그럼, 그것을 깨닫지 못했을 때 우리는 절대주의의 배타성에 빠져버린다. 그것은 곧 자기 성찰과 개선의 여지를 잃어버린다는 말이고, 절대 무공을 인정치 않는다는 말이 된다. 손가락 하나에 자신의 정신을 걸지 않는다면 이루어질 수 없는 경지가 바로 그 경지라면 말이다. 그 경지에서는 칼을 잡거나, 봉을 잡거나, 창을 잡거나 그것 역시 무술이 된다. 그렇다면 총을 잡으면 무술이 아니라는 단정은 말이 되지 않는다.

이영운 중위의 말을 이해할 순 없어 김성은 상병은 눈을 감고 말았다.

이 무슨 궤변인가? 무도인이 추구하는 경지가 곧 국가이며 민족이라고?

그런데 이상한 일이었다. 조금은 이해하고 싶다는 생각이 드는 것은 무엇 때문인지 몰랐다.

객자는 바로 그것이 인간의 나약함이며 타락의 물이 들어간다고 말할지 모르지만,

그렇다고 하더라도 곰곰이 생각해 보니 그럴지도 모른다는 생각이 들었다. 수도인에게는 도(道), 즉 진리가 국가보다 민족보다 우선할 수도 있다는 말을 들은 적이 있었다. 국가와 민족이 없다면 도가 어디 있고 무슨 가치가 있느냐. 그렇게 말할 수도 있다.

그러나 그들에게는 도가 최고의 가치다. 진리가 자신의 이상이기 때문이다. 국가와 민족이 있고 도, 즉 정신이 없다면 국가가 무슨 소용인가.

궤변 같아 보이지만 결코 궤변이라고 할 수 없는 이 상황. 이 상황을 어떻게 벗어날 것인가?

4

잠시 김준엽 중령의 웃음을 일별하던 유휴철 상위가 죽을상을 하고 천천히 실린더를 열어 보였다.

뒤이어 그는 여판관의 지시대로 실린더를 돌렸다.
삐리릭.
유휴철 상위가 각오한 듯이 이외에도 빠르게 방아쇠를 당겼다.
찰칵.
그는 탄환이 터지지 않았음에도 으음 하고 신음을 물었다.
김준엽 중령의 미간이 일그러졌다.
김성은 상병의 가슴이 섬뜩하게 얼어붙었다.
이제 끝이구나.
김성은 상병은 나직이 숨을 몰아쉬고 실린더를 열어 보이는 김준엽 중령을 바라보았다. 가슴속에서 불덩이가 울컥 올라챘다. 지그시 어금니를 악물었다.
김준엽 중령은 마음이 수면처럼 평온해지기를 기다렸다.
마음을 가라앉히고 그는 총을 들어 올렸다. 마음과 촉각을 하나로 묶고 그는 눈을 감았다.
그 순간 김성은 상병은 하나로 묶여져 흘러가는 바람을 보았다.
이영운 중위 역시 그 바람을 보고 있었다. 바람은 느낌이다. 느낌은 직관이다. 마음이 멈추었다. 하나의 구멍이 보였다. 시커먼 하나의 구멍이 빨아들일 듯이 쳐다보았다.

이영운 중위와 김성은 상병은 뒤이어 방아쇠 당기는 소리를 들었다.

찰칵.

와 하는 함성이 일었다.

김준엽 중령이 총을 놓으며 히물히물 웃었다.

보고 있던 유휴철 상위가 군복 윗단추를 하나 더 풀었다. 그는 부들부들 떨고 있었다.

어느 한순간 김준엽 중령이 그를 쳐다보았다.

-한 발 더 박지, 그러나?

-무시기?

-그래도 될 거 같은데….

-종간나새끼. 네놈이나 박으라우.

의외로 유휴철 상위의 행동은 빨랐다. 꽉 다문 입술이 그의 심정을 말해주고 있었다.

그의 손가락이 방아쇠를 당겼다.

피욱!

MP벙커

1

김성은 상병은 멀거니 북측 초소를 바라보았다. 오늘따라 대남 방송도 들려오지 않는다. 이상한 일이다. 아무리 전력난이 심하다고 해도 가만있을 집단이 아니다. 지난 금요일 또 핵실험을 감행했다. 그 바람에 남북 병사들이 대치하는 휴전선에 다시 긴장감이 감돌았다.

-저것들이 미쳤나? 정말 해보자는 거야?

북측 핵실험에 대한 대응 조치가 내려졌다. 그 일환으로 최전선 11곳에 설치된 대북 확성기 방송이 또 시작됐다. 북측도 이에 질세라 대남 전단(삐라)을 뿌리고 무인기를 띄웠었다.

-이러다 정말 한판 붙는 거 아니야.

-씨발 붙자고 그래. 제대해 집에 가봐야 누가 있나. 빨간 고무신이 있나, 파란 고무신이 있나. 빽빽 우는 새끼가 있나. 저 쌔끼들 육이오 때 쓰던 고물 가지고 설치는데 전쟁물자 팔아먹는 나라가 우리나라야. 뒈지려면 무슨 짓을 못 해.

날이 바뀌기가 무섭게 대북 대남의 확성기 방송에 귀가 터져나갈 듯했다. 그럼 그렇지.

DMZ를 사이에 두고 신경전이 끝날 것 같지 않았다. 끝나기는커녕 총성 없는 전쟁이 날이 갈수록 더 심해졌었는데 언제 그랬냐는 듯 다시 또 조용하다. 전력 때문이 아닌 것 같고 보면 무슨 꿍꿍이속일까?

GOP에 있을 때는 이런 걱정은 하지 않았다. 그리고 보면 차라리 좀 더 자유스럽던 GOP 생활이 좋았던 것도 같다. GP와 GOP를 혼동하는 사람은 거기가 거기 아니냐고 할지 모르지만 천만의 말씀이다. 1953년 7월 27일 정전협정이 체결되었다. 휴전선(군사분계선)이 생기고 그로 인해 이 휴전선으로부터 남북으로 각 폭 2km의 비무장지대(DMZ)가 형성되었다. 그리하여 비무장지대 경계에 철책이 세워지게 되는데 철책 바로 뒤쪽이 GOP였다. 그 철책을 지키는 임무가 주어진 부대가 GOP고. 철책 안의 비무장지대에 초소를 짓고 들어앉은 군인들이 있다. 북쪽 사람들 못 믿겠으니까 안으로 들어와 지키겠다는 것이다. 이곳이 GP(Guard Post 전방초소)다. 이 세상에서 적군과 가장 가까이 있는 사람들, 그들은 언제 어느 때 다시 도발할지 모르는 북한을 코앞에 둔 상황에서 24시간 365일 쉬지 않고 삼엄한 감시 업무에 매달린다.

그래서 때로 경계근무에 매달렸던 GOP 생활이 그리울 때가 있었다. GOP 생활은 이곳보다 자유롭다. 한발 물러나 있기 때문이다. DMZ를 비추는 경계등, 그 등이 김성은 상병은 언제나 눈에 부셨다. 꼬박 밤을 새우고 교대가 되면 시각을 노출하지 않기 위해 낮은 자세로 교통호를 따라 뛰어야 했다. 그때마다 들려오던 심장 소리. 이게 살아 있는 것이구나. K-2는 왜 그렇게 무거운지. 철컥이는 멜빵 소리는 왜 그렇게 지랄 같은

지. 스무 발들이 탄알집의 무게는 또 어떻고. 수류탄이 전투 조끼를 때리는 소리는 최악이다.

그때쯤 제일 무서웠던 것이 있었다. 산짐승의 하울링도 아니었고 부엉이의 울음소리도 아니었다. 바스락 소리만 나도 전신이 곤두서는 판에 불현듯 일어나는 고라니의 비명. 그 소리를 재현해 내기가 쉽지 않다.

끅그르르 러어억….

정말 소름 끼치는 소리였다. 어떻게 그렇게 비명을 지를 수 있는지.

그런데 인연을 따라 그곳보다 더 지옥 같은 이곳으로 오고 말았다. 차출이 오면 누구나 고개를 내저어 버리는 곳. 그곳으로 오고 말았다.

북측의 유휴철 상위가 DMZ 지뢰밭으로 던져진 지도 벌써 열흘이 지났다.

수사가 진행되는 상황에도 판돈을 잃은 북측 병사들은 비무장지대를 넘어 벙커로 넘어왔다. 넘어올 때마다 저들 생각은 하지 않고 남측 타박이었다. 특히 그들을 이끄는 김상철 대위의 비꼼이었다.

-늦게 배운 도둑 날 새는 줄 모른다더니 해보니까 재미가 있음? 양심도 없게스리. 왜 갈수록 요동치네. 어지간히 하라우.

-잠잠해져야 되지 않겠습니까?

GP장이 말했다.

-기다릴 거 뭐 있네. 빨리 돌리자우.

-그래도….

-조만간에 내레 연락할 테니 그리 알라우.

유휴철 상위의 조사가 끝나지도 않았는데 남측에서 또 하나의 사건이 일어났다.

뒤늦게 합류한 염이두 소초장의 변심이 그것이었다. 늘 조마조마했던 사람이기는 했었다. 그러나 설마 했던 것이 터지고 말았다. 이로써 두 번째 자살 사건이 발생한 것이다. 그가 아끼던 부사관은 눈물만 흘렸다. 부사관이 말 안 해도 알 것 같았다. 대한민국의 군인으로서 자책감에 시달렸다는 염이두 소위와 그를 바라보는 부사관의 마음.

-군인으로서 이대로 계속해도 되는지 모르겠다. 먼저 부끄럽다. 이건 군인이 할 짓이 아니야. 그깟 돈, 군인이 돈에 조국의 명운을 걸고 배신하다니. 위에서 알고 모르고가 아니야. 나 자신이 부끄러워.

-그럼 죽습니다. 저들 모르세요. 가만 놔두지 않을 겁니다.

-누가 알겠는가! 독버섯처럼 피어나 분탕질하고 있다는 것을. 이건 대한민국 군인의 수치야. 내 어깨 계급장이 부끄럽다고. 죽는 한이 있어도 그만둘 거야.

-이미 늦었습니다. 그만두는 것으로 끝나지 않습니다.

-문제는 점점 범죄 집단화 되어가고 있다는 사실이야.

-맞습니다. 새 보직을 받고 근무지를 옮긴다고 하더라도 그들의 마수는 놓아주지 않을 것입니다.

-알고 있다. 김준엽 중령이나 이 중위가 용서치 않으리라는 것을.

-그들이 누굽니까? 정이모 분대장도 자살로 위장해 죽인 마당입니다.

김준엽 중령은 이미 그의 변심을 눈치채고 있었다. 그가 자살하기 하루 전 대원들이 변장하고 그의 집을 습격했다. 사건화되고 난 후 뒤탈을 미리 막기 위해서였다. 그의 일기장에서 그동안의 과정이 소상히 기록된 갈피가 나왔다. 그 사실을 안 염이두 소초장 역시 권총 자살 하고 말았다. 이제 갓 태어난 딸과 스물여덟 살 난 아내를 위해 그는 말 한마디 하지 못

하고 생을 마감했다.
 그렇게 양심적인 군인이 있는가 하면 포섭되기가 무섭게 룰렛이 있을 때마다 걸리는 판돈을 마련하기 위해 선산과 종갓집을 판 대원도 있었다.

 가까이에서 부엉이 우는 소리가 섬뜩하게 들려왔다. 여름에는 정오가 소초병에게는 제일 힘든 시간이다. 해가 머리 위에 있는 시간이기 때문이다. 그래서인지 전반야가 끝날 시간이 되면 이상하게 마음이 바빠진다.
 그럴 때면 별의별 생각이 다 든다. 여기가 어딘가 싶다. 왜 나는 이 땅에 태어났고 여기에 와 있는가 싶다. 그것도 아무나 올 수 없는 최전방 비무장지대에 왜 와 있는가 싶다. 이 나라를 지키는 부대는 많다. 그중에서 전쟁이 발발하면 예비사단의 지원을 받으며 맨 먼저 나서는 사단이 있다. GP나 GOP를 지키는 사단, 말만 들어도 그 용맹성에 소름이 끼친다는 철책사단. 그 사단에 인간 지옥으로 불리는 부대가 있다. 바로 철책사단 비호 연대 3대대(경계 전담 비갑대대). 그곳의 GOP도 아니고 GP. 그곳에 내가 와 있는 것이다. 저 어딘가, 나와 같은 병사가 이 밤도 소초에서 눈을 부릅뜨고 적국의 동태를 살피고 있으리라. 북쪽 하늘 밑이라고 무엇이 다르겠는가.
 그들은 DMZ 인근에 설치된 최전방 초소를 민경초소(民警哨所) 또는 감시초소라고 부른다. 줄여 초소라고 부르는데, 북한군이 직접 운영하는 군사적 초소는 DMZ 후방이나 전략적 요충지에 위치하며 이를 '군초소'라 부른다.
 오늘도 양측 병사는 눈을 부라리고 서로를 지켜보고 있다. 저들의 초소 근무병이 얼마나 되는지 정확하게 알 수 없지만, 이 땅에 나와 같은 병사는 몇 명이나 되는 것일까? 아니 그들이 지키는 이 나라의 GP는 몇 개나 되는 것일까? GP의 간격은 약 1~2㎞. 남북이 모두 비슷하다. DMZ 내 남쪽 GP만 육십여 개. 2018년이라던가? 군사합의로 남측은 기존 일흔여덟 개 GP 중 열한 개를 철거해 육십여 개가 남았다고 하던가? 이후 일부 GP를 복원하거나 새로 설치해 총 여든두 개가 유지되고 있다고 했다. 군사분계선(지상 휴전선)의 길이는 155마일(248㎞), 지상군 병력으로 경계해야 할 해안 경계선은 휴전선의 무려 여섯 배, 해안 경계는 해안 경계사단이 맡고 있지만 지상 휴전선과 해안 경계선의 길이는 약 1,750㎞. 10~20m 간격으로 경계 병력 두 명 복초(複哨)로 할 때 20m 간격으로 하면 17만 5천 명, 하루 4교대로 경계한다면 70만 명. 10m 간격으로 하면 35만 명. 4교대면 140만 명…. TOD, CCTV, 광망, 드론 등 과학화 장비로 커버한다고 하더라도 그 수가…?

아아, 여기는 어디이고 나는 누구인가?

꼭 30분을 채워서야 밀조가 나타났다. 정적만이 감돌던 소초에 비로소 화기가 돌았다.

–휴가 다녀온 지 얼마나 되었다고 아주 너덜너덜하네. 일찍일찍 다녀라.

그들을 기다리고 있던 김성은 상병의 말에 이제 후반야를 뛰어야 하는 사수를 데리고 소초로 오면서 김일조 병장이 푸시시 웃었다.

–김성은 상병, 병장님께 한 말이 아니었습니다.

–괜찮아.

근무교대를 하려면 전임 근무조와 후임 근무조의 인수인계가 있어야 한다. 10분 정도 합동 근무를 서면서 전방 상황을 인수인계해야 한다.

공용화기에 대한 이상 유무를 함께 점검한 뒤 비로소 김성은 상병과 이차운 상병이 소초에서 빠졌다.

내무반으로 가면서 김성은 상병은 GP장의 방부터 살폈다. 불빛이 없는 것을 보면 MP벙커로 간 것이 분명했다. 새벽 3시 30분부터 4시 30분까지 환자를 제외하고 모두 소초에 투입돼야 한다. 전원 투입을 마친 뒤 새벽이슬을 맞은 장비를 정비하고 7시 아침을 먹고 최소 근무 인원을 남겨두고 잠을 자야 한다.

이곳은 소대원들이 모여 그렇게 생활하는 곳이다. 사단 GOP 통문을 통해 한번 들어오면 두 달 동안 밖으로 나갈 수가 없다.

비무장지대는 유엔사령부가 담당하기 때문에 유엔사의 허락이 없다면 통문은 열리지 않는다. 마음대로 들어가거나 나올 수가 없는 곳이 바로 이곳이다. 대통령도 이 법 앞에는 어쩔 수가 없다. GP장이라고 해도 마찬가지다. 하나같이 유엔사령부의 출입 허가가 필요하다.

GP 출입을 위한 절차와 과정도 엄격하다. 국군 기무사의 신원조회를 거쳐야 한다. 유엔사의 출입증이 발급돼야 들어올 수 있다. 이것도 이등병, 사단장 모두 같다. 국방부 장관이나 참모총장도 유엔사 출입증이 있어야 한다.

그러므로 GP엔 몇 달을 쓰고 남을 탄약과 비상식량이 비축돼 있다.

단 GOP 대대장급(중령) 지휘관 정도가 되면 GP 인근 지역을 직접 지휘하는 작전 책임자이기 때문에 사전 공문 없이 전화 승인으로 처리되는 경우가 있다. 군사적 목적에 한정된 예외적 간소화 절차가 허용되는 것이다. GP 출입이 지휘·점검·작전에 목적을 두기 때문에 유엔사 군정위 비서처와 해당 사단 작전과 간의 직통 연락망을 통해 구두 승인이 이루어지는 것이다.

숨소리조차 조심스러운, 적의 심장 소리까지 들릴 것 같은 이곳에 GP장 김준엽 중위가 들어오면서 MP 공간을 설계한 것은 실로 역사적인 일이었다. 이영운 중위가 GP장을 맡으면서 의욕적으로 혁신을 가한 일이 몇 가지 또 있었다. 그것은 GP의 낡은 제도였다. GOP에 무도관이 있듯이 GP에도 체력단련실이 없는 것이 아니었다. 그러나 운동기구가 낡아 장병들로부터 외면받았는데, 이영운 중위가 GP를 맡으면서 새로운 기구들로 바꿔 체력장을 GOP무도관에 버금갈 만큼 만들어 놓았다. 또 하나, 밤 10시면 취침하는 후방부대와는 달리 낮에 자고 밤에 근무하는 GP 근무 활동을 획기적으로 바꾸었다. 근무의 특성상 밤에 인원 이동이 많아 통제가 어렵지만, 근무자 외에는 밤 10시를 기준으로 후방부대처럼 취침시간을 준수해야 하고 새벽 3시 30분 기상, 새벽이슬에 젖은 장비를 점검하고 밤 근무자는 7시에 수면에 든다는 취침 제도 개선이었다.

총기류에 관한 개선방안도 단행했다. 일전에 일어난 총기 난동 사건을 거울삼아 그는 총기류를 생활공간인 내무반에는 절대 반입할 수 없도록 했다. 소초 근무자가 내무반에 들어갈 때는 수류탄과 실탄을 상황실 간부(장교·하사관)에게 맡겨야 한다. 그 자리에서 안전검사를 해 약실의 실탄 유무를 확인한다. 병사에게 수류탄과 실린더를 회수한 간부는 실탄 개수 등 이상 유무를 점검해야 하고 상황실에 마련된 간이탄약고에 보관해야 한다. 그런 다음 열쇠는 목에 걸어 항상 휴대하도록 해야 한다.

사실 외부 순찰자가 항상 감시하는 GOP보다 부대 관리가 느슨한 것이 GP였다. 탄약 출납은 귀찮기 마련이다. 상관들은 부하들에게 그 일을 맡겨 놓기가 관례인데 그는 그 점을 개선했다. 병사들에게 맡겨 일어날 수 있는 총기사고를 미리 방지한다는 취지였다.

그런데 예외가 있었다. 물론 예외 사항은 문서화된 규칙은 아니었다. 그것은 바로 룰렛 판이 MP벙커에서 벌어질 때였다. 그때 대원들은 완전무장을 해야 한다. 왜냐면 룰렛 판의 특성상 두 자루의 권총이 나오는데 실탄이 지급된다. 그럼, 겁에 질린 누군가가 총으로 상대를 쏘아 죽일 수도 있고, 주변 인물에 해를 가할 수도 있다. 그때를 대비해 완전무장 하는 것이다. 이 조항이 문서화될 수 없는 이유가 여기에 있었다.

그런 다음 그는 경계조(네 명)를 고정으로 세우는 말뚝 근무제도를 없앴다. 밀어내기식 밀조 근무제도가 없는 것은 아니었다. GP는 통문이 닫히고 간부의 순찰이 없다면 감시의 눈이 없다. 그러므로 소초에서 상관의 구타나 가혹행위가 발생할 가능성이 크다. 상관에 의해 말뚝 근무가 이루어지고 그 바람에 사고가 나기도 하는 것이다. 그는 GOP처럼 밀어내기식 근무(밀조 근무)를 원칙으로 했다.

경계를 서야 할 소초가 두 개라면 세 개 조 여섯 명을 경계조로 편성했다. 한 조가 소초나 밀조 대기 소초에 있다가 기존 소초 근무자를 밀어내는 방식으로 경계를 서게 했다.

그는 알고 있었다. 밀어내기 근무가 초병의 피로도를 줄여준다는 것을. 그리고 다음 소초의 초병을 밀어내려고 이동하다 보면 철책의 이상 유무도 점검할 수 있다. 그렇게 경계조가 순환하면서 야간근무에 따른 졸음도 막을 수 있다.

그런 그가 GP건물 아래 지하 벙커를 하나 더 만들 생각을 한 것은 정말 획기적인 일이었다. GOP대대장 김준엽 중령이 사주한 것이란 말이 있지만 왜 하필 GP 건물을 선택한 것인지 몰랐다. 총 한 방이면 목숨을 교환할 수 있는 거리에 적들이 있다. 비무장지대는 말 그대로 비무장 상태를 유지해야 한다. 그런데 GP는 중무장 군사 시설을 갖추고 있었다. 그것은 북측도 마찬가지였다. DMZ 내에는 소총이나 권총 따위의 개인화기 외에는 중화기 반입을 금하고 있지만 북은 일부 감시초소에 박격포와 14.5㎜ 고사총, 무반동포 등 중화기를 배치하고 있고 우리 군도 이에 맞서 K-6 중기관총, K-4 고속 유탄기관총 등을 GP에 반입하고 있다.

아무튼 누구의 명령이든 이영운 GP장은 GP건물 아래 지하를 파 벙커 하나를 더 만들었고, 나중 사단에서도 김준엽 중령과 이영운 중위의 안목에 손뼉을 쳤다. 정말 그럴듯했다.

-왜 이곳을 MP벙커로 명명했느냐 하면 DMZ의 참정신을 심어나가는 산실이라는 뜻에서 MP로 명명하게 된 것입니다. 그러므로 이제 이곳은 남북한 사이의 정치적 갈등을 풀기 위한 핵심적인 장소가 될 것입니다. 잠재력이 아닙니다. 여러 분야에서 평화와 번영을 성취할 수 있는 기회를 제공합니다. DMZ 미래지향은 첫째로 경제적 가치의 활용을 추구할 수 있을 것입니다. 이제 DMZ는 남북한 핵심의 장소가 될 것이고 남북한 양측의 상호의존도를 높이고 국제적으로도 경쟁력 있는 곳이 될 것입니다.

그때 어떻게 알았을까? MP란 말속에 '마법'이나 '공격스킬' 같은 특수 능력 소유자 집단이라는 뜻이 불순하게 숨겨져 있다는 것을.

그러니까 MP란 말 자체가 그랬다. 군대 내의 치안을 담당하는 경찰인 헌병(Military Police)을 뜻하는 것이 아니라 매직 포인트(Magic Point)의 약자였다. 즉 마법을 사용하는 데 소비하는 포인트라는 뜻이었다.

이게 무슨 말인가? 왜 이 엄중한 곳에?

그러니까 그들의 속셈을 아는 사람이 없었다. 철책 안쪽과 바깥쪽은 생사의 간격만큼이나 애달프다.

그런데도 그들은 GP 건물 밑에다 무려 넓이가 8평이나 되는 벙커를 확보했다. 네 사람이 겨우 들어가게 만들어진 벙커가 아니었다. 분대원 정도가 머물 수 있는 공간이었다. 천장 부근에 간이탄약고가 있는 것은 다른 벙커와 다를 것이 없었다. 사방을 방어할 수 있도록 총안구가 사방에 뚫려 있는 것도 마찬가지였다. 특이한 것은 방음 장치가 되도록 해놓았다는 것이다. 문을 닫아 버리면 완벽히 독립된 공간이었다.

지하 벙커가 완성되고 한 달이 지났을까. 그들의 마각이 드러나기 시작했다. MP벙커 완성 한 달쯤 되던 날 오후 무렵. 북측에서 둘째가라면 서러워야 할 인민무력부 간부 하나가 부하들을 데리고 후반야를 이용해 남쪽 GP를 제 안방인 양 넘어왔기 때문이었다.

휴대폰 하나 보내라우

1

내무반으로 돌아온 김성은 상병은 운동복으로 갈아입은 뒤 세면대로 가 대충 씻었다.

취사장으로 가자, 취사병들만 살아 있는 것 같았다. 그나마 굶지 않으려면 여기서는 눈이 오면 더플백으로 부식 수송하는 것은 예사다. 제설(除雪)도 배식도 모두 작전인 곳이 이곳이었다. 비무장지대(DMZ)로 통하는 통문 밖에서 수백 미터 떨어진 GP 근처 케이블(Cable) 이착륙장까지 방탄 헬멧, 소총, 방탄조끼로 무장한 채 부식을 운반해야 한다.

GOP에서 들어오는 통문이 닫혀버리면 이곳은 섬이나 마찬가지다. 귀신의 호곡 같은 바람 소리만이 비무장지대를 감싼다. 적의 동태를 살피는 눈들만이 살아 있다.

새벽 3시. 인민 병사 두 명이 포복 자세로 소초로 접근했다. 대검을 뽑아 들고 먹이를 노리는 살쾡이처럼 재빨랐다. 소초병 둘이 총을 들고 꾸벅꾸벅 졸다가 순식간에 그들의 포로가 되고 말았다.

소초병들은 비명도 지르지 못하고 묶였다. 인민 병사들은 숯검정을 얼굴에 발라 눈만 살아 있었다.

그들은 소초병들을 윽박질렀다.

-수색대 아이덜 넘어온 거 알지비?

입이 틀어막힌 채 소초병 하나가 고개를 끄덕였다.

-어디 있네?

-벌써 귀대했지요.

질문하던 인민군 병사의 눈을 뒤집었다.

-거짓말 말라우. 그 여중대장 어디 있네?

-귀대했다니까요.

-이런 쌍간나 새끼 안 되겠구만. 야 이 종간나 멱을 따버리라우.

-귀대했다니까요.

그랬다. 이미 전방 특공연대 비무장지대 수색 작전을 펼쳤던 병사들은 빠져나간 다음이었다. 그곳의 중대장(대위)은 첫 여군 중대장이었다. 그 바람에 일이 이상하게 꼬여버렸다. 장병들은 DMZ 남방한계선 철책 통문을 따라 이동하고 통문을 지나 DMZ에서 약 2시간 동안 수색 작전을 벌이고 끝마쳐야 하는데 대원들이 북쪽 초소까지 근접했던 모양이었다. 자신들의 용맹을 시험해 보고 싶었거나 저들의 행동이 이상했을지도 몰랐다.

수색 대원은 여섯 명으로 짜이기 마련이다. 각 세 명씩 임무를 나눠 맡는데 중대장은 무엇보다 상황을 빠르게 파악해야 한다. 그런 다음 조처하고 보고 내용까지 신경 써야 하므로 중대장은 어깨가 보통 무거운 것이 아니다.

그들이 북측 초소로 가까이 다가가 보니 인민 병사 둘이 계곡에서 목욕하고 있었다. 그냥 조용히 돌아섰으면 되었을 일을 그들의 말을 듣고 말았다.

-이번에 새로 투입된 남반부 아이새끼덜 말이야. 그거이 어디서 굴러온 뼈다귀들이네? 그렇게도 사람이 없음? 그 수색 중대장 말임. 에미나이라면서?

-에미나이라고 얕보다가는 큰일 나겠더라우요. 망원경으로 그 에미나이 동태를 살폈는데 신력이 보통이 아니였음메. 저들끼리 한판 붙는데 대련병 다섯이 그냥 나가떨어지더라우. 물론 우리가 보고 있다는 걸 알고 하는 짓거리지만 대단했음메.

-웃기지 말라우. 그래봐야 도끼 맞은 에미나이래 별수 있갔어. 용 못 쓴다우.

지켜보고 있던 부중대장이 여중대장에게 속삭였다.

-날려버릴까요?

여중대장이 눈을 하얗게 치떴다. 이때 악바리로 소문난 성질 급한 병사 하나가 욱해서 한마디 하고 말았다.

-힘 못 쓰는 건 도끼 맞은 네 에미 뿅이다.

그리고는 재빨리 그곳을 벗어났는데 다음 날 후반야 때 일이 벌어졌다. 불똥이 GP로 튄 것이다.

느낌이 이상해 그 시간에 소초 점검에 나섰던 GP장은 소초병 둘이 인민 병사에게 인질로 잡혔다는 것을 알고는 대원들을 불러 소초를 에워싸고 총구를 갖다 대고 소리쳤다.

-손 들어.

총 한 번 쏘아보지 못하고 인민군 둘이 잡혔다.

그들을 압송하는 과정에서 병사들이 잠깐 방심하는 사이 그들은 도망을 치고 말았다. 병사들은 GP장의 입장이 곤란하니까 그들을 놓아주었다고 했다. 도망갈 통로를 열어주었다는 것이다.

그것은 모를 일이었다. 사건화해 봐야 좋을 것은 없었지만 GP장이 포로를 놓아준다? 말이 되지 않는 소리였다. 다음 날 흐지부지 끝난 걸 보면 병사들이 오해를 살 만도 했다. 사실 사건화되었다면 여중대장은 영창 감이 분명하고 정치인들은 야단법석을 떨게 뻔한 일이었다.

그래서 최전방 군단 특공연대의 DMZ 수색 작전 투입은 신중해야 한다는 말이 있었다. 보통 사단 수색대대가 작전을 전담 수행하는데, 특공연대 장병이 지원해 포함되는 경우는 간혹 있어도, 군단 특공연대처럼 특정 지역의 작전을 도맡은 적은 없었기 때문이다. 의도를 살리려다가 지뢰를 밟은 꼴이었다.

2

식당 배식구 앞에는 이런 글이 적혀 있다.
"피땀 어린 우리 세금 잔반통에 들어간다."
-조리장, 냄새가 죽이는데 그래.
들어가면서 한 말 한마디에 취사병의 손놀림이 바빠진다.
-어서 오십시오. 김 상병님.
손은 연신 파를 썰고 콩나물을 무치고….

이 GP에서 심중원 일병이 유일한 조리사라는 것을 모르는 장병은 없다. 특히 그의 두부 고추장볶음은 신기에 가깝다.

대북 확성기 방송 임무를 마치고 귀대한 방송병이 식당으로 들어오며 빙글빙글 웃었다.

-왜 이러십니까? 너무하는 것이 누군데…. 방송해도 좀 고상하게 합시다. 유치해서 원….

김성은 상병은 방금 그의 방송을 들었었다. 북측에서 시비조로 나오니까 그가 그렇게 맞받아친 것이다.

-괜찮아?

방송병을 향해 김성은 상병은 그냥 건성으로 물었다.

-예. 이일도 일병. 괜찮습니다.

김성은 상병의 말에 방송병이 차렷 자세로 경례하며 대답했다.

그때 대면병(對面兵)이 들어왔다. 방송병은 DMZ 철책에 설치된 대북 확성기를 통해 방송하는 반면 대면병은 방송병과 다르다. 고지대에 설치돼 있는 '고가(高架) 초소'에서 북한군을 향해 대면 방송을 한다. 방송병이 정부가 FM 라디오로 송출하는 '자유의 소리(VOF: Voice of Freedom)' 방송을 내보낸다. 음악과 뉴스가 주를 이루지만 대면병은 여기서 한발 더 나가 철책에서 육성을 통해 심리전을 편다. 쌍방향 대화를 유도함으로써 긴장감을 완화하는 것이다. 남한의 실생활을 알리고 자유민주주의 체제의 우월성을 홍보, 강조한다.

-뭐야? 우리가 유치하다는 거야? 기래? 고작 방송병 주제에 그런 말이 나오네. 방송병이라면 방송에 충실하라우. 음악이나 틀어주는 DJ가 아니

라믄 뭐이가?

 -아이고 남한 사람이 다 됐네. 디제이도 아시고….

방송병이 이죽거렸다.

 -그럼 방송을 진행하는 MC네? 그래도 너희들은 벙커 안에서 하니까 뭐 한데. 대면병 너 말이야. 아침에 이빨이나 닦네?

북측에서 넘어온 민도린 소위가 손을 불며 말했다.

 -거기보다 칫솔이 더 낫다는 걸 아실 텐데. 아직도 나뭇가지 분질러 닦고 있네? 아이고 불쌍해서 원.

대면병들이 방송하는 초소는 북측 초소와 불과 1km 안팎에 자리 잡고 있어 상대방의 표정이나 동작까지 살펴볼 수 있다. 염도노 소위와 염무웅 상병이 멤버에 들어온 것은 그들이 방송과 대면병을 하기 전에 중앙시스템실에서 시스템병으로 있었기 때문이다. 북측에서 넘어오거나 남측에서 북으로 넘어갈 때 나뭇잎만 스쳐도 그 정보는 중앙시스템으로 들어간다. 그들이 눈치채지 않을 리 없다. 당연히 그들을 포섭하지 않을 수 없다.

더욱이 대면병은 사단 수색대대 소속이다. 사단의 통제를 받는다. 국정원으로부터 북한 동향 및 실상 등에 대한 자료를 받는 위치에 있다. GP를 운영하는 최전방 초소에 백여 명 안팎이 근무하는데 그중에서도 그들은 핵심멤버다. 더욱이 그들은 북한군 초소와 700m도 안 되는 거리에서 근무하고 있다.

김성은 상병도 한때 대면병으로 차출된 적이 있었다. 대면병이 되려면 임무의 특성상 말 잘하고, 글 쓰는 재주가 있어야 한다. 직접 원고를 쓰고 방송을 진행하는데, 글재주가 없이는 하기가 힘들다. 김성은 상병은 신병교육대 출신이었다. 훈련받은 지 꼭 4주 차였다. 심리전단 소속 장교와 부사관이 면접을 통해 뽑았다. 차출은 되었는데 부대 배치를 받지 못했다. 불안했다. 한동안 소속과 임무를 알지 못했기 때문이었다.

어느 날 심리전단 소속 장교가 부르더니 이렇게 물었다.

-너는 대한민국을 지키는 사수로 뽑혔다. 극한의 고통을 참고 이길 수 있겠는가?

그때까지도 가야 할 곳이 DMZ라는 것을 몰랐다. 군인이라면 극한의 고통은 참아내야 한다고 생각하고 견딜 수 있다고 대답했다.

그 후 훈련소 퇴소 후 수색대대로 자대 배치를 받았는데 엉뚱하게 GOP로 떨어졌다. 엄격한 신원조회를 거쳤고 긴장감이 감도는 DMZ 내의 경계초소(GP) 근무 명령받을 줄 알았는데 아니었다.

GOP에서 이영운 중위를 만나 GP로 오긴 했는데 같이 차출된 이차운 상병은 GP 안에 있는 3인 1실의 대면병 숙소가 쉽지 않다고 했다. 2주간 특별교육. 대북 심리전의 의의, 대응 논리 개발, 글쓰기…. 방송원고는 직접 써야 한다고 했다. 작성에 필요한 책과 텔레비전이 비치돼 있기는 하지만 자신의 방송으로 북녘의 인민들이 영향을 받는다고 생각하면 무엇 하나라도 소홀히 할 수 없다는 것이다.

GP에는 이틀에 한 번씩 부식이 공급되는데 따뜻한 밥을 먹을 때면 북녘 사람들이 생각나 눈물겹다고 했다.

그가 근무하는 곳을 한번 가보았다. 전투중대원 두 명이 지키는 고가초소는 한 평(3.3㎡) 남짓이었다. 투명한 대형 창문, 대면 방송 외에 북한군들의 움직임을 볼 수 있는 망원경. 벙커의 장식이라고는 그것이 다였다. 오전 10시, 11시 반, 오후 5시 30분씩 정해져 있는 시간에 방송한다고 했다.

망원경에 눈을 갖다 대다가 소스라치게 놀랐다. 북측 역시 초소에서 망원경으로 자신들을 관찰하고 있다는 걸 그때 알았기 때문이었다.

-총구를 겨누어 총 쏘는 시늉을 하는 것만으로도 가슴이 쪼그라들어.

그랬다. 이차운 상병은 한동안 오금이 저렸던 것이 사실이었다. 정말 이러다가 저놈들의 총에 죽는 것이 아닐까 싶었다. 떨리는 마음으로 마이크를 잡으면 말이 나오지 않았다. 혹시나 약이 올라 정말 총을 쏠 것만 같았다. 그때마다 사수가 다독이고는 했다.

-괜찮아. 안 쏘아. 걱정하지 말고 방송이나 해.

그래도 겁이 났다. 국가안보나 체제와 관련된 민감한 주제를 다룰 때나 국정원과 합동참모본부가 제공하는 북한 관련 심리전 자료를 다룰 때면 저들이 자극받아 방아쇠를 당길 것 같았다.

더욱이 갑작스레 유식하게 나올 때면 어떻게 대처해야 할지 종잡을 수가 없었다.

-너희들 좌파, 좌파 그러는데 정말 좌파가 뭔지 알기나 하고 떠드는 거네?

-왜 이러실까? 아침부터.

-너들 좌파 철학이 시시해 보여서 말이야.

-위대한 인민공화국을 섬기는 것이 좌파지 뭐가 시시하다는 거야?

-역시 수준이 보이누만.

-수준? 웃기고 자빠졌네.

-남반부에서 좌파라며 깝죽거리는 동무나이들, 그들이 무슨 좌파네. 친북, 반미 하면 전부 좌파네? 거기 진정한 좌파 없어야. 여기서는 그런 종간나들 안 키운다우. 솔직히 친북하는 종자들, 그거이 거기서 밥이나 먹으니께 깝죽거리는 거 아님. 그것들이 진정한 좌파라고? 웃기는 소리

하지 말라우.

이 정도 되면 인민공화국의 철학과 역사에 대해 반나절 정도는 들어야 한다. 그렇게 되면 듣는 이쪽도 지고 싶지 않다.

-너희들은 언제나 말과 생활이 같지 않아야. 너희들의 사주를 받은 이곳의 위정자들이 어쩌는지 알아? 부동산은 투기로 몰아붙이고, 제 자식 미국으로 유학 보내놓고 반미를 외치고, 일본산 제품에 침을 흘리면서 반일을 외치고, 국민의 고혈을 빨아 푼돈이나 쥐여주며 생색내며 축적하고….

-너희들은 그런 말 할 자격도 없어야. 미 제국주의 총칼 아래 벽 안에 갇힌 개돼지 아니네. 말이 통해야 사람 취급하지. 너희들의 터무니없는 목소리를 약화시키지 않고 혁명이 이루어지겠네. 그 정도 옥죄는 것도 위대한 수령 동지의 사랑인 줄 알라우.

이 정도 되면, 남이나 북이나 방송 관계자들에게 징계나 제재가 들어오기 마련이다.

대남, 대북 방송의 취지가 무엇인가. 이런 감정싸움이나 하라는 게 아니다.

그런데도 말이 오가다 보면 감정이 앞선다. 감정을 죽이는 일. 그것이 대남, 대북 방송의 핵심이었다.

그래도 확성기 앞에만 서면 이상하게 감정이 앞선다.

그렇게 점차 대면병으로서의 위치를 잡았다. 매뉴얼에 따라 대응 논리가 조금씩 다르다는 것도 알았다. 상대 약 올리기는 보통이고 때로는 유치한 반격도 했다.

그랬는데 메롱 혀를 내밀 듯 핵을 쏘아 올릴 때면 어이가 없었다.

―저 새끼들 이상하더라고. 전력이 모자라 손으로 글자를 그려대더니 쇼란 말이잖아. 어이 육시랄 놈들.

그럴 땐 스피커 소리를 조절해 버린다. 노인의 마른기침과 같은 쇳소리를 내는 것이다.

그럼 대번에 욕을 해댄다. 전력난으로 스피커는 못 켜고 손동작으로 욕을 한다. 손으로 원을 그려 그 속에다 주먹을 넣는다. 그때마다 남북한이 다르지 않다는 생각이지만 북측이나 남측이나 자신을 밝힐 수 없다는 사실이 안타까울 뿐이다.

어느 날 성질이 나 전쟁 났다는 방송을 해버렸다.

그러자 손 글씨로 거짓말하지 마 하고 답이 왔다. 너 이름이 뭐냐? 이름 없다.

대면병은 하나같이 가명을 쓴다. 신분을 노출할 수 없기 때문이다. 초소에 올라갈 때는 군복도 입지 않는다. 밝고 화려한 색의 운동복을 입어야 한다. 감색 바탕에 빨간색 줄무늬. 그 색이 멀리서도 눈에 잘 띈다. 군복은 휴가와 외출 시에만 착용한다.

그렇게 공과 사가 따로 없다. 서로 간에 긴장감을 낮추려는 행위만 존재한다. 때로 상다리가 부러지도록 잔칫상을 차려놓고 여군을 데려와 그들을 골려주기도 한다.

―인민군 오빠아.

한마디면 군인들이 우르르 몰려나온다.

삼성전자에서 새 휴대전화기가 나오면 그들이 먼저 안다.

―야, 휴대폰 하나 보내라우.

―음. 보낼게.

-점심 먹었냐?

-그럼. 갈비 뜯었지.

-어휴, 그런 건 물러서 안 먹는지비. 매 끼니 뜯다 보니 이가 아파야. 개성 인삼이나 한 상자 보내줄까?

-보내줘.

-보내는 거보다는 와서 가져가라우. 아주 등이 무너지게 챙겨줄 테니.

-나 며칠 있으면 철수해.

-그래?

-잘 있어.

-섭섭하다야. 가서 잘 살고 나 잊지, 말라우.

-그래, 그럴게.

-난 아직 7년이나 남았는데…. 좋겠다. 반가와들 하겠다야. 고향으로 가지비?

-응. 고향에 여동생이 있어.

-예쁜가?

-그럼.

-그럼 통일되면 나 소개시켜 주라우.

-그러지 뭐.

-마지막으로 장기나 한판 두자우.

원점 타격을 향해 서로 총구를 겨누고 있지만 확성기를 통해 장기를 둔다. 장기판에 번호를 적어놓고 서로의 말을 놓아주는 것이다.

김성은 상병은 지그시 눈을 감았다. 이제 그런 전경도 얼마 가지 않을 것이다. 세상이 변했다. AI 로봇이나 드론, CCTV 등 전자장비가 이제 경계를 대신할 것이다.

그러나 전력 공급 시설만 타격받으면 먹통 된다는 난점을 어떻게 이겨낼지.

결국 이차운 상병은 북쪽 초소의 경계병과 말싸움하다가 상부에 회부되어 소초병으로 내려오고 말았다. 본의 아니게 그의 사수는 김성은 상병이 맡았는데 부사관이 웃었다.

-거 묘하네. 너희들 친구라며? 상병이 상병의 사수다?

또 그런 것은 처음 본다며 한마디 했다.

-잘들 해봐.

생사의 확률

1

 김성은 상병이 그러고 있는 사이 두 달 만에 GOP로 내려온 이영운 중위는 부대 내 무도관으로 향했다. 그는 이미 휴가를 반납하기로 한 마당이었다. 갈 곳도 없었고 그렇다고 그 긴 시간을 쓸 만한 곳도 없었다. 김준엽 중령이나 만나 장래 일이나 공부하다가 GP로 올라가면 그만이었다.
 북측의 유휴철 상위가 앉은뱅이 김준엽 중령에게 졌다는 소문이 돌 만도 한데 전혀 기미가 없었다. 사건의 중대성을 아는지라 인민군 장교가 남한으로 전향하려다가 DMZ에서 지뢰를 밟고 죽었다는 보도만 시끄러웠다.
 그렇지 않았다면 군 내부에서 사냥개처럼 코를 킁킁거렸을지 모를 일이었다. 그런 의심 따위에 기미를 잡힐 만큼 허술하지 않은 것이 대한민국 국방이긴 하지만 모를 일이었다.
 -DMZ룰렛 그거 재밌군!
 분단국가에서 엄연히 일어나고도 남을 일이라는 듯 누군가 침을 흘릴

만도 했다.

그런데 돈 냄새를 맡은 똥파리들이 꼬여 들 만도 한데 전혀 그런 기미가 없었다.

유휴철 상위가 죽은 지 보름 후 국방부의 정식 발표가 있었다. 총을 맞고 비무장지대에서 발견된 유휴철 상위의 안주머니에서 유서가 발견됐다는 발표였다. 북측 군인들의 실상을 까발리고 남한으로 월남한다는 유서였다.

소문이란 무서운 것이었다. 김성은 상병은 세상이 침묵하고 있다는 사실이 오히려 불안했다.

그 불안이 적중했다. 북측에서 연락이 온 것은 유휴철 상위의 사건이 얼추 마무리되어 가던 무렵이었다. 기다렸다는 듯이 북측에서 연락이 왔다. 이미 김준엽 중령의 전역 명령은 떨어진 마당이었다. 전역할 날짜를 기다리고 있는데 북측에서 연락이 온 것이다. 상금은 40만 달러. 도합 80만 달러.

날짜가 정해졌다. 북측에서 내세운 상대는 인민군유격대 대위였다. 키가 컸고 바짝 마른 말라깽이었다. 국가대표 사격선수 출신이라고 했다.

두 마리의 무서운 짐승이 목숨을 걸고 마주 앉았다.

룰렛에 임하는 김준엽 중령의 모습은 한껏 밝아진 모습이었다. 목욕을 깨끗이 한 것 같았고 수염도 민 것 같았다. 군복 차림도 말쑥했다. 역시 그는 대한민국의 군인이었다. 죽음을 눈앞에 두고도 흔들림이 없었다. 머리가 헝클어지고 수염도 깎지 않고 혼 나간 사람처럼 보였다면 사람 같아 보이지 않았을 것이다.

그는 정말 평생을 군인으로 살아온 사람다웠다.

그런데도 김성은 상병은 으스스 한기가 들고 몸이 떨렸다.

김준엽 중령의 얼굴에 일체 표정이 없었다. 무표정했다.

각자 앞에 두 자루의 권총이 주어졌고 열 발의 탄환이 놓였다.

이제 여섯 발 실린더에 다섯 발까지 약실에 박고 판을 치를 수가 있다. 물론 용기만 있다면. 한 발을 박고 5회전까지 치를 수도 있다. 한 발로 시작하면 배짱이 없다고 할 수도 있지만 운이 따른다면 무엇보다 5회의 강을 무사히 건널 수 있다는 이점이 있다. 김준엽 중령처럼 두 발을 박는다면 죽을 확률은 두 배다. 5회까지 건너가기가 그렇게 쉽지 않다.

그러나 김준엽 중령은 이번에도 두 발을 약실에 박았고 실린더를 돌려 쏘았다. 방아쇠를 당기는 순간에도 그는 무표정했다.

어디서 그런 담력이 나오는지 몰랐다. 아니 왜 그렇게 목숨을 거는 것인지 도저히 알 길이 없었다.

그는 말하는 것 같았다.

나는 대한민국의 군인이다. 대한민국 군인의 맛을 보여주마.

5회전에 이르러서야 총구가 상대방의 옆머리에 닿을 때쯤 김준엽 중령의 얼굴에 미세하게 경멸스러운 조소가 떠돌았다.

상대의 손이 사시나무처럼 떨리고 있었다. 그 손이 잡은 총신. 백지장처럼 희게 일그러진 얼굴, 굴러떨어지는 땀방울. 숨을 멈추고 광분하는 사람들, 신음. 탄성과 탄식과 아우성, 그리고 정적.

픽!

기묘한 일이었다. 어째서 김준엽 중령에게서는 두 발을 박고도 탄환이 터지지 않는 것인지.

김준엽 중령이 다시 이겨버리자, 하나같이 다행이라고 생각하면서도 고개를 내저었다.

김성은 상병이 생각해도 다행스럽다 싶지만, 이상하기는 이상한 일이었다. 곰곰이 생각해 보면 죽을 확률은 두 사람 모두 같지 않다. 한 발도 아니고 두 발이다. 죽을 확률이 정확히 두 배.

그런데 총이 김준엽 중령에게 가면…. 터지지 않는다? 왜?

단지 운이라고? 만약 운이 아니라면?

룰렛을 시작할 때부터 무언가 알고 있었다?

그래서 북쪽 상위를 죽였고 이번에도 그렇게 이겼다?

과연 이게 말이 되는 얘긴가?

이상하지 않으냐고 이영운 중위에게 말했을 때 그가 웃으면서 말했다.

-모르지. 영적인 능력 때문인지도.

한마디로 웃기는 소리였다.

-이해가 안 됩니다.

-이제 알게 될 테지. 판은 시작되었고 저놈들은 눈이 뒤집혔으니까. 이번에도 이긴다면 뭔가 있다는 게 분명해지지.

-그렇게 생각하십니까?

이영운 중위가 고개를 주억거렸다.

-이상하긴 이상해. 무모한 양반이 아니고 보면. 내가 미쳤는지도 모르지. 그의 행동에서 지극한 도? 하하하….

그래서일까?

꿈을 꾸면 김준엽 중령이 보였다. 꿈속의 김준엽 중령은 사람들이 믿든

안 믿든 약실에 두 발을 넣고 있다. 총구를 머리에 대고 방아쇠를 당긴다. 두 번째는 실린더를 돌리지도 않는다. 남들이 왜 연속 두 발이냐고 하면 그는 아무 대답도 하지 않는다.

  그때마다 김성은 상병은 일어나 앉아 고개를 갸웃거리며 생각에 잠겼다. 세 발을 박든, 네 발을 박든, 다섯 발을 박든 그것은 생각하나 마나이므로 차치한다고 하더라도, 약실에 한 발을 넣고 쏘는 것부터 생각하자. 한 발을 약실에 넣고 실린더를 돌렸을 때 죽을 확률은 6분의 1이다. 두 발이면 6분의 2다. 그런데 당사자나 보는 이들이 느끼는 확률은 2분의 1이다. 죽느냐 사느냐 둘 중의 하나로 인식하기 때문이다. 룰렛은 러시안룰렛처럼 한 발부터 시작하지만, 러시안룰렛과 다른 점은 두 발에서 다섯 발을 동시에 넣고 실린더를 돌리고 쏠 수가 있다는 사실이다. 그러니까 두 방법이 허용된다. 한 발씩 약실에 박고 그때마다 돌려 쏠 것인가. 한꺼번에 두 발을 박거나 다섯 발을 넣고 돌리고 쏠 것인가. 그것은 자유다. 꿈속에서 김준엽 중령은 꼭 두 발을 택한다. 그는 처음부터 두 발을 넣고 총열을 돌리고 방아쇠를 연거푸 당긴다. 상대방은 대부분 탄환을 넣을 때마다 총열을 돌린다. 돌려야 직성이 풀리고 우선 살 확률이 높다고 생각하는 것이다. 하기야 여섯 발 약실에 두 발을 넣었을 때 살 확률은 6분의 4다. 하지만 한 발 장전했을 때 살 수 있는 확률은 6분의 5다. 그런데 왜 김준엽 중령은 두 발 장전하고 연속으로 방아쇠를 당기는 방법을 고수하는 것일까?

  정말 영적인 능력이 있어서? 이영운 중위가 그런 말을 하는 것은 다른 사람이 한 발을 넣고도 죽어나가는 판에 두 발을 넣고도 살아남았기 때문일지 모른다. 그래서 만약 그대가 룰렛을 한다면 두 발을 약실에 넣어 돌리고 연속적으로 방아쇠를 당길 것인가, 한 발씩 장전하여 그때마다 돌리고 방아쇠를 당길 것인가 하는 문제가 제기되는 마당이다.

한 발씩 넣어 그때마다 실린더를 돌려 쏘는 것과 두 발의 탄환을 한꺼번에 넣고 돌려 연속으로 방아쇠를 두 번 당기는 것 중 어느 쪽이 유리한가, 도대체 어느 쪽이 살아남을 가능성이 큰가?

문제는 방아쇠를 연속으로 당기는 사람은 없다는 사실이다. 두 사람 다 죽고 말았기 때문이다.

왜 그럴까?

두 발을 넣고 방아쇠를 두 번이나 당기고 세 번째 돌리고 연속으로 당기고 다섯 번째 돌리고 그렇게 연속으로 방아쇠를 당기는 것이 말이나 되는 것일까? 생명을 걸고. 무모해도 너무 무모해 보인다. 그만큼 죽을 확률이 높아지는데 결과는 의외로 정반대다? 바로 거기에 그의 트릭이 있었을 것 같긴 한데 확실히 이것이다 하는 감이 오지 않는다. 그가 두 발의 탄환을 넣고 돌렸을 때 그때의 느낌은 그만이 알고 있는 것이긴 하지만 도저히 모르겠다.

여섯 개의 구멍을 그려놓고 아무리 계산해도 그 답이 나오지 않는다.

여섯 발 실린더에 두 발을 약실에 박고 방아쇠를 당긴다고 하자. 탄환이 발사되지 않았다면 첫 번째 총의 해머가 탄환이 없는 1, 2, 3, 4 중 1이나 4를 쳤다는 말이다. 연속으로 방아쇠를 당겼다고 하자. 발사되지 않았다면 해머는 2나 3을 쳤다는 말이다. 탄환이 박힌 5, 6을 건드리지 않았다는 말이 되기 때문이다. 하지만 한 발을 박고 쏘았다고 하자. 1, 2, 3, 4, 5, 6 중 탄환이 6에 박혀 있었다면 방아쇠가 1을 쳤다는 말이다. 1에 박혀 있었다면 2가 되고 3에 박혀 있었다면 4가 된다. 다시 한 발을 더 장전하고 방아쇠를 당긴다면 2, 3, 4, 5가 되리라.

그런데 김준엽 중령은 어떠한가? 한꺼번에 두 발이다. 6, 5에 탄환을 박았다면 4, 3, 2, 1이 살 수 있는 구멍이다. 연속적으로 두 번을 당긴다면 이 확률은 무너진다. 2, 1 그렇게 두 구멍만 남기 때문이다. 6과 5에서 5가 4를, 다시 방아쇠를 당기면 4가 3을 때리므로 2와 1이 남는 것이다.

그런데도 이긴다?

김성은 상병은 고개를 내젓고 또 내저었다. 느낌과 의혹은 겨우 그 정도일 뿐 확실하다고 장담할 그 무엇이 잡히지 않았다. 김준엽 중령의 총에서 찰칵하는 소리가 났을 때 행여나 그가 죽어주기를 바라던 상대방의 얼굴. 눈이 뒤집히고, 실린더가 돌고, 총구가 옆머리로 향하고, 눈이 감기고, 손이 떨리고, 식은땀이 흐르고, 탕!

그때 모두 혼란에 빠진다.

꿈속에서도 탄환은 피를 몰고 맞은편으로 터져나간다. 탁자에 처박히는 머리. 그 머리를 보며 흘리는 김준엽 중령의 조소.

꿈을 깨고 일어나면 전신은 땀에 젖어 있다. 그때마다 이런 생각이 들었다.

광기!

그 '미친' 선택 안에 무엇이 있는가? 우리가 지나치고 외면해 온 생사의 본능적 진실?

그는 꼭 분단의 상징 DMZ는 더 이상 관념의 세계가 아니라고 말하고 있는 것 같았다. 단순한 경계도 아니라고.

권총 한 자루. 여섯 개의 약실과 총구, 한 개의 시선. 치명적인 선택…

그렇지 않고서야 그가 그렇게 그 짓거리에 집착할 이유가 없었다. 이 중위는 그것이 군인의 자존 어쩌고 하지만, 김 중령은 체제 아래 흔들리며 부유하는 인간의 본질을 집요하게 파고들고 있는 것 같았다. DMZ라는 울타리. 그 공간은 그의 목에 덧씌워진 옥칼 같은 것일지도 모른다. 그 옥칼을 벗는 길은 오로지 선택. 선택밖에 없다고 생각했을지도 모른다.

살 것인가? 죽을 것인가?

그래서 스스로 묻고 답하는 것처럼 보이는 것인가?

그런 생각이 들자, 생존과 진실 그 기로에 선 절박한 사내의 음성이 들리는 듯했다.

-왜 죽고 사는가?

-우주 만물이 생기고 없어짐이 어찌 나의 소관이겠는가. 생멸의 끝없음, 그것이 다함이 없는 나의 존재 이유이거늘.

-그럼, 걸어보시지. 그대 생사의 모습이 누구의 소관인지.

-진실은 방아쇠를 당긴 자만이 안다?

-그것이 생멸의 가치가 아니겠는가.

방아쇠. 생사의 방아쇠.

이런 제기랄!

그것은 단순한 물리적 행위가 아니라 극단적인 결단과 책임의 상징이 아닌가. 생사의 경계에서 선택을 직접 행한 사람만이 그 진실을 안다. 그러므로 '방아쇠'는 단순한 물리적 행위가 아니라 극단적 결단과 책임의 상징이다. 그렇다면, 선택과 행동, 그리고 그로 인해 마주한 진실. 그것은 외부의 추측이나 판단으로는 절대 파악할 수 없다.

왜?

그것이 바로 생멸의 가치이기 때문이다.

그럼, 생명과 죽음에는 단순한 이분법 이상의 '가치'가 존재한다는 말이다. '가치'라는 단어는 분명 윤리적, 존재론적인 무게를 부여하고 있다. 불안정한 체제 속의 진자들.

아, 이 흔들림! 흔들리면서도 중심을 찾으려는 그의 메타포적 행위를 어떻게 멈출 수 있을 것인가?

그런 생각이 들 때면 몸이 떨렸다. 무섭다는 생각이 들었다.

그때 몰랐다. 김준엽 중령의 마지막이 오고 있다는 것을.

무슨 소리?

1

하찮은 놈이었다. 그가 북측 김상철 대위의 뒤를 따라 벙커로 들어섰을 때 한눈에 총도 만져보지 않은 병사라는 것을 직감할 수 있었다. 두메에서 농사나 짓다가 군에 갔고 상관에게 끌려 이곳으로 따라온 것이 분명했다.

문제는 어떻게 그런 자를 그들이 내세웠느냐 하는 것이었다. 무려 걸린 판돈이 50만 달러였다. 도합 100만 달러. 군인이 되기 전에 사격선수라도 하던 놈일지 몰랐다. 그러나 전혀 그래 보이질 않았다.

룰렛이 시작되기가 무섭게 김준엽 중령은 잠시 밖을 내다보았다. 이제 그가 부대를 떠날 날도 이틀 남았다.

그의 표정이 여느 때처럼 무표정해 보였다.

각자 앞에 총과 탄환 다섯 발씩이 놓이고 동전으로 선수가 가려지자, 김준엽 중령은 이내 시선을 돌렸고 두 발의 탄환을 약실에 박았다. 그리고는, 자신의 오른쪽 옆머리에 총구를 가져다 댔다.

으흐흐….

김준엽 중령의 입가에 비열한 웃음이 스쳤다. 뒤이어 검지에 걸린 방아쇠가 서서히 당겨졌다.

한 발의 총성을 생각하며 김성은 상병은 눈을 감았다.

찰칵.

여기저기서 함성이 일었다.

김준엽 중령은 그제야 스르르 눈을 감았다. 동시에 상대가 몸서리치듯 머리를 한 번 흔들었다. 그리고는, 눈을 뜨고 맞은편을 노려보았다.

상대가 탁자 위의 총신을 내려다보고 있었다. 불빛에 드러난 병사의 모습은 역시 촌스러워 보인다. 때 절은 인민복에다 비뚜름하게 쓴 인민모하며 거기다 상의 단추가 위에서 두어 개 풀려서인지 꼭 남의 옷을 슬쩍해 걸친 것 같다. 바지는 턱없이 커 보이고 바짓가랑이가 인민화를 덮었다.

그의 손길을 기다리는 총신의 검은 그림자가 살기스러웠다. 천천히 무릎 위에서 떨고 있던 그의 손이 탁자로 올라와 총신 가까이 다가갔다. 떨리는 손으로 총을 잡는 그를 보면서 김준엽 중령은 입꼬리에 칼끝같이 차가운 조소를 머금었다.

-어떡하지? 죽어줘야 하는데….

김준엽 중령이 실실 웃으며 뇌까리자,

-개자식!

상대가 이를 갈듯 씹어뱉었다. 그런 욕을 하는 사람이나 무표정을 가장하던 사람이 야비해졌다는 사실이 김성은 상병은 이상하게 생각되었다. 그 정도로 한 사람은 야비해 보였고 한 사람은 촌스럽고 순박해 보였다.

촌놈이 욕을 씹어뱉고 갑자기 입을 앙다물었다. 그는 믿을 수 없이 빠른 손길로 실린더를 열었다. 그리고는, 재빠르게 두 발의 탄환을 약실에 박았다.

-호오!

김준엽이 놀란 표정을 지었다.

여전히 그가 살 확률은 2분의 1. 죽느냐, 사느냐?

찰칵.

입꼬리를 째고 웃던 김준엽 중령의 얼굴이 그대로 굳었다. 그의 미간이 한순간 긴장으로 꿈틀했다.

-질긴데 그래.

말과 함께 김준엽 중령은 손을 뻗어 총을 잡았다. 총이 잡히자 더 빠를 수 없는 동작으로 약실에 한 발을 더 박았다. 그는 재빠르게 실린더를 돌렸고 어느 한순간 실린더를 잡았다. 그리고는, 재빠르게 총구를 자기 옆 머리로 갖다 댔다.

상대의 얼굴에 긴장감이 떠돌았다.

김성은 상병의 눈에 김준엽 중령의 얼굴이 얼핏 흔들렸다.

안 돼!

픽이익!

김성은 상병은 눈과 귀를 의심했다. 아슬아슬하게 걷던 살얼음판이 순식간에 깨어지며 몸이 그 아래로 떨어지는 느낌이었다.

이럴 수가?

눈앞이 캄캄했다.

순간 모르겠다는 생각이 들었다. 영적 능력 어쩌고 하던 김준엽 중령이 하찮은 부랑자에게? 그럴 리가?

어이가 없어 멍하니 김준엽 중령을 바라보는데 문득 이상한 환영이 눈앞을 스쳤다. 쓰러지고 있는 사람이 김준엽 중령이 아니라 이영운 중위였다.

머리를 흔들고 다시 바라보았는데 어느 사이에 달려간 이영운 중위가 김준엽 중령을 끌어안았다.

-중령님!

김준엽 중령의 머리에서 피가 펑펑 쏟아졌다.

그는 실눈을 겨우 뜨고 중얼거렸다.

-제길. 방심했지 뭐냐. 알지? 내 마음. 그 소리를 들어야 해. 그 소리를!

김준엽 중령의 말에 이영운 중위가 고개를 주억거렸다.

-이겨야 해. 이대로 주저앉을 수는 없잖아.

-알고 있습니다.

두 사람의 모습을 바라보다 말고 김성은 상병은 눈을 감고 고개를 숙였다.

젠장! 결국 이렇게 끝나는구나.

이제 이영운 중위도 저렇게 죽을 것이다. 김준엽 중령도 죽어가는 마당이다.

2

-그러니까 뭐요? 목선을 타고 남하하는 북한 선원을 포착했다는 거요? 못 했다는 거요?

국회에 불려 나간 군 고위관계자에게 국방 위원이 물었다.

고위관계자가 수세에 몰려 당황하다가 입을 열었다.

-레이더에 포착되긴 하였습니다.

-그럼 선원을 포착했다는 말 아니오?

-하긴 했는데 경계병은 이를 수풀의 반사파로 오인했던 것 같습니다.

-뭐요? 그럼, 큰돈 들여 과학화한 군 경계 시스템이 무슨 소용이오?

-최선을 다하고 있습니다.

TV를 틀기가 무섭게 과학화 경계 시스템이 무력화되고 있다는 뉴스가 때맞추어 나왔다.

그 바람에 룰렛을 한동안 치르지 못했다. 과학화 경계 시스템은 폐쇄회로(CCTV) 카메라나 TOD, 이글아이 등을 말한다. 부대나 기지, 침투로의 중요 장소를 비춰 상황실에서 영상이나 레이더 화면을 통해 감시병이 감시한다. 예전에는 거의 초병에 의존했다.

지금은 감시 체계를 첨단화해 더 효율적 감시를 할 수 있게 되었는데 사람인지라 착오를 일으키기 마련이었다.

더욱이 요즘에는 액티브 IR 센서 제품이 도입되어, 투광기에서 수광기로 적외선 빔을 발사하고, 그 빔이 차단되면 침입으로 감지하는 방식으로 작동하고 있다. 그뿐만이 아니다. 여러 개의 적외선 빔을 사용해 감지 정확도를 높이고, 외부 환경에 강한 내구성을 갖춘 멀티빔 감지기나, 최대 200m까지 감지 가능한 모델도 있다. 넓은 경계 구역에 적합한 장거리 감지기나 눈이나 비, 안개 등 다양한 날씨에서도 작동할 수 있도록 설계된 제품이 들어와 여기저기 작동하고 있다. DMZ의 안전을 지키는 데 중요한 역할을 하는 디지털 방식과 4채널 주파수 혼선 방지 기능까지 갖춘 고급 모델들이 들어와 작동되고 있는데, 그렇다고 해도 작동하고 감시하는 것은 사람이기 때문에 착오가 없을 수 없다.

착오로 끝났으면 이렇게까지 일이 번지지는 않았을 것이다. 숲의 반사파로 오인한 물체가 순식간에 경계 시스템을 뚫어버리자, 당황한 초병이 방아쇠를 당기고 말았다. 군인인 줄 알았는데 민간인이었다.

그렇지 않아도 9.19 남북 군사합의 이후 비무장지대(DMZ) 내 시범 철수 감시초소(GP) 가운데 몇 곳이 공개된 마당이다. 역사적 가치를 고려해 원형을 보존하기로 했다는데 국방부가 강원도 고성을 언론에 공개한 것은 처음 있는 일이었다. 빈 초소 주변 풍경이 영상에 담기자, 하나같이 낯설다고 했다. 강원도 고성 GP는 대한민국 최동북단에 위치한다. 1953년 정전협정 체결 직후 최초로 설치된 곳이다. 북측 초소와의 거리가 580m 밖에 안 된다. 남북이 가장 가까이 대치하던 곳이 바로 이곳이다.

새 정부가 들어서고 '제2차 한국전쟁 가상시나리오'라는 것이 떠돌았다. 1994년을 배경으로 한 이 시나리오는 오늘의 시점에서 재구성된 것으로, 북한군이 중부전선 최전방 GP를 기습 공격하면서 전면전으로 확산된다는 내용이었다. 이 시나리오는 상당한 설득력을 지녀 느슨해진 경계 임무가 강화됐다. 중국군과 미군의 계산된 개입, 그로 인한 국민의 공포와 분노까지 꽤 사실적으로 다루어져 설마 하면서도 금방 통일이 될 것 같던 휴전선에 긴장의 바람이 다시 일었다.

더욱이, 연일 '경계 실패' 사례가 잇따라 보고되었다.

그러자, 군 경계 시스템에 허점이 노출됐다는 지적이 나왔다. 군 당국은 천문학적인 액수를 들여 접경지역에 '과학화 경계 시스템'을 설치했다. 하지만, 제대로 된 경계가 이뤄지는 건 아니었다.

거기 다 전역을 앞둔 김준엽 중령의 월북 문제가 불거졌다. 대한민국

대대장이 뭐가 부족해 월북을 기도하겠느냐는 것이다. 더욱이 한쪽 다리를 쓰지 못하는 사람이 어떻게 지뢰밭으로 들어갔느냐는 것이다. 군에서는 자살로 몰아붙였다. 다리를 쓰지 못해도 목발로 이동해 지뢰밭으로 들어가 자살했다는 것이다. 국회 문제로까지 번지고서야 숨을 죽였다.

  시간이 약이었다. 세상이 시끄러웠는데 시간이 지나자 어느 사이에 그런 일이 있었느냐는 듯이 평온했다.

  다시 룰렛이 기를 폈다. 정권이 바뀌었다고 해도 접경지역의 감시 병력은 모자라기 마련이었다. 더욱이 인력이 모자라다 보니 경계가 강화되어도 감시병들은 피로에 지치기 마련이다.

  그 틈을 타 수월하게 이쪽에서 북측으로 넘어가고 북측이 넘어왔다. 감시장비라는 것이 그렇다. 아무리 좋은 감시장비를 설치했다고 하더라도 정신적 대비 태세가 부족하면 무용지물이다. 감시카메라가 의심나는 물체를 포착했더라도, 그것을 분석하고 조치하는 것은 사람이다. 더욱이 신병들은 물체를 발견했다고 하더라도 별일이 없을 것으로 생각하고 넘겨 버리기 일쑤다. 또 이상한 상황을 발견했다 하더라도 윗선에 보고하면 확인 결과 별게 아닌 경우가 대부분이다. 그럼 괜히 소란만 피웠다는 핀잔만 돌아온다. 윗선 지휘관이 불편해할까 봐 눈치를 보다가 뭉개는 경우가 그 때문이다.

***

  요즘 들어 계속 날이 궂다. 아침부터 또 날이 시원찮았다.

  갑자기 바람 한 줄기가 몰아쳤다. 번쩍하고 번개가 쳤다. 이내 천둥이 울었다. 폭풍이 다가오고 있는 것이 분명했다.

김성은 상병은 이상스러운 꿈자리에 시달리다가 눈을 떴다. 철책 등의 빛살이 강렬하게 눈가에 부서졌다. 그는 손차양하고 철책 사이를 뚫고 세워지는 빛살을 노려보았다.

이제 잊을 때도 되었는데 또 꿈속에서 김준엽 중령을 보았다. 김준엽 중령의 마지막 모습이었다. 왜 한 발의 탄환을 더 박았을까? 그 한 발의 탄환이 머릿속을 꿰뚫었을 때 흘러나오던 피. 피!

김성은 상병은 머리를 홰홰 내저었다. 흔들리는 시야 속으로 무표정하던 북측 촌놈의 얼굴이 스쳤다. 지금 생각해 보면 살아도 그만 죽어도 그만이라는 표정이 분명했다. 보기엔 촌스러워 보여도 무서운 놈이었다.

수통을 하나 옆구리에 차고 있었는데 독한 중국술이나 위스키, 아니면 보드카가 들어 있었을 것이었다. 김준엽 중령이 넘어지자, 그는 수통을 옆구리에서 빼내었다. 그러고는 뚜껑을 열고 몇 모금 마셨다. 독한 술이었을 텐데 즐기듯이 몇 모금 마시고 미소를 물었다. 술맛의 느낌 때문일까. 상대를 넘어뜨렸다는 기쁨 때문일까.

제기랄, 생각하지 말자.

김성은 상병은 다시 잘까 하다가 잠이 올 것 같지 않았다. 자기 전에 뒤적거리던 만화가 보였다. 만화를 뒤적거려 보았지만, 눈에 들어오지 않았다.

만화책을 던져버리고 멍하니 누웠는데 문이 벌컥 열리면서 이차운 상병이 들어섰다.

-빅뉴스다.

-뭐야? 노크도 할 줄 몰라!

-빅뉴스라니까. 김준엽 중령을 꺾은 그 자식과 이영운 중위가 붙는다

는 뉴스다.

-뭐?

아침에 이영운 중위를 보았는데 그런 말이 없었었다. 체력단련실에서 운동하고 있었지만 의외였다.

김성은 상병은 턱을 세우고 눈을 뒤집어 멍하니 이차운 상병을 쳐다보았다.

-지금 무슨 소릴 하는 거야?

-그 촌놈과 이영운 중위가 붙는단 말이다.

그제야 김성은 상병은 일어나 앉았다.

-무슨 소리야?

-이영운 중위가 도전했다고 해?

-북측에서 도전을 받아들였다?

-맞아.

-어떻게 알았어?

-너 체력단련실에 있는 줄 알고 갔다가….

그 길로 김성은 상병은 이차운 상병과 함께 체력단련실로 달렸다. 대원들과의 중요사항은 꼭 MP벙커에서 의논하기 마련인데 이상하다는 생각이 들었다.

역시 병사들의 눈을 의식한 이영운 중위가 체력단련실을 나오고 있었다.

그들이 들이닥치자, 이영운 중위는 힐끗 한 번 보고는 그대로 지나쳤다.

대원들과 MP벙커로 돌아와서도 이영운 중위의 주장은 완강했다.

-내 알아보니 그게 아닙니다.

정보에 밝은 이재우 정찰병이 말했다. 그의 퀭한 눈이 더 퀭해 보였다.

이영운 중위의 눈이 번쩍 빛났다.

-무슨 소리야?

이영운 중위가 물은 것이 아니었다. 대원 중에서 제일 연장자인 구미오 준위였다.

-그가 병신 같아 보여도 인민 학부 국가대표 사격선수 경력이 있다 않습니까. 나중 인민 구락부에서 사격선수 생활하다가 그쪽 패거리에 걸려 알거지가 되어 아내마저 술집에 팔렸답니다. 그래 미친놈이 되었다는데 결국 마누라가 음독자살하고 부랑아가 되었다더만요. 그 길로 난장을 쳤다는데…. 보십시오. 얼마나 계산에 치밀했으면 김준엽 중령님이 당했겠습니까. 지금까지 상대했던 놈들과는 다른 놈인 것 같아요.

김성은 상병은 예상이 맞았구나 싶었지만, 이영운 중위는 고개를 내저었다.

-그놈이 사격선수여서가 아니라 중령님이 방심했던 것이야.

이영운 중위가 말했다.

-안 됩니다.

지뢰병 이철 병장이 소리쳤다.

-괜찮아 글쎄. 이제 와 물러설 수는 없잖아.

강철처럼 굳은 이영운 중위의 대답을 들으면서 김성은 상병은 이차운 상병이 왜 빅뉴스라고 외쳤는지 알 것 같았다. 정말 이건 보통 일이 아니었다. 그들 결투도 결투지만 그 결과에 따라 남측 룰렛의 운명이 달린 문제였다.

3

 해가 지고 있었다. 석양이 검은 구름 속으로 몸을 숨기자, 검은 구름장을 뚫고 빛기둥들이 세워지기 시작했다. 그 노을 속을 새들이 날아갔다.
 이영운 중위를 생각하다가 김성은 상병은 눈을 감았다. 김준엽 중령이 상대해서 진 사람에게 이영운 중위가 도전한다? 저절로 한숨이 나왔다. 아무래도 어리석은 짓 같았다.
 제기랄.
 이런 모진 장난(?)이 시작된 것은 언제부터였을까.
 인간의 터무니없는 꿈과 희망.
 그 희망이 빚어낸 산물이겠지만 이제는 돌이킬 수 없는 상태에 이르러 있다. 짐승이 되지 않고서는 도저히 살아남을 수 없는 그 구렁텅이 속으로 이영운 중위는 들어가고 있다. 왜? 왜? 분명히 돈 때문은 아닌 것 같았다. 돈이 아니면?
 군대 입대하기 꼭 한 달 전이었을 것이다. 급우들과 길거리 농구를 하고 있었는데 공이 엉뚱한 곳으로 흘렀다. 그때 공을 받아준 사람이 이영운 중위였다. 빛나는 제복, 다이아몬드 두 개의 번쩍거림. 말랐지만 훌쩍한 키. 대쪽을 잘라 세워 놓은 것 같은 코, 입가의 엷은 미소….
 입대를 앞두어서인지 그의 모습이 황홀할 정도였다.
 공을 달라고 손을 뻗자, 그가 말했다.
 ―나도 끼워줄 수 있나?
 ―예?
 ―이제 부대에서 내려오는 길이거든. 몸을 좀 풀고 가야 할 것 같은

데….

　-그래서 시작된 농구.

　그는 믿지 못할 정도로 몸이 가벼웠다. 던질 때마다 들어가는 공….

　그렇게 이어진 인연이 술자리까지 이어졌는데 물론 게임에서 진 것은 김성은 쪽이었다.

　그런데 술값은 그가 내었다.

　-오늘 술은 내가 사지. 이것도 인연이니까.

　그렇게 말하고 그는 헤어질 때 차렷 자세를 하고 경례를 했다. 그 모습이 참으로 눈부셨다. 그 눈부심을 뒤로하고 이영운 중위는 사라졌다.

　제기랄.

　아직도 물러설 기회는 있다는 생각이 들었다. 물러서지 않는 이상 이영운 중위라고 해도 죽음은 피할 수는 없다.

　이번만은 다르다는 생각이 자꾸 들었다. 김준엽 중령에게는 기막힌 트릭이 있었을지 모르지만, 신념이란 것이 있었다. 그가 목숨을 걸었던 것도 그 신념 때문이었을 것이다.

　이영운 중위에게 그런 것이 있을 리 없었다. 북측에서 잃은 상금이 어마어마하고 보면 협박이라도 받았을지 모른다. 그래서 이영운 중위가 나섰다면 대원들을 위한다는 명목이 설지라도 이건 아니다 싶었다. 이미 룰은 정해져 있다. 누구든 죽음에서 벗어날 수는 없지 않은가.

　그래서였을 것이다. 꿈에서 이영운 중위의 죽음을 보았다. 꿈속이었지만 그는 죽기 직전에 분명히 이렇게 말했다.

　-그 소리를 들어라. 그 소리를.

　이게 무슨 말인가? 그 소리라니?

김준엽 중령이 죽어가면서 하던 말이다.

그 소리? 그 소리가 무엇인가?

김성은 상병은 일어나기가 무섭게 MP벙커로 달렸다.

죽음을 자초할 수는 없는 일이었다. 이영운 중위를 죽게 내버려둘 수는 없는 일이었다.

MP벙커로 들어서자, 이영운 중위의 모습이 보였다.

가까이 다가가자, 대원들이 이영운 중위를 둘러싸고 여전히 결투만은 안 된다고 말리고 있었다.

-그만두십시오. 글쎄 안 된다니까요.

-그래요. 성급하게 생각할 거 없습니다. 그자의 총솜씨가 올림픽에 나갈 정도의 실력자라고 합니다.

-왜 이래? 모이기만 하면 그 소리니.

이영운 중위가 이제 그만하라는 듯이 짜증스럽게 팔을 내저으며 말했다. 대원들은 물러설 기세가 아니었다. 두 손을 앞으로 모으고 고개를 숙인 그들의 자세는 고집스러워 보였다.

-차라리 비난받는 게 낫습니다. 협박하라지요. 그놈은 제가 며칠 내로 손보겠습니다.

건장한 대원 하나가 말했다. 턱이 각지고 잘생긴 사내였다. 미국 배우 톰 크루즈를 닮았다고 하여 톰으로 통하는 기술병이었다. 또 그의 성이 도(稻) 씨였다. 도 병장이 톰 병장으로 불리는 것이다. 그의 허리춤과 소매 속에는 작은 칼이 숨겨져 있었다. 이 바닥에서는 칼 잘 쓰기로 소문난 시스템 기술병이었다.

이영운 중위가 주먹으로 막 말을 끝내는 그의 얼굴을 갈겼다. 나가떨어진 그의 이마가 금세 부풀어 올랐다.

이영운 중위가 그를 향해 달려들려는 것을 이철로 소위가 막았다. 그는 이영운 중위의 오른팔이나 다름없는 군인이었다.

총 끝의 이슬. 이철로(李鐵露)라는 이름을 조상들이 왜 지었겠느냐고 말하는 사람이었다. 이미 룰렛을 해 먹고살리라는 것을 알아보고 그렇게 이름을 지은 것이 아니냐는 것이다.

-그만하십시오.

이철로 소위가 정색하고 말했다.

-나 대신 손보겠다고? 그렇다면 나더러 비굴하게 숨으란 말이 아니냐? 어디로? 어디로 가 숨을까?

이영운 중위가 눈을 뒤집으며 말했다.

-이 중위님, 그런 뜻이 아니지 않습니까.

입에서 피를 흘리며 톰 병장이 말했다.

-이 자식, 무릎 꿇지 못해!

톰 병장이 재빨리 이영운 중위 앞에 무릎을 꿇고 머리를 조아려 얼굴을 바닥에 대었다.

-용서하십시오.

-개자식. 네놈의 칼끝에 그놈이 놀아날 것 같아? 그래 그놈 앞에서 할복이라도 할 거야? 이게 진정한 할복이라고 배라도 찢어발길 것이냐고? 아니면 화장실로 따라 들어가 칼침이라도 놓겠다는 거야?

-잘못했습니다.

톰 병장이 벌벌 떨며 기어들어 가는 목소리로 빌었다.

-나 이영운 중위, 아직은 안 죽었다. 그 개자식이 총알을 피할 정도로

무슨 소리? **115**

계산에 빠르다고? 올림픽에 나갈 정도로 사격 솜씨가 뛰어나다고? 그럼, 실린더 돌아가는 소리 듣겠구나! 그래서? 그래서 나더러 도망가라고? 어디로 갈까? 산속에라도 숨을까? 왜 김준엽 중령이 죽었는지 알아? 왜 목숨을 주었는지 아느냐고? 너희들처럼 비겁하게 수를 못 써서 죽었는지 알아? 그런 놈 보내려고 작정했다면 벌써 골통을 쪼개 놓았을 거다. 그래도 그는 그러지 않았어. 당당하게 붙은 거야. 사내답게 가신 거라구. 왜 북쪽 놈들이 우리에게 손가락질하는지 알아? 반동 새끼들. 비겁하게 뒤통수나 갈기며 도망만 다니는 반동 새끼들. 하이에나처럼 냄새나는 것이나 찾아다니며 비겁을 떨고 다니는 족속들. 그게 아니라는 걸 보여주기 위해 간 것이다. 알겠어? 그런데 이제 나더러 도망을 가라고!"

김성은 상병은 입술을 씹어 물었다.

무슨 말인가? 그렇든 아니든, 범법이 아닌가. 범법을 저지르는 자들이 김 중령을 미화한다고 범법이 용서라도 되나. 그리고 이 중위가 이렇게까지 화를 내는 건 본 적이 없다.

한편으로는 그렇게 고함치는 이영운 중위가 이해되면서도 김준엽 중령을 죽인 그와 상대하면 죽는다는 생각이 들자, 이해하기가 싫었다.

이해만큼 더러운 게 없다는 생각이 들자 그의 이번 대결만은 말리고 싶었다. 하지만 화를 내는 모습을 보니 입을 열 수가 없었다. 이영운 중위도 어떤 위기감을 느끼고 있다는 생각 때문이었다.

그랬다. 김성은 상병이 쳐다보자 이영운 중위의 눈은 정상이 아니었다. 실핏줄이 붉게 엉킨 그의 눈은 사람의 눈이 아니었다. 죽이고 말리라는 열기가 눈에서 펄펄 끓고 있었다.

그럴수록 침착해야 할 텐데 분명 오기는 아닌 것 같았다. 어떤 위기의

식을 불안하게 느끼고 있는 것이 분명했다. 그렇다면 더욱이 그대로 내버려둘 수는 없다.

소리? 무슨 소리? 방금 이영운 중위가 그랬다. 실린더 돌아가는 소릴 듣겠구나.

그게 무슨 말일까?

아무튼 김준엽 중령의 가까이에서 그의 모든 것을 보고 배웠다 하자. 그래서 이영운 중위에게 아무리 멋진 트릭이 있다고 하자. 그래서 나섰다?

그래도 이건 아니었다.

김준엽 중령이 죽을 때 그랬다.

-방심했지 뭐냐.

뭘 방심해? 아무튼 한순간의 방심으로 인해 김준엽 중령이 죽었다고 하자. 아니 착각이랄 수도 있겠다. 하지만 어쨌든 죽었다. 그런데 무슨 수로 이영운 중위가 그를 꺾는단 말인가.

소리? 무슨 소리?

무모한 도전

1

철책 점검하다가 김성은 상병은 문득 여기의 철조망이 GOP의 삼색 철책보다 더 튼실해야 하는 게 아닐까 하는 생각을 했다, GOP의 철책을 보면 철이 더 두껍고 길어 보인다. 휘황한 불빛 때문인지는 모르지만 그래 보인다.

얼마 안 있으면 북측에서 이영운 중위의 목숨을 달라고 넘어올 터인데 이렇게 지킨다고 해서 안 올 것인가 싶었다.

GOP에 있을 때 제일 지겨웠던 것이 철책 점검이었다. 밤사이 잘린 곳이 없는지, 들린 곳은 없는지 확인하는 시간인데 일병들은 열심히 철책을 만져보고 흔들어 보고 간다. 이병들은 철책 점검패(흰 것, 빨간 것)를 뒤집어야 한다. 그래야 점검이 완료된 것임을 알 수 있다. 점검 패는 2m 간격으로 붙어 있는데 아래쪽의 점검패를 뒤집으려면 허리를 접어야 한다. 끊임없이 이어지는 계단, 높아만 가는 경사로…. 무려 3*km*의 철책 점검이 끝나면 하얗게 늙어버린 것 같다.

시간만큼 잔인한 것이 없다. 설마 하던 그날은 어김없이 찾아왔다. 그 운명의 시간 앞에서 몰려든 사람들은 하나같이 숨을 죽였다.

희미한 전등불, 밤. 두 마리의 용이 마주 보고 앉았다.

이미 판은 익을 대로 익었다. 우단 탁자를 사이하고 마주 앉은 두 짐승. 서로를 쏘아보는 눈가에 핏발이 섰다. 주위를 에워싼 사람들은 이미 제정신들이 아니었다.

김성은 상병은 멀거니 실내를 둘러보았다. 그렇게 말리던 대원들도 걱정스러운 모습을 하고 여기저기 서 있다.

-시간이 깡패야. 벌써 해가 지네. 너 눈깔 똑바로 뜨고 내 발을 따라와. 오늘은 이두룡이 일두룡이 되는 날. 오, 영광스러운 민족이여!

지뢰병 이익수 일병을 데리고 나가며 말하던 사수 이철 병장의 이죽거림이 뇌리를 스쳤다. 또 하나의 희생물이 지뢰밭 위로 던져진다는 생각 때문일까? 그의 푸념이 예사롭지 않았다.

그가 말하는 머리 하나의 용? 머리 두 개의 용?

김성은 상병은 문득 어디선가 읽은 글을 어렴풋이 떠올렸다.

一身而有二頭, 形異而志乖.

무슨 말인가?

한 몸에 두 머리를 지녔으니, 형상은 기이하고 뜻은 서로 어긋난다.

김성은 상병은 이철 병장 쪽으로 시선을 던지려다가 눈을 감았다. 몸은 하나이고 머리는 두 개인 용이 서로 뜻이 맞지 않아 불을 뿜고 있는 모습이 눈앞을 스쳤다. 머리 하나는 이리로 가자고 하고, 머리 하나는 저리로 가자고 한다. 머리 하나는 저리로 가자고 하고, 머리 하나는 이리로 가자고 한다.

철커덕

벙커의 문이 잠겼다. 김성은 상병은 멍하니 고개를 들어 문을 거는 대원을 바라보며 이 소리가 밖으로 흘러 나가는 게 아닐까 하는 생각을 했다. 그러나 그럴 리는 없다. 사방은 꽉 막혔고 철저하게 방음 장치가 되어 있다.

북측 촌놈의 이마에 휘감긴 흰 머리띠에 인민 국기가 선명하게 빛났다. 어떻게 머리띠 맬 생각을 했는지, 그의 모습이 정말 우스꽝스러웠다.

어쨌거나 그는 이제 김준엽 중령을 상대하던 사람이 아니었다. 얼굴은 상기되었고 제법 생기가 돌았다. 머리를 동여맨 그의 얼굴이 닌자 거북을 연상시켰다. 얼굴이 둥글넓적해 꼭 고무줄로 머리통을 묶어 놓은 것 같았다.

그에 임하는 이영운 중위는 평범했다. 더부룩하던 머리가 잘 손질되어 있었다. 그것이 김성은 상병은 신경에 거슬렸다.

사람이 평소에 하지 않던 짓을 하면 불안해지는 것은 무엇 때문일까?

이영운 중위가 군복이 갑갑한지 상의 위 단추를 두 개 풀었다.

김성은 상병은 이영운 중위의 눈을 보았다. 가슴이 섬뜩했다.

이영운 중위는 숨을 나직이 몰아쉬었다. 그는 헐떡거리지 않으려고 입을 꽉 다물었다.

북측에서 넘어온 이놈. 이상하긴 이상한 놈이다. 인민군복이 너무 커 헐거워 보이는데 어쩐지 그것이 답답해 보인다. 아무리 봐도 그는 김준엽 중령을 상대하던 촌놈이 아니다. 물주들의 회유를 제대로 받아들인 것이 분명했다. 물주들이 이번만 이겨주면 인민 영웅으로 만들어 주겠다는 희망이라도 심어주었을지 모른다.

여판관은 흡사 염라대왕 같은 옷을 입고 있다. 중국 드라마 속의 포청천을 연상시키는 모양새다. 정말 그와 같은 모자를 썼다.

여판관이 두 짐승 앞으로 와 총이 든 상자를 탁자 위에 놓았다. 그녀에 의해 상자 뚜껑이 열렸다. 검은 상자인데 용무늬가 박혀 있다. 붉은 비단이 상자 속을 싸고 있었는데 권총 두 자루가 밖으로 모습을 드러냈다.

여판관이 총 한 자루를 들어내 이영운 중위 앞에 놓았다. 또 한 자루는 북측 촌놈 앞에.

여판관은 그렇게 두 사람 앞에 총을 놓은 뒤 상자 구석에서 종이 상자 하나를 꺼냈다. 휴대용 성냥갑처럼 생긴 것이었다.

여판관이 그 상자 안에서 열 발의 탄환을 꺼내 이영운 중위 앞에 다섯 발을 먼저 놓았다. 이어 다섯 발의 탄환이 촌놈 앞에 놓였다.

탄환을 세듯 내려다보다가 이영운 중위는 시선을 들어 북측 촌놈을 향해 야릇한 조소를 물었다.

여판관의 목소리가 음울했다. 우렁차지 않다는 사실이 이상스러운 긴장감을 불러일으켰다.

두 사람의 소개는 그리 길지 않았다.

-두 선수에게 주어진 탄환은 다섯 발씩입니다. 1회전 두 발을 박고 연거푸 방아쇠를 당겨도 되고 한 발이나 다섯 발까지 약실에 박고 실린더를 돌려 방아쇠를 당겨도 됩니다,

여판관이 주머니에서 동전을 하나 꺼내 이영운 중위에게 다가갔다. 그가 이영운 중위에게 동전 앞쪽을 보였다.

이영운 중위가 알았다는 듯이 고개를 끄덕였다.

여판관은 몸을 돌려 북측 촌놈에게 다가갔다. 동전 뒷면을 보였다. 북

측 촌놈이 고개를 끄덕이자 여판관은 다시 중앙으로 나와 허공으로 동전을 던져 잡았다.

여판관이 손바닥을 펴자 동전의 뒷면이 전등불에 번쩍 빛났다.

여판관이 동전 뒷면을 촌놈과 이영운 중위에게 보이고 사람들에게 보인 뒤 북측 촌놈을 향해 경의를 표했다.

북측 촌놈이 혀로 입술을 핥으며 눈을 감았다.

뒤이어 여판관의 음성이 실내에 울려 퍼졌다.

-먼저 선택된 선수는 총을 집고 실린더를 여시기 바랍니다,

북측 촌놈이 총을 집어 들어 실린더를 열었다. 여섯 개의 구멍 사이로 빛살이 칼날처럼 스며들었다.

탄환이 장전됐다.

김성은 상병은 촌놈이 몇 발을 장전하는가 하고 뚫어지게 실린더를 바라보았다. 약실에 박힌 건 한 발이었다.

겁이 나나 보군.

그런 생각이 들었는데 잠시 후 김성은 상병은 그의 총에서 찰칵하는 소리를 들었다.

이제 운은 이영운 중위에게 맡겨졌다.

이영운 중위가 기다리고 있었다는 듯이 총을 집어 들어 실린더를 열었다. 여판관의 명령이 오히려 뒤처진 느낌이었다.

김성은 상병은 목을 빼고 이영운 중위를 바라보았다. 이영운 중위가 몇 발을 박나 하는 생각이 들었기 때문이었다. 실린더 위를 손이 스치듯 했다. 무엇인가를 본 것 같긴 했는데 순식간에 실린더가 닫혔다. 한 발인지 두 발인지 모르겠다.

실린더가 돌았다. 어느 한순간 이영운 중위가 실린더를 잡았다.

-총구를 옆머리에 대시오.

총구가 이영운 중위의 옆머리로 향했다.

잠시 후 여판관의 방아쇠를 당기라는 호루라기 소리가 실내에 울려 퍼졌다.

방아쇠에 검지를 걸고 이영운 중위가 날카로운 눈빛으로 북측 촌놈을 쏘아보았다. 북측 촌놈이 어서 당기라는 듯 마주 쏘아보며 턱을 쳐들었다.

긴장된 한순간을 이영운 중위의 검지가 날려버렸다. 그의 검지가 방아쇠를 사정없이 당겼고 뒤이어 북측 촌놈의 검지가 방아쇠에 걸렸다. 이제 촌놈의 얼굴은 정상이 아니었다. 얼굴이 하얘지면서 볼살이 더 부풀어 올랐다. 김성은 상병은 저러다 저놈의 볼살이 풍선처럼 부풀어 오르다 터져버리는 것이 아닐까 싶었다.

심하게 흔들리던 북측 촌놈의 검지가 방아쇠에서 한동안 망설였다.

촌놈의 입에서 짧은 신음이 흘러나왔다.

찰칵.

북측 촌놈이 총을 놓으며 눈을 감았다.

의외로 이영운 중위의 행동은 빨랐다. 촌놈이 총을 놓기 무섭게 이영운 중위는 총을 집어 들었다.

-실린더를 열어 약실을 보이시오.

여판관이 이영운 중위에게 이상한 주문을 했다.

이영운 중위가 기다렸다는 듯이 실린더를 열었다. 그러고는 사람들에게 보이고 촌놈에게도 보였다. 이 외에도 한 발이 박혀 있었다.

김성은 상병은 다행이다 싶었다. 두 발이 아니었다. 한 발만 박혀 있자 상대방이 의아한 표정을 지었다.

　이영운 중위의 입술 끝에 여유가 흘렀다.

　-겁이 나서 말이야.

　이영운 중위는 정말 겁이 난 표정으로 웃었다. 입술 끝에 물려 있던 여유가 어느 사이에 사라져 버리고 없었다.

　-간나 겁먹은 거 아님?

　북측 촌놈의 조롱에 이영운 중위의 입가에 좀 전의 여유가 다시 물렸다. 이영운 중위는 곧바로 한 발을 더 박고 여판관의 지시에 따라 실린더를 돌리고 그대로 방아쇠를 잡아당겼다.

　찰칵.

　찰칵하는 소리가 이내 웅성대는 소리에 묻혀 어딘가로 사라져 버렸다.

　북측 촌놈이 멍하니 이영운 중위를 건너다보았다. 북측 촌놈은 눈을 이영운 중위의 얼굴에 붙박은 채 주섬주섬 총을 들고 실린더를 열어 한 발을 약실에 박았다. 얼추 얼이 빠진 것 같았다.

　-깊이 숨을 들이마시면 좀 나을 거야.

　이영운 중위의 말에 그제야 북측 촌놈이 풀썩 웃었다.

　-이 간나 죽을 때가 된 것 같다야.

　-객기가 사기(死氣)가 되지.

　-두고 보면 알 거 아님.

　김성은 상병은 이내 북측 촌놈의 총에서 찰칵하는 소리를 들었다.

　으음.

　이영운 중위가 신음을 물고 눈을 감았다.

　-질겨서 실망했음메?

북측 촌놈이 실실 웃으며 뇌까렸다. 촌스러운 생김새와는 달리 야비하기가 이를 데 없는 놈이었다. 노루처럼 쫓기다가도 왜 쫓기는지를 금방 잊어버리고는 덫에 걸리듯이 터무니없이 단순한 놈인 것 같은데 갈피를 잡을 수 없는 놈이었다.

이영운 중위는 실린더를 열었다. 다시 한 발을 박자 세 발의 탄환이 먹이를 노리는 맹수의 동공처럼 노려보았다.

갑자기 심장이 고동쳤다.

그 흔들림을 잡듯이 이영운 중위는 실린더를 돌리고 정지. 총구를 옆머리에 대고 그대로 방아쇠를 당겼다.

찰칵.

지켜보던 북측 촌놈이 눈을 크게 떴다.

-운이 좋지?

이영운 중위가 그런 그에게 야비하게 물었다.

-운은 돌아서라고 있다는 걸 모르는 거임. 잘못 돌아서면 죽는 기야.

촌놈이 약실에 탄환을 박으며 이죽거렸다. 어눌하면서도 독기 서린 어조였다.

-그런가?

이영운 중위의 대답 소리가 희미한데 여판관의 명령이 떨어졌다.

총을 쥔 북측 촌놈의 손이 허공으로 뻗었다.

실린더가 속절없이 돌았다. 공이치기가 당겨지자, 이영운 중위는 그를 향해 손을 번쩍 들었다.

방아쇠를 당기려다가 북측 촌놈이 응? 하는 표정을 지으며 소금기둥처럼 얼어붙었다.

-좀 천천히 가지 그래?

어이가 없는지 북측 촌놈이 눈을 감으며 이를 뽀드득 갈았다.

-이 반동 놈의 새끼가.

북측 촌놈이 경멸스럽게 씹어뱉었다. 촌스럽다가도 고양이처럼 발톱을 내밀 때는 얼굴이 한순간에 광폭스러워졌다.

-내 흐름을 끊어보겠다는 기야? 사내답게 굴라우. 부끄럽지도 않네?

북측 촌놈이 눈을 부릅뜨고 말했다.

-객기가 네놈을 죽여 놓고 있잖아. 객기가 아니라믄 한 발을 더 박아보라우.

-반동 놈으 새끼야. 너나 걱정하라우. 죽어도 내가 죽을 끼니까!

-그게 객기라니까.

이영운 중위는 말하고 야비하게 실실 웃었다.

-그럴슴메? 그럼 네놈의 그 가상한 용기는 뭐이가? 오기임?

촌놈의 입에서 침이 튀었다.

침 한 방울이 이영운 중위의 군복에 튀자 이영운 중위는 츱 혀를 차며 손으로 툭툭 털었다.

-북쪽 놈들은 이상하다니까. 왜 그런지 몰라. 아무리 봐도 한 방에 목숨을 걸 위인이 아닌 것 같은데, 웬 살기람.

-그건 내가 할 소린메.

북측 촌놈이 악에 받쳐 소리쳤다. 그는 완전히 이성을 상실하고 있었다.

-그럼 당겨보시지 그래.

이영운 중위가 엄지를 세우고 검지를 세워 총 모습을 만들어서는 북측 촌놈의 얼굴을 향해 탕 하고 쏘았다.

북측 촌놈의 눈에서 불이 쏟아졌다. 화가 난 손가락이 실린더로 옮겨졌다. 실린더가 함부로 돌았다. 실린더가 빨리 멎지 않자 그는 맞은편 손으로 실린더를 잡았다. 그대로 총구가 옆머리로 옮겨졌다. 검지가 방아쇠에 닿기 무섭게 움직였다. 불이 뿜어져 나왔다.

억!

촌놈은 어리석게도 영웅 흉내에 취해 깝죽거리다가 우단 탁자 위로 권총을 떨어뜨리고 머리를 처박았다. 피가 분수처럼 쏟아졌다.

그제야 이영운 중위의 얼굴에 화기가 돌았다. 갑자기 입꼬리가 위로 올라가는가 했더니 냉혹한 조소가 떠돌았다. 그럴 줄 알았다는 표정이었다.

이영운 중위는 확인이나 하듯 천천히 일어나 머리를 처박은 촌놈의 머리카락을 움켜쥐고 들어 올려 피를 머금은 얼굴을 내려다보다가 던지듯이 놓아버렸다.

촌놈의 얼굴이 쿵 소리와 함께 탁자 위로 떨어졌다. 탁자의 피가 튀었다. 피 한 방울이 이영운 중위의 워커에 튀었다. 이영운 중위가 그것을 내려다보다가 츱 하고 혀를 찼다. 그는 발을 들어 워커를 우단 탁자에 머리를 처박은 촌놈의 옷에다 닦았다. 참으로 냉혹한 행동거지였다.

김성은 상병이 보니 이영운 중위는 꼭 자신의 존재를 모든 이들에게 새롭게 인식시키겠다는 듯한 행동이었다. 김준엽 중령보다 더 무서운 사람이 여기 있다. 그는 그렇게 말하고 있는 것 같았다.

-잘 가시게.

이영운 중위가 그 말을 남기고 돌아서자 벙커의 문이 열렸다.

순간 기다리기라도 했다는 듯이 군모 밑으로 머리 희끗희끗한 사내가 부하 둘을 데리고 벙커 안으로 빨려 들듯이 들어왔다. 그를 본 이영운 중위가 차렷 자세를 하려다가 북측 고위장성임을 알고는 빙긋이 웃었다.

-내레 좀 늦었음메. 김준엽 중령답구나야. 이런 물건을 키우고 있었다니. 하하하. 내레 김준엽 중령에게 속은 거 아님. 내레 투자한 돈이 얼마인지 아네?

이영운 중위가 웃었다.

-기다려 봅세. 네놈의 머리통을 부숴 놓을 기니. 투자금이 커질수록 이익은 나게 마련인 기야. 그래. 기대란 망가질수록 재미가 있는 법이지. 이제 계속해서 돈은 네놈에게 걸릴 테고. 하지만 언젠가는 끝나지 않것음?

북측 장성의 말을 들으면서 이영운 중위는 대원들을 돌아보았다. 그러고는 냉정한 어조로 당당하게 씹어뱉었다.

-이 영감님께서 아주 올인을 하신 모양이다. 배당금을 챙겨 오라.

그렇게 명령하고 그는 미련 없이 그 자리를 떠버렸다. 인민군 장성의 살쾡이 같은 시선이 이영운 중위의 뒤태를 쫓았다. 뒤에 섰던 북측 병사 하나가 속삭였다.

-보통이 아닙네다. 풋내기가 아니야요. 부관장을 맡았을 때도 잔인하다고 소문난 인물입네다. 그냥 처치할 수도 있슴네다.

-그냥 처치한다?

장성이 뇌까리며 머리를 내저었다.

-대인민공화국의 아들들이 저런 잔챙이 하나를 꺾지 못하고 그냥 처치한다? 그건 말이 안 되는 소리임. 내레 저놈들을 살려 놓는 것도, 대인민공화국의 아들로서 저놈의 목을 꺾기 위한 것임메. 그러기 위해 지금까지 내 모든 것을 쏟아붓지 않았것음. 흐흐흐 결국엔 김준엽 중령도 죽었지 않음. 판을 키우는 중이라는 걸 알아야지비.

-그걸 왜 저 영악한 반동이 모르겠습네까.

-판은 커질수록 재미가 있는 법임메. 아직은 손을 털고 일어설 때가 아닌 기야. 언젠가는 한 방에 끝날 때가 또 올 테니깐드르. 으하하하.

장성이 웃으며 천천히 돌아서서 벙커를 나갔다. 부하들이 그 뒤를 따랐다.

1

오늘도 정찰병이 풀어 놓은 개들에게 쫓겨 DMZ에서 고철을 캐던 북측 주민 셋이 정찰병의 총에 죽는 꿈을 꾸었다. 고철을 어깨에 멘 채 그대로 수풀 속에 처박힌 꿈이었다.

그래서인지 김성은 상병은 아침부터 심기가 편치 않았다.

김성은 상병이 이영운 중위가 있는 MP벙커로 갔을 때 톰 상병은 또 무엇을 잘못했는지 염도노 소위의 체벌을 받고 있었다. 톰 상병은 무엇을 그리 잘못했는지 순순히 염도노 소위의 체벌을 받아들였다.

대원들이 톰 상병의 상의를 벗겼고 염도노 소위는 긴 회초리를 휘둘렀다. 꼭 서부영화에서 보던 카우보이의 소몰이 회초리 같았다. 아니 백인 지주가 흑인을 묶어 놓고 고문할 때 쓰던 그 채찍이었다. 회초리가 허공을 한 바퀴 휘돌아 톰의 등판에 뜨어억 하고 감겼다.

그때마다 톰 상병이 비명을 질렀다.

톰 상병이 정신을 잃으면 얼굴에다 물을 붓고 다시 회초리질.

염도노 소위는 유명한 군인 집안에서 자란 사람이다. 그의 집안이 얼마나 유명한 집안이었는가 하면 나라를 위해 분신한 조상만도 두 명, 단지를 바친 이도 세 명이나 되는 무시무시한 집안이었다.

-내가 잘못되면 뒤는 도노 네가 맡아라.

어느 날 이영운 중위는 염도노 소위에게 말했다.

-알겠습니다.

-죽일 때까지다.

-알겠습니다.

그러니까 북측 총잡이들을 모두 죽일 때까지 룰렛은 계속되어야 한다는 명령이었다.

군인들이 나라 지킬 생각은 하지 않고 총질할 생각만 하고 있다는 게 기가 막힐 일이지만 어쩌면 나 역시도 하는 예감에 김성은 상병은 몸을 부르르 떨었다. 문득 총을 든 자신의 모습이 불쑥 떠올랐다.

톰 상병을 체벌했던 염도노 소위의 방에서 아마노 츠키고(天野月子)의 노래가 흘러나왔다. 그가 좋아하는 「츠루기(검)」라는 노래였다.

나니가 타다시이노카 와카라즈 다테 코모리
何が正しいのか判らず立て籠もり
카키아게타 리소-쿄-오 타다 나가메
描き上げた理想郷をただ眺め
……

무엇이 옳은 것인지 모른 채 은둔하며

그려본 이상향을 단지 바라볼 뿐
문을 강하게 두드리면서 깨달았지
구세주 같은 건
어디에도 없어
아직 잘할 수 있겠지
……
……
다음의 결전이 오기 전까지
아무 일도 없었던 것처럼
수줍게 웃을 거잖아
……

 노랫소리를 들으며 김성은 상병은 눈을 감았다. 대한민국 최전방 부대에서 일본 노래라니….
 저 노래는 분명 이영운 중위의 약혼녀 미츠키에게 배운 노래일 것이다. 미츠키는 이영운 중위가 일본 유학 때 만난 여자다. 이곳으로 이영운 중위를 따라와서 한때 살았다. 부대 근처 민가에 방을 얻어 살았는데 김성은 상병이 그녀를 처음 본 것은 GP로 올라와 첫 휴가를 나가서였다. 마침 이영운 중위도 휴가였는데 그는 휴가병들을 모두 데리고 미츠키가 사는 집으로 갔다. 휴가 동안 날 대부분을 그 집에서 보냈다. 그녀의 집에서 술을 먹거나 바비큐 파티를 자주 하고는 했었다. 그때마다 그녀가 일본 노래를 불러주고는 하였는데 이영운 중위의 말에 의하면 그녀는 일본 게이샤 생활도 한때 했었다고 했다. 그때 안 것이지만 게이샤도 여러 종류가 있다고 했다. 요정이나 여관 등에 호출돼 시간을 정한 다음 술자리에서 합석 술을 따르며 손님의 말 상대가 되어주거나 노래나 춤으로 흥을 곁들이는 게이샤가 있는가 하면, 가무로(禿)라고 하여 유녀의 잡일을 하는 여성도 있다고 하였다. 한교쿠(半玉)라고 하여 아직 수습 딱지가 안 떨어진 게이샤가 있는가 하면 잇뽕(一本)이라고 하여 수습과정을 마치고 나온 닳고 닳은 게이샤도 있다고 했다. 한국 이름을 왜 지홍이라고 지었는지 모르겠지만 일본 이름 미츠키(大竹光希)는 몸이나 파는 창녀 죠로(女郞, 遊女)가 아니었다고 했다. 샤미센 게이샤였다고 했다. 말하자면 아직 수습 딱지가 안 떨어진 게이샤들에게 노래와 샤미센을 가르치는 게이샤 선생(三味線師匠)이었다는 것이다.

이영운 중위는 그녀를 어떻게 만났느냐는 물음에 이렇게 대답했다.

-동경으로 유학 가던 해 옆방에 얼굴을 하얗게 회칠하고 게다를 신고 엉덩이를 흔들며 나가는 게이샤가 있었다.

가끔 그녀의 방에서 배가 고파 앵앵거리며 돌아다니는 어린아이의 울음소리 같은 노랫소리가 흘러나왔는데 다음 날 세수도 안 한 냄새 나는 얼굴에 가부키 배우처럼 게쇼(化粧)를 떡칠한 그녀의 회칠 냄새 때문에 구역질이 일었다.

그녀는 참 종잡을 수 없는 여자였다. 한껏 차리고 나설 때는 붉은색 옷을 자주 입었는데 붉은색의 문양이 피처럼 강렬하게 시선을 파고들고는 하였다. 가부키 배우처럼 얼굴을 희게 게쇼(化粧)한 그녀의 얼굴이 그 문양만큼이나 아름다웠는데 그럴 때면 이상한 황홀감이 엄습하고는 했다. 유난히 긴 흰 목과 솜털이 보송보송한 뒷덜미. 전통의상을 입을 때 여자들이 올림머리를 하고 상의 옷의 목 부분을 뒤로 당겨 고정한다는 것을 그때 알았다. 목덜미를 노출시킴으로써 자기 존재가 눈부시게 부상된다고 생각한다는 것이다.

-와따마, 한뽈대기 씹어재껴 불고 싶네.

막 나가는 지뢰병 이철 병장의 표현대로 미츠키는 그런 여자였다. 보고만 있어도 눈부시고 손에 잡힐 것 같은 느낌의 여자.

순면으로 만든 타비(足袋)가 그녀의 목덜미만큼이나 눈부셨다. 타비는 조리를 신을 때 신는 양말이다. 전통적인 조리(草履), 게타(下駄)를 신기 위해 엄지발가락과 그 외의 발가락이 나누어져 있다. 거기에다 스에히로(末広)란 부채를 오른쪽 엄지와 검지에 들었다.

저기 저 옷섶 사이에 빛나고 있는 것은 은장도 카이켄(懷劍)이지?

게으를 때는 한없이 게을러 보이지만 그래도 미츠키는 예의가 바르고 분수를 아는 여자였다. 집에 드나드는 대원들의 속옷을 챙겨줄 정도였다. 대원들이 사양하면 이렇게 말했다.

-형수로서 이만한 것도 못 해요.

최전방이라 집에도 자주 가지 못하는 시동생들을 위해 그녀가 하는 말이었다.

그녀는 여기가 좋다고 했었다. 사랑하는 사람이 있고 힘깨나 쓰는 대원들이 있으니 겁날 게 뭐 있느냐는 식이었다.

그런데 지금은 어딘가로 떠나버렸고 소식 한 장 없었다.

천인누금강

1

비가 개고 날이 좀 서늘해지려나 했는데 다시 비가 오려는지 날이 후덥지근했다. 고지대라 낡은 송유관에서 흘러나온 검은 기름이 냄새를 풍겼다.

이영운 GP장이 보고받고는 현장으로 나왔다.

-기름이 많이 새?

-냄새가 지독할 정도입니다. 숲으로 번지고 있는데 산불이라도 날까 겁납니다.

염도노 소위가 대답했다.

-일하는 사람을 불러.

-알겠습니다.

-이거 고친 지 얼마나 된 거야?

-저번 GP장 때였다고 하니까 꽤 되었습니다. 아마도 고지대라 압력 때문에 그런 것 같습니다.

-기술자 오면 철저히 고치라고 해. 망할 새끼들 돈만 받아 처먹고 말이야.

MP벙커 안이 끈적끈적해 이영운 중위는 에어컨을 켜고 청소하는 김성은 상병을 지켜보았다. 청소하면서 김성은 상병은 가끔 이영운 중위의 눈길을 의식하고 흘끔거렸다.

　-뭐야? 또 이 중위를 찾는 거야?

　북측과 전화가 사적으로 개설될 수 없었지만, 인터넷이 발달하면서 음성적으로 접촉이 가능한 상황이었다. 북측의 촌놈이 이영운 중위에게 깨어지자, 북측의 반응이 심상찮았다.

　염도노 소위가 계속 이영운 중위를 찾자, 김성은 상병에게 물었다.

　-이 새끼 이거 미친 거 아니야. 아예 노골적으로 이 중위를 찾네. 아니 별을 단 영감탱이가 뭐가 모자라 지랄인지…. 달러 힘이 크긴 크네. 돈 좀 만져보자 식이니.

　-왜 한판 붙잡니까?

　-당장 오늘 저녁이라도 좋다는 거야.

　그러면서 염도노 소위가 GP장실을 흘끔거렸다.

　GP장실의 문은 굳게 닫혀 있었다.

　망원경으로 북측을 살펴보자 음식 재료를 짊어진 병사들이 민경초소(民警哨所) 식당으로 들어가는 게 보였다. 그 가까이에서 분뇨를 퍼 양어깨에 메고 나가는 병사들도 보였다.

　-저것들 아직도 저 모양이네. 제길 밥맛 나겠다.

　망원경으로 북측 민경초소를 살피고 있던 이차운 상병이 한마디 했다.

　-완전 우리나라 60년대라니까. 핵이니 나발이니 하지 말고 인민들 먹이기라도 할 것이지. 거기다 이 시대에 똥지게가 뭐냐.

　해도 너무했다는 듯이 이차운 상병이 끌끌 혀를 차다가 칵 하고 가래침을 뱉었다.

 -겉보기는 저래도 갖출 건 다 갖추고 있다고. 지하 갱도에 중화기, 감시장비….

 -그래도 달나라 별나라 가는 세상에 똥지게가 뭐냐.

 -어이 먹은 게 다 올라오려 그러네. 나 고등학교 다닐 때 꼭 점심시간만 되면 똥차가 기어올라 왔다.

 -자식, 너 혼자 그 학교 다닌 것 같다?

 학교가 변두리 고갯길에 있기는 했었다. 아마 그 도시에서 가장 험한 고갯길이었을 것이다. 고갯길 너머에 쓰레기장이 있었는데 그 도시의 분뇨장도 함께 있었다. 이차운이나 김성은이나 형편이 별로였으므로 때로 마늘장아찌나 단무지가 점심 도시락 반찬의 전부였다. 반 애들하고 먹기가 뭐하니까 둘이 운동장 가로 나가 고갯길이나 감상하며 점심 도시락을 까먹기도 했는데 꼭 그때쯤 되면 소위 똥차라고 하는 분뇨차가 고갯길을 기를 쓰고 올라오는 것이었다. 처음에는 모르고 먹다가 나중에는 그러려니 했다. 각처에서 오는 분뇨가 그렇게 낯설지도 않거니와 별 거부감도 없었다. 나라 경제가 안 좋다면서도 뭐 먹고 싸는 것이 그리 많은지 매일이다시피 드나드는지 모를 일이었다.

 똥하고 무슨 인연을 그렇게 모질게 지었던 것일까? 논산 훈련소에서 훈련받다가 화장실을 갔는데 배탈이 났던 참이라 한 번으로 마무리되지 않았다. 조교에게 사정사정해서 화장실을 갔는데, 오지를 않으니까 이차운을 시켜 데리고 오라고 했던 모양이었다. 김성은은 화장실을 나오다가 다시 들어간 참이었다. 이차운이 오더니 이름을 부르고 다녔다. 빨리 나오라는 것이다. 엉겁결에 바지를 올리고 나가다가 그만 설사를 갈기고 말았다. 다시 변기통 위로 주저앉고 말았는데 그때 이상하게 생각한 이차운이 화장실 문을 열었다. 김성은은 고등학교 동창 이차운이 논산 훈련소에 왔다는 걸 그때까지도 몰랐던 참이었다.

두 친구가 변소간에서 해후했다. 화장실 간 놈이나 데리러 간 놈이 오지를 앉자 조교가 직접 왔다. 와보니 두 놈이 한 놈은 팬티를 빨고 있고 한 놈은 바지를 빨고 있었다. 기가 막혀 두 놈을 잡아다 벌줄 만큼 주었는데 설사는 멎지 않았다.

나중 조교가 김성은을 불렀다. 김성은이 조교실로 갔더니 구두통을 뒤져보라고 했다. 구두약과 워커 닦는 솔과 타올 등이 어우러져 있었는데 밑바닥에 먹다 던져버린 설사약이 두 알 떨어져 있었다. 그것을 주워다 먹었는데 신기하게 설사가 멎었다. 더러 그런 훈련병들이 있다고 하였다. 물을 갈아 먹다 보니 배탈이 나고는 한다는 것이다. 김성은이 생각할 때 그 후로도 이차운과 같이 붙어 다니는 걸 보면 인연은 인연일지 몰랐다. 이영운 GP장에 의해 GP로 올라올 때도 이차운을 데려가자고 했기 때문이었다.

GOP 생활할 때 황금버스라는 것이 있었다. 중형 트럭인데 문이 옆에 달렸다. 이 문이 열리면 병사들의 눈이 뒤집어졌다. 없는 것이 없었다. PX도 없는 휴전선에서 병사들이 오로지 기다리는 것은 황금버스였다. 그 차를 이차운과 함께 기다리고는 했었다. 그러다 기름진 음식을 잘못 사 먹으면 꼭 설사를 했다. 이차운과 새벽에 화장실로 뛰면서 웃다가, 울다가 왜 그렇게 웃음과 울음이 터져 참을 길이 없었는지 몰랐다.

분뇨를 퍼내고 북측 병사들이 힐끗힐끗 남쪽 초소를 곁눈질했다. 오늘도 똥지게가 나갈 정도로 배부르게 많이 먹었쇠다 하는 눈치가 역력했다. 한마디 하면 역시 위대한 장군님의 어쩌고저쩌고할 것이 뻔했다.

하기야 저쪽 구린내가 그렇게 느껴지는 것도 아니었다. 설령 바람에 실려 온다고 해도 관념 속의 구린내는 이제 만성이 될 대로 된 상태였다. 대한민국의 최전선 GP에서 누가 말릴 것인가. 비린 물에 빤 빨래에서 비린내가 난다고 그걸 탓할 사람은 아무도 없다. 말린 빨래에 분뇨 냄새가 좀 뱄기로서니 전혀 일상생활에 문제 될 것이 없었다.

소초 근무를 끝내고 GP로 들어서자 기다리고 있던 정찰병이 다가왔다.
-벌써 이틀째 북에서 GP장님을 찾고 있어요.

이틀 후. 찔끔거리던 비가 개고 날이 좀 서늘해지려나 했는데 또 비가 오려는지 후덥지근했다.

이상하게 김성은 상병은 가슴이 쿵쿵거렸다. 이영운 중위가 룰렛을 시작하면서 어떤 살기의 냄새가 느껴질 때면 어김없이 눈앞에 떠오르는 것. 아니 본능적으로 의식되는 바로 그 무엇. 느낌이랄까.

죽음의 그림자?

김성은 상병은 느낄 수 있었다. GP장 이영운 중위가 이번 일로 인해 많이 고무된 것 같다는 것을. 이영운 중위는 김준엽 중령이 꺾지 못한 인물을 꺾었다는 사실이 믿어지지 않으면서도 겁날 것이 없다는 듯 행동하고 있었다. 나도 이제는 할 수 있다는 자만심이 그를 죽여 놓고 말 것이라는 조바심에 김성은 상병은 미칠 것 같았다.

아니나 다를까.

어둠이 깊게 내리자, 북측에서 사냥개들이 MP벙커로 숨어들었다. MP벙커 앞에서 제집처럼 진흙 묻은 구두를 탁탁 털고는 너무 지저분하다는 듯이 구시렁거렸다.

―사람 사는 곳이 아님메!

뒤이어 손을 탁탁 소리 나게 털고는 벙커 안으로 쑥 들어왔다.

김성은 상병은 벙커 안이 끈적끈적해 선풍기를 켜고 청소하고 있는데 인민군복을 입은 네 명의 사내와 그냥 남방 차림의 사내 하나가 나타나자 돌아보았다. 남방 차림의 사내는 검은 선글라스를 끼고 있었다. 김성은 상병은 그들을 보면서 직감적으로 사냥개들이라는 것을 알 수 있었다. 예상은 적중했다. 선글라스를 낀 앞장선 사내는 무도관 안으로 들어서기가 무섭게 이영운 중위를 찾았다. 생긴 모습이 좀 특별했다. 얼굴이 희고 이북 사람들과는 달리 머리에 노란 물을 들였다. 코가 오뚝하고 눈이 선글라스에 가려져 있어 답답해 보였다. 분명히 튀기는 아니었지만, 동양인과 서양인을 반반씩 섞어 놓은 것 같은. 아주 멋지고 잘생긴 외모였다. 북쪽 사람은 분명 아니었다. 주먹질이나 하는 사람답지 않게 말끔했는데 어딘가 쇠꼬챙이 같은 단단함이 느껴지는 인상이었다. 분명히 달러를 노리는 사냥개의 사주를 받은 것이 분명했다.

김성은 상병은 답답한 선글라스나 벗었으면 싶은데 그는 그럴 생각이 전혀 없다는 듯 안주머니에서 무엇인가를 꺼내었다. 김성은 상병은 그것이 도전장이라는 것을 직감했다.

GP장실로 들어가 누군가 찾아왔다고 하자 이영운 중위는 직감한 듯이 중얼거렸다.

―이거 목을 주머니에 넣어 다니든지 해야지.

그러면서 이영운 중위가 나오자 선글라스를 쓴 깡마른 사내가 이영운 중위를 보고 비시시 웃으며 느물거렸다.

―왜 겁이 나나?

사내의 어조는 뭉툭했다.

-일본에서 보다가 여기서 보니 기분이 이상하군. 한동안은 곤란하겠다는 말은 이미 한 것 같은데.

이영운 중위가 이마에 쌍심지를 그리며 말했다.

이영운 중위가 인터폰에 대고 보름 후에나 보자고 하던 말을 그제야 김성은 상병은 기억해 내었다.

-그래서 보름 후로 잡았지. 날짜와 장소 그리고 시간은 내가 정했다.

사내가 말했다. 그러니까 내일 있을 룰렛 때문에 사내와의 룰렛 날짜가 좀 늦게 잡힌 셈이었다.

이영운 중위가 고개를 끄덕이다가 입꼬리를 째고 웃었다.

-상대가 누구냐?

-바로 나다.

사내가 말했다. 이영운 중위는 좀 놀라는 표정을 지었다.

-뜻밖이군! 그렇게도 사람이 없나? 거대한 조직의 오야붕 우타가와 나가시타(歌川 流舎弥)께서 직접 납시게.

거대한 조직의 오야붕이라는 말이 김성은 상병은 실감이 나지 않았다. 이영운 중위는 그런 자가 직접 나섰다는 게 뜻밖이라고 생각되는 모양이었다.

-왜 자신이 없나?

사내가 물었다.

-흥, 소문은 들었지. 명사수라고 소문이 자자하더군. 그럼 자신의 골통 하나는 정확하게 꿰뚫겠구먼! 그래.

이번에는 듣고 있던 사내가 이영운 중위를 비웃었다.

-두고 봐야 알겠지. 호응이 대단해. 룰렛의 단골들이 모두 붙었어. 날미는 영감이 이번에는 올인할 모양이야. 내가 그들의 구미를 좀 더 당겨 놓았거든. 그래야 내가 살든 그대가 살든 크게 한몫 챙길 게 아니겠는가.

-무슨 말이야?

이영운 중위가 물었다.

-룰을 조금 바꾸었지.

이영운 중위가 고개를 들었다.

-너무 시시해서 말이야.

-시시해? 뭐가?

-지금까지는 다섯 발까지 박을 수가 있었지? 그런데 잔챙이들은 첫 번째는 한 발로 두 번째는 두 발로 승부를 가려왔지? 물론 그대는 두 발을 동시에 박는 것으로 전설이 되어가고 있지만, 이번에는 여섯 발 실린더에 여섯 발까지 어떤가? 그 대신 한 발부터 시작해 6회전 여섯 발이 약실에 박힌다. 그렇게 하지?

-으흠. 그러니까 여섯 발이 장전되면 죽을 확률은 6분의 6이 되는가. 거 재미있군.

이영운 중위가 흐흐흐 웃으며 되받았다. 그리고는 사내를 의혹의 눈초리로 쳐다보았다.

그런 이영운 중위를 향해 사내는 그렇게 눈부셔한 것 없다는 듯이 능글거리며 다시 말했다.

-어차피 죽는다는 말이지. 다섯 발까지 박는 게 이곳의 룰이라면서?

이영운 중위가 고개를 주억거렸다.

-대단하군. 6회전이라! 여섯 발 실린더에 여섯 발의 탄환? 그대의 운을

믿어보겠다?

이영운 중위의 말에 사내가 머리를 끄덕였다.

-맞아. 처음 먼저 시작한 사람은 5회전까지 살아남는다고 하더라도 6회전에는 죽는다. 맞아. 운을 믿어보고 싶지 않았다면 거짓말이겠지. 하지만 아니야.

사내는 이외에도 강하게 고개를 내저었다.

-아니라니?

이영운 중위가 무슨 말이냐는 표정으로 되물었다.

-그만한 이유가 있지. 지금은 말할 때가 아닌 것 같아. 왜 자신이 없나?

냉소를 흘리며 빈정거리는 사내를 이영운 중위는 멍한 얼굴로 쳐다보았다. 힘없는 불빛이 이영운 중위의 얼굴에 너울거렸다. 그래서인지 이영운 중위를 쳐다보는 사내는 조금 눈부셔하는 것 같았다.

김성은 상병은 고개를 갸웃했다. 의혹의 한 모서리가 머릿속에 부딪히는 느낌이었다.

무슨 말인가? 저 사람을 일본에서 본 모양인데 누구인지는 모르겠다. 여섯 발 실린더에 여섯 발? 6회전? 그의 말대로 운이 따르지 않는다면 죽는다는 말이다. 5회전까지 마지막 한 발의 행운이 따른다고 하더라도 6회전에 먼저 시작한 사람은 죽는다는 말이다. 그런데 그에 대한 이유가 있다고 한다. 이유? 이유라니? 죽으려고 작정한 마당에 이유는 무슨 이유?

-린극(鱗隙, Lingeuk)이지. 생사의 린극.

사내가 문득 말했다.

린극?

이영운 중위가 알다가도 모르겠다는 듯이 뒤늦게야 고개를 갸웃했다.

―무슨 말이야? 린극이라니?

이영운 중위가 물었다.

―차차 알게 된다니까.

사내가 이영운 중위의 반응이 재미있다는 듯이 여유를 부렸다.

이영운 중위가 또 고개를 갸웃하다가 코웃음을 쳤다. 이유가 뭔지 모르겠지만 그래 그 정도면 6회전까지 갈 것도 없을 것 같군 하는 표정이었다.

―내 여편네를 여기까지 끌고 온 걸 봐 대단하다는 생각은 했지만 의외군.

―네놈의 여편네였다고? 네놈이 죽어라 달라붙었던 건 아니고? 대일본제국의 깡패 오야붕(組長)께서 이제 인민군 대표가 되어 직접 납시어 아주 담판을 내자? 그것도 운에 맡긴다? 일찍이 용감하다는 말은 들었지만 정말 대단하군.

말하는 이영운 중위의 얼굴에 전등 빛 너울이 너울거렸다. 그 불 너울은 어느 사이에 사내의 얼굴과 목으로 옮겨갔다. 사내가 그 빛살 속으로 들어갔기 때문이었다. 그 바람에 이영운 중위의 얼굴에 짙은 그늘이 드리웠다.

―네놈을 찾기 위해 평생을 보내도 좋다고 생각했다. 그런데 아주 쉽게 찾을 수 있었어. 여기 드나드는 인민무력부 대령이 조선구락부 조정장이었거든.

조선구락부 조정장이라고 한다면 북한 측 조총련의 수장이다. 그를 통해 북쪽 사람들이 인신매매에 걸려 팔려 간다는 말을 이영운 중위는 들은 적이 있었다.

사내가 여전히 여유롭게 말을 끝내고 웃었다. 조소였다.

도대체 저들은 무엇을 위해 저러고 있는지 모르겠다는 생각이 김성은 상병은 들었다. 가끔 폭력배 집단끼리 돈을 걸고 러시안룰렛을 즐긴다는 것쯤은 일찍이 알고 있었다. 그래도 그렇다. 룰렛은 김준엽 중령이 시작했고 이제 이영운 중위로 이어졌다. 그를 폭력배가 찾아올 리가 없다. 개방된 곳에서 하는 판도 아니고 부대 벙커 안에서 은밀히 처러지는 판이다. 그런데 일본의 폭력배가 북의 군인을 따라 이영운 중위에게 왔다? 말이 안 되는 소리였다.

일본 유학 때 알던 사람? 그렇다고 하더라도 그 사람이 어떻게 여기에 올 수 있단 말인가?

-흔들리는 걸 보니 이제 물러날 때도 된 것 같군그래.

사내가 이영운 중위의 표정을 살피다가 이죽거리듯 말했다. 에어컨 바람에 그의 남방에 수놓아진 나비가 펄렁 날아올랐다.

김성은 상병은 순간적으로 드러나는 그의 허리춤으로 꿈틀거리며 내리뻗은 청룡의 문신을 보았다. 아주 짧은 순간 바람은 남방을 직삼각으로 들어 올려 그의 허릿살을 보여주었는데 몸통에서 뻗어 나온 네 발톱이 인상적이었다. 악마의 손톱처럼 새까만 모습이었다. 발톱 위로 둔부처럼 그려진 살집이 붉은빛이어서 새까만 빛과 묘한 조화를 이루며 더 섬뜩한 느낌을 주었다.

평생을 용을 감고 살았을 사내의 얼굴을 김성은 상병은 멀거니 바라보았다. 그의 얼굴이 그러고 보니 뱀 얼굴처럼 사악해 보였다. 금방이라도 갈라진 혀가 붉은 입속에서 뻗어 나와 이영운 중위의 목을 감아버릴 것 같았다.

김성은 상병은 으스스 한기를 느끼며 아무렇지도 않게 대꾸하는 이영운 중위의 음성을 들었다.

-오해하지 말아. 네놈보다 앞서 처리할 놈이 있거든. 권총은?

이영운 중위가 확인하려는 듯한 물음에 그가 빙그레 웃었다.

-졸장부처럼 총을 가리지는 않겠다.

이영운 중위는 김준엽 중령에 대한 애정 때문에 그가 쓰던 총을 그대로 쓰고 있었다. 아니 정확히 말해 그 총을 잡았을 때 사실 김준엽 중령의 심중을 알 것 같았다.

-그런데 말이야, 자네 뒤를 파보았더니 나와의 인연이 보통은 아니더구만.

갑자기 사내가 눈가에 주름을 모으고 웃으며 말했다. 총 따위에는 관심이 없다는 자신만만한 어투였다.

이영운 중위가 그를 다시 멀거니 바라보았다. 갈수록 이상해지는 그가 정말 이해하기 힘들다는 표정을 그는 짓고 있었다.

-예부터 말이 있지. 원수는 외나무다리에서 만난다던가. 모르겠으면 내 뒤를 한번 파보시지 그러나? 그렇다면 그대도 아주 이 판이 더 재미있어질 텐데.

-지금 무슨 소리를 하고 있는지 모르겠군?

이영운 중위가 의아한 음성으로 뇌까렸다.

사내가 웃었다. 그 웃음을 보자 그의 몸통 속 용은 어떤 모습으로 웃고 있을까 하는 생각이 문득 김성은 상병은 들었다.

그는 잠시 웃다 말고 다시 이상한 말을 했다.

-솔직히 난 이런 짓거리에는 관심이 없는 놈이야. 하지만 그대를 알고 나니까 구미가 당기더라 이 말씀이지. 세상이 정말 좁아 보이기도 하고. 그러고 보면 신은 정말 존재하는 모양이야. 이렇게 재미난 인연을 만들

어 놓고 즐기는 걸 보면. 그래. 우리 참 묘한 인연이지? 무서울 정도로. 난 그대와의 사이를 알고 너무 놀라 사흘 밤낮으로 춤을 추었다. 그대는 아마 우리의 관계를 알게 되면 사흘 밤낮으로 울게 될 거다. 암튼 나는 너희들이 지키려는 이 짓거리에 관심이 없다는 것만 알아주면 좋겠구나. 그러나 양측의 약속이니까 실망하게 하지는 않을 줄 안다?

이영운 중위가 눈을 지그시 감았다 떴다.

-무슨 말을 하는 것인지 모르겠지만 아무튼 좋다. 내가 진다면 네 마음대로 하려무나.

-약속은 지킨다.

-난 한 번도 깡패 새끼들의 약속을 믿어본 적이 없는 사람이야. 차라리 계집 사타구니를 믿는 게 낫지.

-어련하려구. 암튼 참 우린 참 묘한 인연이야.

사내가 강조하듯 또 한 번 인연이란 말을 했다.

김성은 상병은 팔짱을 꼈다. 엄지손가락으로 턱을 밀어 올렸다. 괜한 짜증이 일었다. 도대체 두 사람이 어떤 사이길래?

생각해 보면 사내는 오래전부터 이영운 중위를 알고 있었다는 말이 된다. 이영운 중위가 고개를 주억거렸다.

김성은 상병은 이영운 중위를 쳐다보았다. 이영운 중위의 모난 턱이 더 각져 보였다. 아마 그늘 때문이거나 오늘 아침에도 면도하지 않아서일 것이다.

-무슨 말인지 모르겠지만 도전은 받아들이겠다.

이영운 중위가 진저리를 치듯 말했다. 자꾸만 달라붙는 거머리를 무지막지하게 떼어내 버리는 듯한 말투였다.

-그래. 이제 끝낼 때가 되었지. 그 더럽고 질기고 묘한 인연들을.

사내는 또 인연이란 단어를 의식적으로 썼다.

김성은 상병은 사내의 말속에서 이영운 중위조차 알지 못하는 어떤 사연이 분명히 있다고 생각했다. 사연이 있어도 보통 사연이 아닌 참으로 모질 것 같은 그런 느낌이었다.

-도전장은 여기에 놓고 가지.

사내가 도전장을 탁자 위로 툭 던질 줄 알았는데, 그는 탁자 아래 무릎을 꿇고 고개를 숙인 다음 손뼉을 탁탁탁 세 번을 치고는 두 손으로 공손히 받들 듯 도전장을 쳐들었다. 두 팔 사이로 고개를 숙인 채로였다. 나름대로 격식을 차리는 사내를 보면서 김성은 상병은 저 사내는 정말 일본 물이 제대로 든 사람일지 모른다는 생각이 들었다. 한국어가 유창한 것으로 봐 일본인은 아닌 것 같았지만 일본의 무도 정신을 제대로 이어받은 것 같았다. 이영운 중위가 거대한 조직의 조장이란 말을 했는데 그럼 야쿠자?

이영운 중위는 별 반응을 나타내지 않았다. 이영운 중위는 정찰병이 사내에게서 받아온 도전장을 거둬들이듯 받아서는 탁자 위로 놓아버렸다.

사내가 이영운 중위의 무례한 행동을 의식한 듯 빙그레 웃었다. 그러고는 중얼거렸다.

-듣던 대로 무례하군. 그러니 조센징이라 욕을 먹는 거다.

-모르겠군. 왜 물고 늘어지는지?

이영운 중위가 말했다.

-모르겠다면 그럼 잠시 보여주고 갈까?

응?

순간 김성은 상병은 무슨 소린가 하는 생각이 들어 사내를 쏘아보았다.

이영운 중위가 정말 왜 이러느냐는 표정을 지으며 시선을 들었다. 조금 전부터 인연이니 뭐니, 이상한 말만 해대더니 이제 무슨 말을 하고 싶으냐는 낯빛이 역력했다.

사내가 돌아서더니 갑자기 남방의 단추를 하나하나 열기 시작했다. 가슴이 드러났다. 그는 참으로 흰 피부를 가지고 있었다. 그래서인지 약간 젖혀진 남방 사이로 보이는 젖무덤도 보잘것없었다. 폭력집단의 조장쯤 되면 덩치가 산만 하고 근육이 울퉁불퉁해야 할 것 같은데 그는 너무나 허약하고 왜소한 몸을 가지고 있었다.

다음 순간 그의 행동은 전혀 나약해 보이지 않았다. 그는 단추를 모두 열기가 무섭게 동시에 옷을 벗어젖혔다.

-읍!

김성은 상병은 자신도 모르게 숨을 멈추었다. 그것은 그만 그런 것이 아니었다. 이영운 중위나 대원들도 마찬가지였다. 사내의 등에 드러난 문신.

저게 무엇인가?

김성은 상병은 그런 생각을 하며 눈을 의심했다. 시계처럼 동근 것. 엄청난 크기. 등짝이 완전히 그 둥근 원으로 채워져 있었다.

김성은 상병은 머리를 한 번 흔들고 눈을 비볐다. 그림을 뚫어져라 쳐다보았다. 무엇인가를 용이 양쪽에서 휘어 감고 있었다. 그 아래 두 마리의 호랑이가 그 둥근 원을 받쳐서 들고 있었다.

눈을 한 번 끔벅 감았다 떴다. 두 마리의 용이 푸르고 붉은 비늘을 번쩍이며 둥근 원을 감싸고 있고, 갈기를 세운 호랑이가 포효하며 그 둥근 원을 받쳐 들었다.

문득 어디서 본 것 같다는 생각이 들었다.

아니나 다를까 이영운 중위가 뚫어져라, 문신을 쳐다보고 있다가 스르르 자기 목에 감긴 목걸이를 밖으로 꺼냈다. 반쪽의 목걸이 문양이 모습을 드러냈다.

사내가 희미하게 웃으며 입을 열었다.

-이제야 눈치를 채셨군!

-천인누금강(天人淚金剛)?

이영운 중위가 뇌까렸다.

사내가 소리 나게 남방을 다시 입었다. 그러고는 단추를 채우며 이영운 중위 앞으로 돌아섰다.

-알겠나?

-무슨 수작이야?

이영운 중위가 날카롭게 소리쳤다.

-네놈의 손에 들고 있는 것이 천인누금강 반쪽이지?

-뭐라구?

-그럼 반쪽은 어디 있나?

이영운 중위가 말을 못 하고 입을 벌렸다.

사내가 다시 웃었다.

-너는 알고 있지? 그 반쪽이 있는 곳을?

-무슨 소리냐?

이영운 중위가 더 이상 못 참겠다는 어투로 소리쳤다.

사내가 비시시 웃었다.

김성은 상병은 눈을 감았다.

왜 저 그림이 사내의 등짝에?

분명히 저 그림은 이영운 중위와 미츠키가 헤어질 때 반씩 나누어 가진 천인누금강의 노리개 그림이다. 세상에서 가장 소중한 것. 일설에는 하늘에서 떨어진 천인(天人)의 눈물로 이루어진 돌이라는 말이 있었다. 바로 그 노리개에 새겨진 문양이었다.

  어머니의 말로는 하늘에 계시는 천제께서 이 지상을 맡기기 위해 아들 천황을 내려보내려 했다. 그때 천황에게는 사랑하는 여인이 있었다. 그러나 누구의 명인가. 천황은 지상으로 내려와야만 하였고 헤어지기가 아쉬워 그때 흘린 눈물을 천황의 눈물이라고 했다. 그 눈물은 결국 푸른빛의 돌이 되었다. 그러자 하늘을 수호하던 용들이 아름다운 돌을 지키기 위해 몸으로 휘어 감았고, 지상의 짐승들이 그것을 받들어 올렸다. 그 후 이별하는 여인들은 헤어질 때 다시 만나자는 징표로 노리개를 만들었다고 했다. 그러고는 사랑하는 여인과 헤어질 때 다시 만나자는 증표로 반으로 갈라 나누어 가짐으로써 훗날 만나기를 기원했다는 것이다. 그러면 죽어서도 그 넋이 하늘나라에서 만나게 된다는 것이다.

  천인의 눈물이라는 천인누금강 노리개는 이영운 중위의 가문에 대대로 전해져 내려오던 것이었는데 이영운 중위가 미츠키와 헤어질 때 다시 만나자며 반쪽을 주었다는 말이 있었다.

  그런데 그 반쪽이 온전한 하나가 되어 사내의 등판에 무늬져 있었다.

  저것이 왜?

  언젠가 미츠키가 한국을 뜨고 난 후 실의에 차 있던 이영운 중위에게 물은 적이 있었다.

  −목에 걸고 있는 것이 뭐예요? 반쪽 같은데….

  −이거?

그러면서 이영운 중위가 술잔을 놓으며 노리개를 꺼냈다.

-천인누금강이야.

-아하, 반은 미츠키 형수가 가져갔군요.

-맞아.

그 정도였다. 그런데 왜 천인누금강이 저놈의 등짝에?

그런 생각을 하며 김성은 상병은 이영운 중위를 쳐다보았다. 사내의 등판에 이영운 중위의 시선이 붙박여 있었다. 그의 눈에 의혹과 증오가 뒤범벅되어 이글거렸다.

-내가 왜 인연이란 말을 썼는지 이제야 알겠나?

사내가 조소를 물고 이영운 중위를 향해 물었다.

-무슨 수작이야?

이영운 중위가 소리쳤다.

-차차 알게 되겠지. 그럼 그날 만나지. 잘 있으시게.

그는 몇 발짝 걸어가다가 걸음을 멈추었다. 그리고는 뒤도 돌아보지 않고 말했다.

-기다리시게. 숨구멍을 막아줄 테니.

이영운 중위의 눈에서 시뻘건 불길이 쏟아졌다.

그들이 어둠 속으로 사라져 버리자 이영운 중위는 GP장실로 들어가 찰칵하고 문을 잠가버렸다. 날이 밝을 때까지도 그는 방을 나오지 않았다.

김성은 상병은 이 더운 날 문까지 걸어 잠근 걸 보면 에어컨을 켰을 테지만 그래도 갑갑하지 않을까 싶었다.

결투를 신청한 사내. 그의 등판에 새겨졌던 천인누금강…. 그 모든 의혹이 헝클어진 실타래처럼 머리를 어지럽혔다.

밤이 깊어가고 있었지만, 이영운 중위는 GP장실을 나올 기미를 보이지 않았다. 내무반으로 돌아오면서 김성은 상병은 자신도 모르게 미츠키의 모습을 떠올렸다.

3장
내 마음의 모습

6월 그때쯤

1

군이 AI 로봇과 드론 등 '유·무인 복합시스템'을 다시 도입하기로 했다는 말에 군 내부가 종일 술렁였다. 병력 부족에 따른 고육책이었다. 그러나 첨단장비 맹신은 금물이라는 반대의견에 밀려 추진하지 못했는데 더 이상 미룰 수는 없다는 주장에 상부의 결정만 남은 상태였다.

최전방 철책선 경계근무에 '유·무인 복합시스템'을 도입되면 어떻게 되는가?

병사들이 24시간 철책선을 순찰하지 않아도 된다. 북한군 침투에 대비하던 자리에 인공지능(AI)을 갖춘 드론이나 로봇이 날거나 서 있을 것이었다. 최전방의 경계 병력은 뒤로 물러나게 될 것이고, 만약 북한군이 침투한다면 첨단 감시장비에 포착될 것이었다. 그러면 즉시 병력을 투입할 수 있을 터였다. 국방부는 이를 혁신 과제 중 하나로 선정한다는 것이다.

-그럼 편하긴 하겠다.

이차운 상병이 뇌까리듯 말했다.

눈은 북한의 감시초소에 박은 채 이재우 정찰병이 피식 웃었다.

-씨발, 어느 세월에. 첨단장비? 웃기지 말라 그래. 말이 그런 거지. 언제? 돼지 마구간에 기와 올리면? 당장 한다는 말이 아냐. 개념을 완성한 뒤 내년쯤에나 전방 사단 한 곳에 시범 적용하기로 했다니까.

-하긴 한두 푼 드는 게 아니겠지.

이차운 상병이 고개를 끄덕이며 말했다.

-10여 년 전부터야. 어제, 오늘 나온 말이 아니라고. 수천억 원을 들여 철책선에 과학화 경계 시스템을 갖춘다고? 웃기지 말라 그래.

지금도 감응형 철책이 철책을 감고 있다. 그러므로 건드리면 해당 부대 상황실에 실시간으로 경보가 울리는 것이다.

상황실에 비치된 열상감시장비(TOD)를 기술병 한 명이 운용한다. 앞으로 경계와 감시를 인공지능과 첨단장비가 맡으면 룰렛이 쉽지 않다는 것은 불 보듯 뻔한 일이다. 룰렛 배당금이 상상을 초월하므로 눈을 뒤집을 수밖에 없는 상황이다.

하기야 톡 까놓고 하나같이 돈 때문에 룰렛에 포섭된 마당이었다. 룰렛 한 판에 수십만 달러가 오고 가는 마당이니 대원 열 명만 잡아도 엄청난 돈이 배분된다. 총을 잡는 당사자가 상금의 20%를 가져간다고 하더라도 그 외 대원에게는 동일하게 배분되니 욕심을 부리지 않을 수 없었다.

-하기야 이쪽이 좀 민감하긴 하지. 당장 저놈들이 쳐들어올 것처럼 말이야.

그랬다. 철책 너머 북한군은 잠만 잘 자는데 우리 병력은 경계근무에 시뻘겋게 눈을 치뜨고 있으니.

그러다 보니 긴급 상황이 발생하면 조는 것이 다반사다. 졸지 않을 수 없다. 육군 병사의 복무 기간이 18개월로 단축되다 보니 인력이 모자랄 수밖에 없다. 거기다 저출산 시대. 인구 감소로 군 복무 대상 자원이 급감하고 있는 마당이다. '60만 대군'이란 표현은 옛말이 되어버린 지 오래다.

그렇다고 첨단장비에만 휴전선을 맡겨 놓을 수 있나?

어림없는 소리다. 첨단장비는 정밀하기는 하지만 인간처럼 대처할 능력이 모자란다. 누군가 전류를 차단한다면 아무 소용도 없다. 첨단장비는 병력 운용에 숨통을 터줄 수 있지만 그런 빈틈이 존재한다. 과학화의 상징인 감시장비를 운영하는 도중에 드러난 군의 허점은 이루 말할 수 없다. 몇 년 전 도입한 중국산 폐쇄회로(CC)TV가 악성코드에 감염되어 낭패당한 후로는 윗선에선 손을 내젓는 판이다. 첨단 감시장비를 맹신하다가 안보에 구멍이 뚫린 일도 한두 번이 아니었다.

밤 1시. MP벙커에서 모임이 있었는데 이영운 중위가 첨단장비를 도입한다는 말이 나오자 필필 웃었다.

-정말 웃기고 있구나. 국가안보는 한번 망가지면 끝나는 거야. 사고가 난 뒤에는 대책이 없다는 걸 알아야지. 최첨단장비일수록 고장이 잘 나는 법이지. 그럼 오작동을 일으킬 수 있고 그러다 전쟁이라도 나면? 근본적으로 중요한 것은 사람이야. 장비를 운용하고 감독할 지휘관들이 있어야지. 그리고 병사들이 있어야지.

-맞습니다. 있다고 해도 그렇지요. 투철한 정신 무장과 만반의 경계 태세를 갖춘 인력이 남아도는 것도 아니구요.

이차운 상병이 방귀를 맞추었다.

-룰렛은 영원할 것이야. 보라고. 이미 과학화 경계 시스템은 들어올 대로 들어와 있어.

하기야 감지기로 이뤄진 철책선에 광망(光網)이 그물처럼 덮여 있는 곳이 이곳이다. 경계병들이 과학화 경계 시스템 감시기가 촘촘하게 달린 광망을 24시간 점검하고 초소의 초병은 경계 총 자세로 소총을 든 채 북쪽으로 눈을 부릅뜨고 바라보고 있다.

-강원 고성 DMZ박물관에 갔었는데요. 대단하더라고요. 야외에 전시 중인 대북 심리전 방송용 전광판이 정말 하늘만 해요. 스피커 성능도 끝내주고….

-맞아요. 책상에 앉아 탁상공론이나 하는 의원들이 뭐 알아요. 몰라요. 첨단장비 운운하는데 그들이 여기로 한번 와봤나요. 화천의 칠성 부대(제7보병사단) 가니까 OP(관측소) 지휘통제실이 스크린으로 가득해요. 각각의 스크린은 카메라가 보내준 영상을 실시간으로 보여주는데, 정말 장관이데요. 상황병들이 철책선과 DMZ 주변의 모든 움직임을 지켜보고 있는데 주눅이 들 정도였어요.

그리고 보면 여기가 룰렛 하기에 딱 안성맞춤이라는 말을 이재우 정찰병은 하고 있었다.

맞는 말이었다. 이곳은 사실 북의 초소가 가장 가까운 곳이다. 그러므로 어느 곳보다 지대가 높다. 이곳 역시 이상 징후가 보이거나 사전에 보고되지 않은 인원이 다가오거나 차량 이동을 발견하면 즉시 화면을 확대할 수 있다. 지상의 움직임을 포착하는 것이 지상레이더다. 지상레이더는 밤에도 먼 곳의 물체를 식별할 수 있는 열상감시장비(TOD)다. 열감시장비 TOD는 북한 초소의 모든 것을 파악할 수 있다. 상급자가 부하를 구타하는 장면까지 파악될 정도다. 그만큼 해상도가 높다. 과학화 경계 시스템 덕분에 휴전선 경계 작전이 바뀐 건 사실이다. 전에는 경계초소에 2인

1조가 교대로 낮이나 밤이나 지켰다. 철조망 옆이 도로다. 철책선은 대부분 산악과 능선에 세워져 있어서 걸어 다니면서 손으로 이상 유무를 확인해야 한다. 그렇게 계단을 오르고 내리기를 수천 번 반복해야 한다.

철책선 상단은 Y자 모양으로 갈라져 있다. 거기도 광망이 설치되어 있다. 철책선을 타고 넘을 경우를 대비한 것이다.

2

청원 휴가를 낸 지 이틀째다. 엊그제 우타가와의 도전을 받은 후 이영운 중위는 아무래도 뭔가 이상하여 그 길로 청원 휴가를 내어 이 집으로 왔다. 미츠키가 집을 나가기 전 그녀 홀로 생활하던 집이었다. 지금은 두 달로 줄었지만, 그때는 GP로 들어갔다 하면 4개월간 나올 수 없었다. 그러다 두 달로 줄었는데 두 달 기다려야 볼 수 있었던 사람이었다.

오래 비워서인지 곰팡내가 났다. 문을 열지 않고 우선 편안하게 누웠다. 지금은 그녀가 없을지라도 그녀의 냄새를 제대로 음미해 볼 생각이었다.

이영운 중위는 몸을 뒤쳤다. 잠이 오지 않는다. 우타가와의 얼굴을 잊을 길이 없다. 신의 장난이 아니라면 이럴 수는 없다.

일본으로 유학을 간 그해였을 것이다. 일본말이 서툴다 보니 매사 실수투성이였다. 우선 말이 통하는 곳을 찾았는데 그곳이 조선인들이 모여 사는 우토로였다. 일제강점기 때 징용 와 한국으로 돌아가지 못한 조선인들이 모여 사는 곳이었다. 그때까지도 몰랐었다. 일인 지주에 의해 곧 헐릴 땅이라는 걸.

매일이다시피 소위 야쿠자라고 불리는 스미요시카이(住吉会, Sumiyoshi-kai. 일명, 샨카이회(會)나 야마구치구미(山口組), 이나가와카이(稲川会)들이 지주들의 개가 되어 몰려와 행패를 부렸다.

이즈키는 우토로 마을 건너편에 살고 있었는데 샨카이회 보스회 보스들 중 하나가 그녀의 아버지였다.

그날도 철거 문제 때문에 우토로에 들어왔다가 분개한 조선인 청년에게 칼을 맞았다. 조선인 청년은 도망가 버렸고 미츠키의 아버지를 업어 간 사람은 곁을 지나던 유학생 이영운이었다.

그를 병원에 옮기고 얼마 안 있어 보스의 부하들과 딸이 달려왔다.

그때 미츠키를 처음 보았는데 그 조신한 자태에 이영운은 충격을 받았다.

그 후 소위 사랑이라는 것을 시작했는데 미츠키가 우토로를 자주 찾았다. 그녀도 조선의 사내가 싫지 않았던 것이다.

조선의 사내에 의해 목숨을 구해 놓고도 그의 아버지는 그 사내에게 마음을 주고 있는 딸이 마음에 들지 않았다.

둘의 사이를 말렸으나 두 젊은이는 말을 듣지 않았다.

결국 두 사람은 만나지 못하게 되었는데 강제로 스웨덴으로 미츠키를 보내버렸기 때문이었다. 스웨덴에 이즈키의 작은아버지가 살고 있었기 때문이었다.

떠나기 전날 밤 이영운이 미츠키에게 해줄 수 있는 말은 이런 말밖에 없었다.

-6월이 되면 상사화가 꽃잎을 열어. 그때 만나자. 지금 너에게 줄 수 있

는 것이 이것밖에 없구나.

　이영운은 그녀에게 가문의 상징이었던 천인누금강 반쪽을 주었다.
　그 후 이영운은 미츠키가 가 있는 스웨덴의 주소를 알아내려 했으나 끝내 알아내지 못하였다.
　어느 날 찾아간 이영운에게 미츠키의 아버지는 사진 한 장을 내밀었다. 미츠키가 일본 남자와 사원에서 결혼식을 올리는 사진이었다. 물론 강제 결혼이었다.
　이영운은 그 길로 유학을 포기하고 한국으로 나와 입대하고 말았다.

　그들이 다시 만난 것은 미츠키가 남편 몰래 한국으로 들어와 이영운을 찾으면서였다. 미츠키는 아버지의 눈을 피해 일본에서 이영운을 찾아다니다 술집 생활까지 했었는데 이영운이 유학을 포기하고 한국으로 들어가 군에 들어갔다는 걸 알게 된 것이다.
　장교 시험에 합격하여 장교가 되긴 하였지만 두 사람의 박봉으로는 살아가기가 힘들었다. 그 어려운 생활 속에서 이영운이 미츠키의 속을 내다볼 수 있었던 것은 어느 날 미츠키의 낙서장을 보면서였다.

***

　붉은 펜으로 동그라미가 그려진 달력이 보인다. 6월.
　아버지의 강요에 못 이겨 결혼한 그 이듬해던가? 우연히 배롱나무 밑에 피어난 상사화를 보다가 기겁하듯 놀랐다. 6월이었다. 여름이 한창일 때 피던 꽃이었다. 그 꽃이 꽃잎을 열고 있었다. 6월. 그때 만나자던 영운 오빠. 그동안에 그를 잊고 있었구나 하는 생각에 가슴에 칼을 맞은 것 같았다.

나는 다시 깨달았다. 남편이 아버지의 심복이었다는 것을. 남편이 조총련 지부의 운영 위원장의 아들이라는 것을 알고는 있었다. 그러나 그가 아버지의 심복이었다는 것은 모르고 있었다.

스물세 살 때 다시 만난 영운 오빠. 그를 처음 보던 날을 나는 지금도 기억하고 있다. 나는 분명 보았다. 그의 후광을. 후광 속에 싸인 모습을.

그는 그때 미술을 전공하고 있었는데 한국에서 국전에 입선까지 할 정도로 그 실력을 인정받고 있었다. 그러나 일본 생활은 어려웠다. 원체 집안이 가난했으므로 아르바이트하고 있었지만, 수입이 좋았던 것은 아니었다. 두 사람이 만나면 주로 돈을 쓰는 것은 나였다.

그러다 건강한 우타가와를 만난 것이다. 그의 잘생긴 용모가 마음을 끌었다. 참 마음이 따뜻한 사람이라고 생각되었다.

그때까지도 몰랐다. 그가 조총련의 사주에 걸려 야쿠자에 몸담고 있다는 것을. 결혼하기 전 그런 말을 하기는 했었다. 대학 다닐 때 사격선수였다고. 주먹질하다 눈 한쪽을 실명하는 바람에 꿈을 꺾었다고.

그의 성품을 제대로 파악하지 못한 상태였다.

영운 오빠와 헤어지고 스웨덴으로 갔을 때 죽고 싶었었다. 늘 눈물로 살았는데 정말 사랑은 흐르는 것일까? 우타가와 나가시타가 내 앞에 문득 나타난 것이다. 그는 내 눈물을 닦아주었고 못나게도 나는 그의 어깨에 기대고 말았다.

지금도 영운 오빠를 생각하면 내게 창녀의 본성이 흐르고 있는 것은 아닐까, 하는 생각이 든다. 어떻게 다른 사내에게 정을 줄 수가 있다니.

내 어머니였다는 사람. 지금도 게이샤촌에서 샤미센을 켜고 있다는 사람. 나의 변심이 그래서였다면 차라리 죽어버리고 싶다.

그래도 신혼 초에는 남편과 사이가 괜찮았지 싶다. 그게 나란 존재였다. 못된 년.

그 짓이 끝나고 말이 없으면 언제나 남편은 물었다.

-괜찮았어? 서방님의 좆 맛이?

좆이라는 말이 그때 왜 그렇게 싫지 않았을까?

그때, 그의 성품을 알아봤어야 했다.

-당신 훌륭해요.

-이젠 제법이야.

남편이 싱글거리며 말했다.

-뭐가요?

-엉덩이도 흔들 줄 알구.

-좋았어요?

-아주 암살이 났어요.

그러면서 남편은 다시 짐승처럼 달려들었다.

-어머 어머, 또 하시게요?

-누가 장어 구워 올리래.

-아이 난 몰라.

그러면서도 싫지 않았으니 참으로 희한한 일이었다.

그런데 언제부터 사이가 벌어졌을까?

알 수 있었다. 아니 느낄 수 있었다. 남편에게 새 여자가 생겼다는 것을. 그때까지도 남편이 무슨 짓을 하고 다닌다는 것을 잘 몰랐다. 바로 북에서 여자들을 납치해 술집에 공수하는 짓을 그는 하고 있었다.

하루이틀 들어오지 않던 남편은 나중 보름을 넘기기가 예사였고, 들어온다고 하더라도 사람 취급을 하지 않으려고 했다.

그러다 남편과 일본으로 나왔다. 일본으로 나오자, 남편의 질투심은 더했다.

-뭐? 게이샤촌의 게이꼬? 그것도 모자라 꼴에 조선 놈 구멍이 되시었어?

-무슨 소리예요?

-이영운이란 놈 말이야.

미친 사람이었다. 집에도 들어오지 않는 사람이 영운 오빠의 뒷조사까지 했던 모양이었다.

그때 왜 정신이 번쩍 들었을까. 지금도 나를 애타게 기다리고 있을 그 사람. 아아 그 사람을 잊고 있었구나.

그때부터 남편은 악독하게 영운 오빠를 못살게 굴었다. 그리고 나를 의심하기 시작했다.

폭력과 폭언이 시작되었고, 술을 먹으면 살림을 부수었다. 그런 남편이 사람 같아 보이지 않아 입을 닫아버렸다. 그리고 집을 나와버리고 말았다.

염치가 없어 영운 오빠의 자취방 주위를 서성거렸는데, 어느 날 보았다. 영운 오빠가 술걸레가 되어 길가에 쓰러지는 모습을.

결국 영운 오빠를 찾아 한국으로 나오고 말았다. 언제 어느 때 남편의 마수가 뻗칠지 모를 일이었다.

한국으로 나와 영운 오빠는 임관 시험에 합격했고 소위 계급장을 달았다.

중위 계급장을 달 때까지 행복했다.

어느 날 남편이 야쿠자를 풀어 나를 찾는다는 소식을 들었다. 죽일 것이라고 했다. 사내새끼부터 먼저 죽이고 계집년까지 죽일 것이라고 했다.
 영운 오빠를 죽일 수는 없다는 생각이 그때 들었다. 그의 곁을 떠나는 것만이 해결책이었다.

***

 미츠키의 글은 여기서 끝나고 있었다. 어제 찾아온 그 사내. 그 사내가 미츠키의 남편이었다. 그가 정보통을 통해 미츠키의 거처지를 찾아낸 것이 분명했다. 그리고 그녀의 남자가 휴전선 DMZ에서 GP장을 맡고 있다는 것도 알게 되었을 것이다. 그리고 조총련을 통해 북 정찰 부대로 들어가 이쪽을 살폈을지도 몰랐다. 그리고 휴전선을 넘어올 것을 희망했을 것이다.
 이게 말이 되는 소릴까? 신의 장난이 아니라면 소설로 꾸며도 꾸며내지 못할 일이었다.
 그에게서 연락이 온 것은 보름 전이었다. 이미 미츠키는 떠나버린 뒤였고 그래서 더욱 놀랐다. 그가 인민무력부 군인들을 데리고 벙커까지 나타날 줄이야…. 그리고 룰렛을 제의할 줄이야.
 이것은 신의 장난이다 하는 생각이 이영운 중위는 다시 들었다.
 대학 다닐 때 사격선수였다고? 그래서 뒷조사를 해보고는 춤을 추었다고 했던가?
 이게 신의 장난이 아니고 무엇인가. 누군가 꾸며도 이렇게 꾸미지는 못할 것이다. 미츠키의 남편이 조총련을 통해 사람 장사를 한다는 것은 알고 있었다. 그렇다고 휴전선을 지키는 장교의 거처지까지 알아내 휴전선을 넘어온다? 말이 안 되는 소리였다. 그냥 연락선이나 비행기를 타고 찾아올 수도 있는 것이 아닌가. 그렇게 와 결투를 신청할 수도 있는 것이다. 그렇게 왔다면 하나도 이상할 것이 없다. 왜 하필이면 가능하지도 않은 휴전선을 통해 넘어왔고 룰렛 판을 자청하고 있는가?

미츠키 때문에 상대 남자의 뒷조사를 했고 그가 대한민국 최전방의 GP장이 되어 있었다. 그리고 북측과 묘한 장난을 하고 있었다. 그래서 접근하려 했으나 접근하기가 쉽지 않았다. 하는 수 없이 거래하고 있는 북측 루트를 통하게 되었고 비로소 접근했다. 그래도 말이 안 된다. 신의 장난이 아니면 이럴 수는 없다.

이영운 중위는 눈을 감았다.

제기랄.

후딱 더워오는 눈 밑을 쓸었다.

미츠키, 어디 있는 것이냐?

트릭의 전조

1

-소문 들었습니까?

이차운 상병이 다가오며 염도노 소위에게 물었다.

-뭔 소문?

철조망을 흔들어 보다가 염도노 소위가 되뇌었다.

-어제 말입니다. 귀신이 나왔답니다.

-뭐 귀신?

어이없다는 없다는 듯이 염도노 소위가 허리를 세웠다.

-우리 중대에서 두 개의 GP를 맡고 있지 않습니까. XX2GP와 XX3GP 말입니다.

-그래서?

-상부에서 갑자기 연락이 왔지 말입니다. 3GP를 교대하기로 말입니다.

-나도 들었어. 작전 간 GP와 중대 본부 거리가 멀어서 말이야. 타 연대 GP와 교체를 한다는 것이야. 그런데 이 상병이 웬 걱정이야?

이미 룰렛 대원이 된 이상 주둔지에서 떠날 리가 없었다. 그렇게 윗선에서 조치해 놓았기 때문이다.

-그게 아니고 말입니다.

-아니고 뭐? 아, 귀신?

-이상해서 말입니다.

-뭐가?

-후배가 GP 간 인수인계를 하는데 이상한 문건이 발견되었다고 해서 말입니다.

-이상한 문건?

-거기 이렇게 쓰여 있었다고 합니다. 자주 가위눌리는 침상이 하나 있으니 소원 소리를 해달라고 말입니다.

염 준위가 하하하고 웃었다.

-그거 나도 들었어. 중대원들이 그런 침상이 있으니 진위를 가려달라고 해서 말이야.

-그럼 직접 그 침상에서 자보셨단 말입니까?

-그럼.

-괜찮았습니까?

-한 남자가 꿈속에 보이더군.

-그래서 말입니다?

-내가 남자를 보았다고 하니까 난리가 났어. 정말 귀신을 봤다는 사병이 한둘이 아니더군.

GP는 지상 지하로 나뉜다. 지상은 근무를 서게 되는 초소고 지하는 내무실과 취사장이 있다. 바깥쪽에 시계방향으로 벙커들이 있다.

-제일 먼저 귀신을 보았다는 사람은 김 뭐라고 하는 병장이었는데 밤에 화장실에서 오줌을 누다가 보았다는 거야. 오줌을 누고 있는데 뭐가 소리가 나서 동료인가 하고 돌아보았더니 모르는 병사였다고 해. 그런데 오줌을 누고 나오면서 보니 방금 보았던 병사가 보이지 않더라고 해.

-귀신이지 말입니다!

이차운 상병이 겁먹은 소리를 냈다.

염 준위가 그 모습을 보다가 다시 웃었다.

-뭐 다 그런 식이야. 이상은 하더군. 내가 꿈에 본 병사 말이야. 그 병사의 얼굴을 몽타주로 그렸는데 다섯 명이 증언한 얼굴이 다 똑같아. 그게 이상해 조사해 보았더니 그 침상의 임자가 어느 날 변심한 애인의 편지를 받고 수류탄으로 자살을 했다는 것이야. 한 손에는 애인의 편지를 들고.

-와 나쁜 년이네요. 어떻게 편지했기에…?

-그러니 살점들이 어떻게 되었겠어. 사방으로 찢어져 흩어졌는데 철책 너머로도 날아갔지. 그것을 수습하기 위해 주워 올 수가 없는 거야. 산짐승들이 몰려와 뜯어 먹더군. 문제는 하체만 남은 시신이었어. 보호자가 올 때까지는 시체를 건드릴 수가 없잖아. 부모들이 올라왔는데 시신 공개를 하지 않았는데도 난리가 아니었지. 부모들은 기절해 넘어졌고 오후에 여자가 왔는데 그녀 역시 기절해 버렸어. 나중 자살을 시도했는데 살긴 했지만…. 그 후 죽은 병사가 자주 나타난다는 거야.

-저도 이상해서 말입니다.

-뭐가?

-어제저녁 말입니다. 소대에서 자고 있는데 군홧발 소리가 들리고 노크하지 않겠습니까? 불시 검문인 줄 알고 문을 열어주며 경례를 하는데

사람이 없는 겁니다. 침상으로 돌아왔는데 또 군홧발 소리와 노크 소리가 나는 겁니다. 도저히 무서워서 문을 열 수가 없더군요. 그런데 이번엔 정말이었습니다.

—정말이었다?

—주번 하사관이 들어오더니 엉덩이를 걷어찼으니까 말입니다.

—하하하.

2

어제 한 술 때문에 숙취가 가시지를 않는다. 이영운 중위는 멍하니 턱을 괴고 앉아 산 아래를 내려다보았다. 산 아래는 희뿌연 먼지에 싸여 있었다. 방으로 들어가 쉬어야 하나 생각하다가 김성은 상병이 보이지 않는다는 생각을 했다. 어제부터 그의 모습이 보이지 않는다는 것이 이상했다. 멀거니 MP벙커 안을 바라보고 있으려니까 MP벙커를 차지한 지도 오래되었다 싶다.

김준엽 중령이 처음 무도관은 차린 것은 휴전선 인근 마을이었다. 고물상 주위였는데 조건이 그렇게 좋지 않았다. 그러고 보면 김준엽 중령 은 근히 도박에 맛을 들인 사람이었다. 그때부터 그런 장난을 하고 있었기 때문이다. 무술의 도 어쩌고 하지만 사실은 자기 내면을 숨기려는 수작이었을지 몰랐다.

아무튼 그때부터 은밀히 고수들의 내기 시합 재미에 빠져 있었던 것만은 사실이었다. 어느 그룹의 회장이 그의 내기에 말려들어 큰돈을 걸게 되면서 경찰 수뇌부까지 김준엽 중령의 뒤를 봐주기 시작했다면 말할 나위 없었다.
그래서 무도관 자리를 구하다가 정한 곳이 바로 그곳이었다. 김준엽 중령은 그곳을 접수하여 주인처럼 들어앉았다. 조건으로 보자면 처음으로 들어앉았던 C지구 입구의 장소보다 좋을 것도 없었다. 그래도 그곳에는 비바람을 막을 문이라도 있었다. 그곳은 버려진 곳이라 처음에는 궁색하게 문도 없었다. 마침 큰돈을 잃었던 상황이었으므로 소령 월급이 뻔했다. 가끔 내기 격투에서 벌어들이는 수입으로는 데리고 있는 무도들 생활비도 모자랐다. 무도들은 겨울이 오기 전에는 대부분 판자로 입구를 막고 살다가 겨울이 오면 추위를 막기 위해 문밖에 판자로 된 덧문을 설치하고 살았다.
그것도 이영운 중위가 낸 아이디어였다. 일본에서는 비나 바람, 추위를 막기 위해 문밖에 아마도(あまど, 雨戶)라는 두꺼운 판때기로 덧문을 설치한다. 날이 따듯하면 아마도를 열고 그래도 안 되면 전통가옥에서 다는 발처럼 생긴 스다레를 밖에 매달아 강한 햇빛을 차단하고는 했다.
그러다 사단장이 새로 부임하면서 부대 내로 옮기게 되었다. 평소 김준엽 중령과 절친했던 사단장은 부대 내의 체력단련실을 넓혀주었다.
그에 비하면 GP의 체력단련실은 초라하다. 이영운 중위가 GP장으로 들어서면서 일대 혁신을 단행했지만, GOP의 무도관에 비할 바가 아니었다.
그 대신 이영운 중위는 MP벙커 구석에 GP장 방을 만들었다. GP장의 방이라고 해서 별다른 건 없었다. 다른 것이 있다면 그래도 대원들이 장의 방은 뭔가 좀 달라야 한다고 해서 꾸몄는데 바로 일본 어디에서나 볼 수 있는 토코노마를 닮은 문턱이었다.

어느 날 김준엽 중령이 와서 보고는 이렇게 물었다.

-웬 문턱이 이렇게 높아?

사랑방입니다. 하는 말이 입 밖으로 터지려는 걸 이영운 중위는 얼른 손으로 막았다. 사실 턱이 높은 것이 아니었다. 높아진 문턱만큼 방이 높았다. 벙커 바닥 높이와는 한 단이 높았다. 그러니까 그는 제대로 된 한국의 사랑방을 만들고 싶었다. 사랑방은 한국인의 특허다. 오랜 세월 벼슬길에 오를 인사들의 재주와 능력을 사전에 보는 일종의 면접 장소가 사랑방이었다. 바깥주인을 따르는 논객들이 논전을 벌이는 장소. 일본에 가면 토코노마라고 하여 좌식형으로 가옥의 전유물이 있다. 손님을 맞이하는 공간적 성격이 강해서 전통적 분위기로 꾸며져 있다.

김준엽 중령은 이영운 중위가 왜 그렇게 거처할 공간을 한국식으로 만들지 못해서 안달하는지 이해가 되면서도 한편으로는 지나친 열등의식의 발로가 아닐까, 생각했다. 적이 눈앞에 있는 GP벙커 하나를 한국식 사랑방으로 만든다는 것도 이상하거니와 군인의 거처지를 예술적 공간으로 치장한다고 해서 무엇 할 것인가. 평생을 군인으로 살아온 그로서는 이상할 수밖에 없었다. 물론 이곳 사람들이 경멸한다고 해서 전통적 분위기를 찾지 말란 법 없고 문학적 의미를 지니지 말란 법 없다. 한마디로 아직도 정신 덜 차린 것 같았다. 그런 하잘것없는 장식들이 이 전쟁터 군인에게 왜 필요한가? 그런 것들은 한국의 다도(茶道)에서 비롯된 것이라고 그는 생각했다. 사대부들의 전유물. 지금이 조선시대인가? 그렇다면 차라리 일본식 이로리(いろり)가 제격이었다. 방바닥이나 마룻바닥을 파서는 그 가운데 화로를 놓고 고기나 구워 먹으며 사케나 마시는 것이 더 어울릴 것 같았다.

그러면서도 한편으로는 그런 이영운 중위를 이해할 수는 있었다. 한국 사람으로 유학하면서 그만큼 맺힌 것이 많았을 것이었다. 그래서 한국 것을 더 고집하고 사랑하기 때문이라고 생각했다.

어느 날 김준엽 중령은 물었다.

-왜 이런 곳에 이런 장식들이 필요하다고 생각하나? 여긴 부대야.

이영운 중위는 말이 없었다.

어느 날 술에 취해서야 입을 열었다.

-여자를 사랑하다 보니까요.

밑도 끝도 없이 그렇게 말했다.

-무슨 소리야?

-그 여자의 꿈 말입니다. 제 남편을 한 번이라도 이겨보고 싶었답니다. 어느 날 남편의 직장으로 가보니까 토코노마 안에 왕처럼 앉아 있더랍니다. 부하들이 하나같이 무릎을 꿇었는데 갑자기 구역질이 솟구치더랍니다. 그때 이런 생각이 들었다고 해요. 나도 저 자리에 한 번만 앉아보았으면…. 그러나 끝내 그녀는 그 자리에 앉아보지 못하고 사요나라했어요. 내가 약속했으니까요. 꼭 그런 토코노마보다도 더 높은 자리에 앉게 해주겠다고…. 하하하. 우리나라 군인이 몇 명입니까. 그까짓 야쿠자 무리가 대숩니까.

말이 안 돼 김준엽은 이맛살을 찌푸렸다.

-이 중위!

김준엽 중령은 화가 머리끝까지 뻗쳐 자신도 모르게 소리쳤다.

-이 중위 술에 취한 거야?

-예. 이영운 중위. 술에 취했습니다.

─아무리 술에 취해도 그렇지.

내가 이런 인간을 믿고 있었던가 싶었다. 대한민국 최전방을 맡은 군인이 자기가 거처하는 방을 토코노마에 비하다니?

─대한민국 군인으로서 부끄럽지도 않나?

─이영운 중위. 술에 취한 김에 실토하겠습니다.

─입 닥쳐라. 이 중위.

─예. 이영운 중위 입 닥치겠습니다.

─왜 이러나? 체면이 있지. 제대로 대한민국의 군인을 엿 먹이고 있잖은가. 토코노마가 어쨌다고?

─맞습니다. 바로 관장님이 앉아 있는 그 자리에 내 사람을 데려다 앉혀 주었습니다. 이 나라 최고의 사랑방에다 말입니다. 이 나라 군인의 대장이 된 겁니다. 하하하.

─이 사람 이거 정신이 나갔군.

김준엽 중령은 그 자리에서 일어나 돌아와 버리고 말았지만 정말 몹쓸 사람이라는 생각이 들었다.

그런데 나중에 이런 생각이 일어섰다.

세상을 그렇게 회화해 버릴 수도 있구나.

그때부터 이상하게 이영운 중위에게 끌렸다. 그에게 GOP무도관 부관장을 맡겼고 그의 사랑도 인정했다.

한국의 덜떨어지고 모자란 장교는 그때부터 무소불위였다. GP장이 GOP부대 내의 무도관 관장실을 문학적으로 꾸미기 위해 동분서주했다.

둘 다 정상이 아니었다. 부대 내에 무도관을 차린 것도 그렇고 그곳 관장실을 사랑방 흉내를 낸다는 것도 그랬다. 아니 그들은 군인이 될 때부터 정신병자들이었을지 몰랐다. 부대 내 벙커에서 적들과 총싸움한다는 짓거리가 그랬다.

그들은 기회가 있을 때마다 영화에서나 나옴 직한 야쿠자 오야붕의 흉내를 그대로 내었다. 날카로운 단도를 가슴에 숨기고 차를 마시고 멋진 시를 읊조리고, 그때는 미츠키가 떠나기 전이었으니까 데려다가 상 좌석에 앉히고 시시덕거렸다. 그러면 폭력이 철학이 되고 미학이 되었다.

그런데 얼마 가지 않아 김준엽 중령은 이영운 중위의 속내를 간파하고 말았다. 그는 처음부터 사랑방의 폭력적 미학과는 거리가 먼 사람이었다. 더욱이 일본 전통 예술인 다도나 꽃꽂이 등의 산실인 공간과는 거리가 먼 사람이었다. 무슨 이유에선지 그렇게 만들어 놓고서는 손님이 오면 그때부터 본심을 드러내기 시작했다. 그는 보란 듯이 책상에 다리를 얹고 술을 병째로 나발 불거나 기타를 쳐대었다. 그러다 상관이 떴다고 하면 사랑방으로 연결된 비밀통로를 통해 사라져 버렸다.

김준엽은 죽기 직전에 이영운 중위를 향해 소리쳤다.

ㅡ네놈이 날 아주 호구로 봤다 이거냐? 이 개자식. 그래도 긍지는 있다 이거지. 쪽발이들에게 질 수는 없다 이거지. 꺾어보겠다? 총에는 총으로 쪽발이들의 용기와 긍지를 꺾어보겠다? 그렇지. 그년이 떠났다면서? 그놈에게서 연락이 왔다면서? 그러니까 네놈은 알고 있었던 거야. 언젠가 그놈이 제 마누라를 찾아 이 휴전선까지 오리라는 것을. 그놈 야쿠자라메? 거기다 칼이 아니고 총을 쓰는 사격선수였다면서? 운명이란 그렇게 무서운 것이다. 왜 사격선수라니까 겁나더냐? 이 거대한 군을 뒤에 지고 그놈을 기다리게? 넌 죽은 목숨이야. 죽은 목숨이라고.

ㅡ맞습니다. 맞아요. 이 더러운 나라에 몸 붙이고 살면서 하찮은 쪽발이

에게 당할 수는 없지요. 그 쪽발이 새끼들에게 실추된 한국민의 자존심을 회복해 낼 겁니다. 내 선조들. 그놈들에게 개처럼 끌려가 비행장 터나 닦다가 죽어간 내 선조들, 그러고도 살길 없어 도둑이 되어야 했던 내 선조들…. 그들의 복수를 해줄 겁니다. 제기랄, 이게 말이나 되는 소린지. 가르쳐 주십시오. 룰렛에서 이기는 트릭 말입니다. 난 들을 수 있고 느낄 수 있습니다. 중령님의 실린더 돌아가는 소리. 무엇인가 있다는 걸 느낀단 말입니다.

그때부터 김준엽 중령은 그 트릭을 이영운 중위에게 가르쳤다. 죽는 순간까지 가르쳤다.

3

룰렛에서 오는 긴장감이 풀어져서일까. 이영운 중위는 바깥출입을 하지 않았다. 그가 거처하는 GP장실은 굳게 안으로 잠겨 있었다. 김성은 상병이 GP장실로 불려 들어갔던 무도의 말을 들어보았더니 이영운 중위는 술을 마시고 있는 것이 아니라 미츠키의 사진만 쳐다보고 있다고 했다.

오후 무렵 국방부 출입기자단이 통문을 통과해 들이닥쳤다. GP장이 양말도 신지 못하고 워커를 끌다시피 하고 그들을 맞았다. 기자들은 6 25 전쟁 당시 마지막 승전보를 올린 425고지를 보고 왔다고 했다.

-저게 뭡니까?

전망대에 올라 기자 하나가 GP장에게 물었다.

-앞으로 북한 주민들이 농사를 지을 개활지입니다.

-문민정부의 잔재군요.

어지간히 퍼주었다는 말이었다.

-저건 무슨 강입니까?

개활지 주변으로 남한에서 유일하게 북으로 흐르는 물길을 보며 또 한 기자가 물었다.

-강이 아니라 평화의 댐으로 흐르는 금성천입니다.

기자단이 철책을 따라 걸었다. 감지 시스템을 체험해 보기 위해서였다.

-감전되지 않습니까?

-괜찮습니다.

그래도 기자들은 겁이 나는지 손을 대지 못했다.

GP장이 고의로 감지 센서를 꼬집었다.

즉시 상황실에서 이상 신호가 인지되자 인근의 카메라들이 해당 구역을 비추고 소초 내 기다리고 있던 작전 대기조가 긴급 출동했다.

-우리 때만 해도 원시적이었는데….

군대 경험이 있는 기자가 중얼거렸다. 많이 달라졌다는 말이었다.

-옛날엔 2교대였는데 주간과 야간 네 개 조가 시간대 순환 근무 시스템으로 운영되고 있습니다.

-그렇다고 달라지는 게 뭐 있나. 장병들은 악천후 속에서도 하루 7시간씩 소초에 서 있어야 하는데. 니미 과학화 시스템 설치? 고정 초소 수가 줄어든다고?

누군가 투덜거렸다.

-말이 좋지. 이런 곳에선 한 명이 아쉬운데 많은 인원이 열영상장비(TOD)에 매달리는 걸 누가 몰라. 근거리 및 중근 거리를 카메라로 전방을

감시한다고 하지만 사병 손 안 가고 돼. 고정 초소에 장병이 들어가 있어야 하고 대기조로 벌벌 떨면서 소초에서 출동을 기다려야 해."

역시 경험이 있는 기자의 투덜거림이었다. 어지간히 이곳으로 와 고생한 사람이 분명했다.

소초 근무를 나가기 위해 장병들이 앞뒤로 방탄판이 들어간 조끼를 입고 지나갔다. 그들은 이제 모두가 잠들 때 잠을 이겨내며 이 나라를 지킬 것이다. 눈을 부릅뜨고 가족과 친구, 전우를 지키기 위해 밤을 새울 것이다. GP 경계근무를 수행하는 대한민국 1% 병사들.

공명의 모순

1

　MP벙커로 들어서다가 김성은 상병은 구석으로 몸을 숨겼다. 이영운 중위는 보이지 않았지만 대원들이 벙커를 지키고 있는 것 같았다.
　어제 이상한 말이 돌았다. 김준엽 중령이 꺾지 못한 촌놈을 이영운 중위가 꺾고 난 후 별말이 다 나돌았지만, 이번만은 이상했다.
　-이상하긴 이상한 일이야. 어떻게 이 중위가 김 중령이 꺾지 못한 놈을 꺾었는지 말이야. 불사신이 아니고서야 이상하잖아. 틀림없어. 김 중령의 말이 맞을지도 몰라. 그의 말대로 영적인 능력이 있는 것인지도 몰라. 누가 알아. 신이라도 강림했을지. 안 그래?
　-그럴까?
　-김 중령 살았을 때 그 비법을 이영운 중위에게 가르쳤다는 말이 있어.
　-그래?
　-둘이 술 먹고 하는 말을 들었다는 거야. 이재우 정찰병이. 죽기 전에 불룩한 봉투를 이영운 중위에게 건넸다는 거야.

-그게 뭔데?

-글쎄 뭐겠어. 돈이던가. 아니면 룰렛의 비법이 적힌 무엇일지도.

그때 김준엽 중령이 건넸다는 것이 무엇일까? 돈은 아닐 것이다. 돈을 주려고 했다면 다른 방법은 얼마든지 있다. 그럼 무엇일까?

10여 분 서성거렸으나 도저히 무도관 안으로 들어갈 수가 없을 것 같았다.

더욱이 사람을 죽인 이영운 중위를 본다는 것이 무서워지는 요즘이었다. 이상한 일이었다. 김준엽 중령이 사람을 죽였어도 그러려니 했다. 그런데 촌놈이 이 중위에게 죽자 느낌이 이상했다.

-김성은 상병!

돌아보니 이차운 상병이었다.

그가 다가오더니 활짝 웃었다.

-저번에 신청한 청원 휴가가 나왔다. 나가자.

잘됐다 싶었다. 통문을 통과해 밖으로 나가자 살 것 같았다. 먼저 핸드폰부터 살리고 사우나탕부터 찾았다.

사우나실을 나오기가 무섭게 핸드폰이 울었다.

-핸드폰을 꺼놓든지 해야지. 아까부터 젖 달라는 애처럼 울어재친다.

옷장을 열고 상의 주머니에서 핸드폰을 꺼냈다. 누구야 하는 생각을 하며 번호를 확인했더니 뜻밖에도 형수였다.

형수가 왜? 이 시간에?

그런 생각을 하며 핸드폰을 받았다.

-도련님이에요?

이상하게 형수의 음성이 다급했다.

-네.
-와, 너무하네요. 왜 그렇게 전화가 안 되세요?
-나 GP 올라간 거 몰라요?
-GP? 어어, 인간 감옥요?
-맞아요.
-뭐예요? 언제요?
-벌써 한참 됐어요.
-그럼 왜 우리한테 안 알렸어요?
-뭐 좋은 일이라고….

형수는 잠시 말을 잊었다가 중얼중얼했다.

-그래서 그랬나? 이영운 중위야 두 달에 한 번씩 보니까 그러려니 하지만…. 그래서 힘이 없었나?

어릴 때부터 무술을 좋아하던 형이 이영운 중위와 대련을 한 번 해보고는 홀딱 반해 시간만 나면 찾아왔었다.

-형, 이러지 마. 여기가 어디야. 휴전선이야. 그리고 나 군대 생활 하고 있다고. 그런데 형이 들락거리면 어떡해.

-야, 웃기지 마라. 나 너 보고 오는 거 아냐. 이 중위님 만나러 오는 거지.

그러더니 아예 인근에 집을 사는가 했더니 거기다 무도장까지 차렸다. 어이가 없었지만, 어머니도 이상하게 싫어하는 눈치가 아니었다. 어머니가 이사 오는 날 절부터 텄는데 그 절 스님이 아주 마음에 들더라고 했다.

-거기 핸드폰도 안 된다고 하던데…?
-마침 오늘 위로 휴가 나왔어요. 막 사우나 끝낸 참인데 그새를 안 봐주네요.

-그래요? 그럼 혹시 GOP무도관에 가신 거 아닐까요?
-GOP요?
-분명 거기 갔을 것 같은데….
그러니까 밖으로 나왔으니 GOP무도관에 가봐 달라는 말이었다.
-그러잖아도 무도관 들렀는데요. 없어요.
-아니 어디 있길래 핸드폰까지 꺼놓았을까?
-왜 그래요?
-나 삼정사 올라와 있어요.
-아, 어머니에게요?
-그래요. 당장 내려가야겠는데 어두워서….
-잠시 기다려 보세요. 형한테 연락이 될지도 모르니까.
-나 내려가야겠어요. 여기 한순간도 더 있을 수가 없다니까!
형수가 비명을 지르듯 말했다.
-왜 그래요?
-아무튼. 오지 말았어야 했는데….
-왜, 왜 그래요?
-도련님. 도저히 나 혼자 내려갈 용기가 나지 않아요. 전짓불도 없구.
 참 대책 없는 사람들이었다. 군대 간 동생과 아들을 따라 집을 옮기는 사람들도 그렇고 형수도 마찬가지였다. 군 복무 하는 사람에게 친구처럼 굴고 있었다.
-택시를 타고 가도 20분은 걸릴 텐데 어쩌죠? 내가 마침 나왔기 망정이지 하 참.
 군바리 상병에게, 그것도 예사 군인이 아니다. 최전방 GP에 들어가 있

공명의 모순 **183**

는 군바리다. 그 군바리에게 어쩌라니, 화가 머리끝까지 치밀었지만, 김성은 상병은 참았다.

-어떻게 내려와 보세요. 저 혼자 있는 것도 아니에요.

-기다릴 수 있어요. 와요. 빨리.

이젠 완전히 명령조였다. 어이가 없었다. 나 갈 수 없어요, 하는 말이 터져 나오려다가 어머니가 또 하는 생각에, '그럴게요.' 하고 이차운 상병 눈치를 보다가 대답하고 말았다.

김성은 상병은 일단 이차운 상병과 헤어지기로 했다. 이차운 상병도 잘됐다고 했다. 집부터 가보고 내일 만나도 되지 않냐고 했다.

-그러자.

어머니가 삼정사와 부대 인근으로 이사하고 얼마 후였다. 그곳에 늙은 비구니(여스님)가 한 사람 있었다. 어느 날 마지막으로 설법을 했다. 한참 설법하는데 그 비구니의 몸에서 방광이 일었다. 푸른 불줄기가 그녀의 뒤통수에서 뻗쳐올라 법당 안을 휘어 감았다. 누군가 비구니의 뒤에서 불을 켰거나 전짓불을 비추었던 것이었는지도 몰랐다. 아니면 촛불이었든지. 그러나 절 쪽에서는 결코 그런 일이 없었다고 했다.

독실한 불교 신자였던 그녀의 어머니는 그날 절에 올랐다가 그 광경을 목격했다.

그 일이 있었던 후 비구니는 병석에 눕고 말았다. 연락할 곳이 없다고 했다. 만행 중이었다는 것이다. 운신 못 하고 똥오줌을 받아내야 하자 처음에는 그곳의 스님들이 받들었는데 그것도 하루이틀이지 병이 깊어지니까 신심이 엷어져 갔다.

이때 나선 이가 어머니였다. 하루가 멀다고 절을 찾던 어머니는 자진해서 비구니의 수발을 들기 시작했고 이제는 아예 한 몸이 되어 살고 있었다. 형 성하는 절로 들어간 어머니를 어쩌다 찾아가고는 하였는데 하루는 이런 말을 했다.

—엄마가 미쳤나 봐.

그런 말을 하는 형을 쳐다보다가 김성은 상병은 물었다.

—무슨 소리야?

그날 형은 이런 말을 했다. 어머니를 찾아갔는데 마침 어머니가 비구니의 변을 받아 나오고 있었다. 막 절 문을 들어서려던 형과 형수는 한순간 얼어붙었다. 어머니가 비구니의 변을 손가락으로 찍어 맛을 보는 모습을 목격했기 때문이었다. 어머니는 변 맛을 된장 맛보듯이 찍어 먹어보고는 고개를 갸웃갸웃했다.

형은 설마 비구니의 변일까, 싶었는데 하지만 분명히 간이변기통이었다.

—엄마, 미쳤어? 지금 뭐 하는 거야?

뒤늦게야 형이 고함을 내질렀다.

갑자기 나타난 아들과 며느리를 어머니가 멍하니 바라보았다.

—넌 어쩐 일이냐?

형수는 달려가 어머니가 맛보았던 것이 비구니의 변이라는 걸 확인하고는 우엑 우엑 구토질을 해대었다. 그녀는 한참 구토질을 해대다가 눈물을 질금거리며 고함쳤다.

—어머니, 미쳤어요? 미쳤냐고요?

그러자 어머니는 이런 말을 했다.

—이년아, 부처님이 그러더구나. 세상에서 간병복전(看病福田)만큼 복 짓는 일이 없다고. 이년아, 똥 맛을 보면 병자의 상태를 알 수 있다는 거여.

-그래서 똥 맛을 본단 말이야?

　형수가 어이가 없어 대답도 못 하는데 형이 물었다.

　-부처님 똥은 똥이 아니여.

　-뭐어?

　하기야 비구니의 뒤통수에서 푸른빛이 시퍼렇게 터져 나왔으니, 어머니의 눈에는 부처님으로 보일 수밖에 없었다. 그렇다고 똥 맛을 볼 정도로 미치다니.

　그 길로 집으로 돌아온 형수와 형은 한동안 어머니를 찾아가지 않았다. 그러다 걱정이 되어 또 간 모양이었다.

　택시에서 내리자, 절 입구에 서 있던 형수가 달려왔다.

　-형은요?

　-연락이 안 돼요.

　-도대체 어딜 갔길래?

　-모르겠어요. 암튼 갑시다.

　택시를 돌려 탔다.

　-자고 내일 아침에 내려오지 왜요?

　또 어머니가 똥 맛이라도 보더냐는 말이 차마 나오지 않았다. 형수는 뭐가 그렇게 화가 나는지 씩씩거리다가 두 손으로 얼굴을 싸안고 울음을 터트리기 시작했다.

　-그러고 보니 어디선가 들은 소리더라고요. 그곳도 삼 무슨 사(寺)라고 하더니. 이제 내가 똥 맛보는 시어머닐 모실 줄은…. 우억.

　손으로 입을 틀어막는 형수를 보며 또 어머니가 부처가 되었다는 비구니의 똥 맛이라도 정말 본 것인지 모른다는 생각이 들자, 김성은 상병은 고개를 떨구고 말았다.

2

 위로 휴가는 그렇게 흐지부지 끝났다. 이차운 상병을 다음 날 만났지만 제대로 놀아볼 생각이 들지 않았다. 술집이나 창녀촌 생각을 해봤지만 가고 싶지 않았다. 탁구장으로 당구장으로 문고로…. 그렇게 돌아다니며 커피를 마시고 술을 마셔보았지만 홀로 되면 뭔가 서글프고 외로웠다.
 ─언제나 흥분하는 생활이 몸에 뱄나 봐. 그대로가 아니니까 싱겁네. 휴가 짧다고 징징대는 놈들 이해하기가 힘들다. 차라리 GP로 돌아가는 게 낫겠다.
 김성은 상병이 어깨동무했다.
 ─술이나 깨야 가든지 말든지 할 거 아냐.
 ─그렇지?
 ─시발, 이제 그곳마저 없으면 우리는 어디로 돌아가야 하나? 어느 날 GP장이 그러더라. 공명조란 새를 아느냐고.
 ─공명조?
 ─몸은 하나고 머리가 두 개인 새가 있단다. 머리가 두 개다 보니까 싸운다고 해. 이리로 가자고 하면 머리 하나가 안 된다고 하고, 저리로 가자고 하면 머리 하나가 안 된다 하고….
 ─아, 들어본 것 같다. 일신이두의 새.
 ─우리가 못 지켜서 환장하는 이 나라가 딱 그 새 꼴이라는 거다. 이러

다 두 머리가 피가 터지고 싸우면 다 죽고 말 거라고 하더라. 그러기 전에 안아야 할 텐데 안을 재주가 없다는 것이다. 내가 물었다. 우리의 룰렛이 어떤 도움이 되겠느냐고. 서로의 주머니를 불리기 위한 것이 아니냐고. GP장이 침묵하다가 이런 말을 하더라. 린극(鱗隙).

—린극?

—린극이라는 말을 아느냐고 하더라.

—시발, 뭔 말이 그렇게 어려워?

—GP장님께 도전한 우타가와라고 하던가? 그 사람이 그랬잖냐. 린극. 용의 비늘을 역린이라고 하지?

—그래서?

—용의 목 아래에 거꾸로 난 비늘. 그걸 건드리면 용이 격노한다고 해.

—뭔 말이 그렇게 질겨?

어려워지면 입이 더러워진다는 걸 알고 있던 김성은 상병이 흐흐 웃다가 말을 이었다.

—역린이 치유되면 용의 승천이 시작된다는 것이야. 세상을 어렵지 않게 사는 것도 한 방법이라고 하더라.

—뭔 말이야? 시발.

김성은 상병이 어깨동무를 한 채로 낄낄 웃었다.

—시발 나도 모른다. 비늘과 비늘 사이의 틈. 그곳이 용의 급소 린극이라는 것이야.

—비늘과 비늘 사이? 거 묘하네. 바로 우리들이 있는 DMZ가 역린이고 비늘의 틈새다? 그곳이 치유되면, 용은 고통에서 벗어나 다시 날 수 있다?

—그래. DMZ가 치유되면 한반도도 새로운 서사를 시작할 수 있다는 말

이지.

 -시발, 으스스하네. 우리 어무이 날 낳을 때 이런 데 빠지라고 미역국 먹지 않았을 텐데.

 -맞아. 린극! 급소라는 말이지. 잘못 건드리면 죽을 수밖에 없는 장소. 그 급소에 앉아 사리사욕을 채우는 불쌍한 사내새끼들. 바로 우리들이라는 말이지. 저 푸른 수목보다 더 푸르러야 할 청춘들이 그 틈에 앉아 돈에 눈을 뒤집고 있다.

 -묘하네. 그러니까 DMZ가 용의 역린이다? 린극? 비늘의 틈새?

 -DMZ를 비늘의 틈새로 본다는 건, 분단의 상처를 생명체의 일부로 본다는 말이기도 하지. 단순한 정치적 경계가 아니라, 살아 있는 존재의 균열.

 -지랄하네. 난 어려워 무슨 말인지 모르겠다. 뭐야? 한 발의 탄알로 세계를 바꾸려고 했다는 말처럼 들리네?

 -어떤 메시지….

 -하하하. 정말 왜 이러셔? 구역질 나오려고 하네. 그렇게 고상한 뜻을 가지고 있었어? 그런 사람들이 돈에 침은 왜 튀겼대? 똥갈보처럼 놀지 말고 깨끗하게 그저 돈 때문에 그랬다고 그래. 의미 부여? 무슨 의미 부여?

 -아직도 이해하지 못할 것은 김준엽 중령과 이영운 중위야. 왜 목숨을 그런 식으로 거느냐는 거지. 네 말대로 돈을 위해서? 아님 분단된 대한민국을 위해서? 그도 아니면 미츠키 형수를 위해서? GP를 위해서? 너 말 잘했다. 까놓고 말해서 너 그들처럼 네 대갈빡에 총구를 박을 수 있냐? 방아쇠를 당길 수 있어?

 -뭐?

 갑작스러운 물음에 이 상병이 멈칫했다.

―봐라. 우리는 할 수 없는데 그들은 한다. 이게 뭐야? 이게 뭐냐고?

히히 웃던 이차운 상병이 비로소 눈을 내리깔았다.

―시발 그러고 보니 이제야 이해가 가네. 린극! 비늘과 비늘 사이의 급소! 그 급소에 앉은 우리들. 니기미.

―GP장의 공명조 이야기가 예사롭지 않아. 그는 한반도를 일신이두의 용에 비유하고 있었으니까.

―이제 새가 아니라 용? 그러니까 한반도를 용으로 본다? 그것도 머리 두 개 달린 용. 이두룡?

―DMZ를 쌍두룡의 역린으로 보고 있는 것이지.

―용의 모가지? 그 금기의 공간?

―단절이자 연결의 공간이기도 하지. 하하하.

말을 끝내고 김성은 상병이 하늘을 보며 웃었다.

거뭇거뭇한 구름이 북으로 밀려가고 있었다.

―그러네. 그럼, 뭐야? 정말 거룩하게 DMZ를 단순한 경계가 아닌 인간 본성의 무대로 재해석하고 있다는 말이야?.

이 상병이 볼멘소리로 구시렁거리듯 말했다.

―모르지. 그럴지도.

―니기미. 한반도라는 단순한 지리적 공간이 아니라, 살아 숨 쉬는 존재로 본다? 거 재밌네. 그 존재의 고통과 회복을 노래하려고 한다? 그 노래를 강력한 메시지로 풀어내고 있다? 흥. 정말 웃기고 있네. 이건 변명이고 자위야.

―맞아.

―그럴싸하긴 하다. 한발 더 나아가면 DMZ가 더 이상 관념의 세계가 아

님을 보여주려고 그런 장난을 했다고 하겠다.

김성은 상병이 고개를 끄덕였다. 그러다가 불쑥 입을 열었다.

-그런데도 그들은 왜 목숨을 걸고 있는 걸까? 단순한 경계가 아닌, 체제 아래서 흔들리며 부유하는 인간의 본성, 벗어나려고 해도 벗어날 수 없는 메타포적 행위, 그 속에서 그들이 무언가 묻고 있다는 생각이 드는 건 왜일까? 발가벗겨져서 말이야.

-씨발, 그렇다고 하더라도 우리의 행위는 정당성을 얻지 못해. 두 머리의 용. 그 두 머리에 총구를 동시에 갖다 댄다. 비늘과 비늘 사이의 급소에 앉아서. 누구 하나는 죽어야지. 그래야 산다. 그것의 반복. 히히히…. 우리는 이러다가 죽고 말 거야. 그 짓이라도 안 하면 쓸모가 없는 것처럼 구니.

-맞아. 용의 역린 그 비늘 사이에서 죽어가겠지.

-비늘과 비늘 사이, 린극이라고 했냐? 그놈의 린극이 어떤 승천을 만들어 낼지 정말 기대되네. 기대하시라 개봉 박두!

-쉿, 조심할지어다. 비늘을 건드리기라도 하면 죽을 수 있으니.

-하하하.

-하하하.

지나가는 사람들이 눈살을 찌푸렸다. 민정 경찰이란 완장을 보고 수군거리는 젊은 사내들도 있었다.

-야 진짜 골통들이 한잔 까셨네. 민정 경찰. GP별 아냐? 한번 들어가면 나오지 못한다는.

-예전에는 아예 휴가도 없었는데 요즘은 세월이 좋아져서 한 달에 3일씩 포상 휴가를 준다던데.

-난 시발 백 번 들어도 헷갈리더라. 지오피는 뭐고 지피는 뭐냐?

  -그래 돌대가리 새끼야. GOP는 한 끗발 달리고, GP는 한 끗발 높은 거다. GP는 최전방의 최전방이고 그것을 싸고 있는 거이 GOP다 그 말이다. 그래서 완장도 차이가 난다. GOP는 군사경찰(Military Police). GP는 민정경찰(DMZ Police).

  -그럼 저 군바리들이 이 나라 최전방에서 내려왔다 그 말 아니야?

  -그렇지. 군인인데 군인이라 할 수 없는…. 얼마나 높이 있으면 아버지인데 아버지라 할 수 없겠냐? 그곳에서 열심히 우리를 지키시다가 위로차 한잔 걸치셨다 그 말씀이지.

3

  GP로 돌아왔지만, 잡다한 생각으로 머리가 지끈거렸다. 북한군이 느닷없이 전방 지역 비무장지대(DMZ) 내 우리 군 감시초소(GP)를 향해 총격을 가해 온 마당이다.

  남측 군인도 대응 사격 했는데 전 부대가 뒤집혔다. 북측의 GP 총격은 2018년 9·19 남북 군사합의가 체결된 이후 가끔 있는 일이었다.

  다음 날 합동참모본부에 따르면, "우리 군의 피해는 발생하지 않았다."며 북측 상황 파악 및 추가적인 상황이 발생하지 않도록 조치 중이라고 하였다.

  정치권의 여론이 특히 좋지 않았다. 대북 기조를 전환하라느니, 위협 도발이 반복될 것이라느니, 말들이 많았다. 철저한 대비 태세와 단호한 대응만이 이 나라를 지킬 수 있다며 모두 각성해야 한다고 했다.

그런데도 일어나고 싶지 않았다.

눈을 감는데 갑자기 MP벙커에 이영운 중위가 없다면 하는 생각이 들었다. 그는 분명 현장으로 출동해 없을 것이었다.

그래. 어쩌면 이영운 중위는 점검을 나갔을지도 몰라.

그런 생각이 계속되자 김성은 상병은 MP벙커 안으로 들어갔다.

생각대로였다. 이영운 중위는 MP벙커를 나가고 없었다. 두어 명의 대원들이 벙커를 지키며 카드를 돌리느라 정신없었다.

이때다 싶었다.

김성은 상병이 들어서자, 대원들은 아는 체도 하지 않았다. 김성은 상병은 우선 그들을 안심시키기 위해 구석 자리로 가 일간지나 뒤지는 척했다.

-이영운 중위 어디 갔는지 몰라?

그들은 카드에 미쳐 대답도 하지 않았다. 김성은 상병은 그들이 보지 않는 사이 GP장실 문 앞으로 살금살금 다가갔다. GP장실의 문은 물론 잠겨 있을 것이었다. 아니 열려 있다고 하더라도 책상 서랍은 잠겨 있을 것이었다. 거기 어떤 비밀이 숨어 있을 것이다. 김준엽 관장이 이영운 중위에게 주고 간 그 무엇. 그렇지 않고는 이영운 중위가 룰렛에 목숨을 걸고 뛰어들 수는 없었다.

며칠 전 분명히 들었다. 벙커에서 술에 취해 잠시 졸던 이영운 중위가 잠꼬대를 했다.

-여섯 개의 눈, 한 개의 시선. 그 시선의 소리를 들어야 한다.

그 말이 이상했다.

여섯 개의 눈은 여섯 개의 총구를 말하는 것일 터이다. 그럼 그 시선의 소리는?

소리?

도대체 소리가 무엇일까?

그런 생각이 들자, 책상 속에 있을 봉투 생각이 났다. 생각 같아서는 문을 열고 들어가 그 봉투 속을 보고 싶지만, 그럴 수가 없고 보면 기가 막힐 일이었다.

다행히 GP장실의 문은 잠겨 있지 않았다. 살며시 문을 열고 들어서도 대원들은 의심의 눈초리를 보내지 않았다.

예상대로였다. 김준엽 중령이 주었을 그 무엇은 어디에도 보이지 않았다. 분명히 김준엽 중령이 죽을 때 불룩한 봉투를 주고 갔다고 했다. 그게 무엇일까? 돈이 아니면 룰렛의 비법을 기록이라도 한 노트일까? 그런 것도 있을 수 있나? 룰렛의 트릭을 가르쳐 달라고 하자 김 중령이 가르쳐 준다고 하였다면 돈봉투일 리가 없다. 그럼 무엇일까?

분명히 봉투를 서랍 안에 넣어 놓았을 것이었다.

주위의 눈치를 살피다가 책상으로 다가갔다. 살며시 서랍을 열자 있었다. 봉투가 너무 빨리 나타나자 김성은 상병은 이럴 수가! 하는 생각에 당황스러웠다.

그러나 분명히 서랍 안에 김준엽 중령이 주고 간 봉투가 배를 내밀고 있었다.

이게 뭔가?

김성은 상병은 밖의 기척을 다시 한번 살피고는 봉투를 들어냈다. 분명히 돈은 아니었다. 뭔가 사각진 것이 들어 있었다.

이게 뭐야?

봉투를 열고 안을 들여다보았다.

뭐야 이게?

안의 내용물을 꺼내 살펴보던 김성은 상병을 입을 딱 벌렸다.

큐브. 큐브였다. 주먹만 한 큐브. 희고 붉고 푸르고 검고 칸 칸마다 제 색깔로 빛나는 큐브.

왜 죽어가면서 큐브를?

다시 큐브를 봉투에 넣고 서랍으로 넣으려는데 접힌 종이가 보였다. 종이를 꺼내 펴보았다. 이영운 중위의 필적이 분명했다.

***

김 중령 때문일까? 잠이 들기가 무섭게 이상한 꿈을 꾸었다. 언젠가 경계근무 중 잠시 졸았을 때 꾼 것 같은 그 꿈이었다. 왜 그 꿈을 다시 꾸게 되는 것인지 모르겠지만, 그날의 꿈보다 훨씬 구체적이었다.

달빛 속에 있던 병사들은 역시 내국 사람이 아니었다. 외국 군인들이었다. 생긴 것이 다르고 군복이 달랐다. 적 같기도 했고 아닌 것 같기도 했다. 그들을 보면서 용의 역린은 이 나라에만 있는 것이 아니라는 생각이 들었다. 비늘과 비늘 틈새에 모여 앉아 존재의 본질을 보려는 사람들은 어디에나 있을 것이었다. 아니 오히려 그들이 먼저 시작했을지도 모른다.

그들은 사회에 있을 때 직업이 다른 사람들이었다. 한 사람은 생각했던 대로 시계공이었고, 한 사람은 물리학을 전공한 사람이었다.

그들 앞에 총 한 자루가 놓여 있었다.

아, 저 총, 그날 꿈에서 보았던 그 총!

시계공은 시간의 대리자로서 의식적인 시간 인식과 연결돼 있었다. 물리학자는 과학의 대리자로서 무의식적인 충동과 연결돼 있었다. 시계공은 시계추처럼 움직이는 삶의 반복에 지쳐 있었고, 물리학자는 존재의 증거, 현실의 경계에 지쳐 있었다. 그들은 둘 다 운명의 압박을 통해 생과 사의 본능적 모순에 걸려 있었다. 해답은 생과 사의 경계선이었다. 그들은 그 해답이 방아쇠에 있다고 생각하고 있었다. 그때, 생사의 추상적 모습이 사실적으로 정체를 드러내리라 생각하고 있었다.

싸늘하도록 푸른 밤이었다. 창 너머로 떠오른 달이 인상 깊었다. 어디선가 들려오는 총성과 포성이 푸른 밤을 찢었다.

지금도 이해하지 못할 것은 왜 그때 시골에서 비 오는 날 조카랑 마루에 엎드려 창밖을 내다보던 풍경이 떠올랐는지 모를 일이었다. 마루 기둥 벽에 걸려 있던 추가 큰 벽시계. 째깍, 째깍…. 이름 모를 꽃들이 화단에 가득하고 그 위로 떨어져 내리던 고욤꽃, 가을엔 허리 긴 따부감이 익어가고….

그때, 그리움이란, 마음속에 고이 간직된 풍경이 다시 피어나는 것이라는 생각이 들었다.

시계공이 먼저 총을 집어 옆머리에 가져다 댔다. 째깍, 째깍, 초침 소리가 들렸다. 반복되는 시계추 소리가 마치 운명의 흐름처럼 느껴졌다. 그러다 어느 한순간 모든 것이 정지되어 버렸다. 결정의 순간이었다.

탕.

시계공이었다는 군인이 허망하게 옆으로 꼬꾸라졌다. 그때 왜 그렇게 시계의 초침 소리가 크게 들렸던 것일까? 그 소리의 느낌은 정지된 순간 속에서 모든 것이 결정되어 버릴 것 같다는 느낌이었다. 순간 이런 생각이 들었다.

아아, 인간이 시간 속에서 살아가면서도, 결정적인 순간에 모든 것을 멈추고 선택해야 하는 아이러니를 나는 지금 보고 있구나. 인간은 반복되는 시간 속에서 단 한 번의 선택으로 모든 것을 바꿀 수 있구나.

그 후 나는 산사(山寺)를 찾았다. 번거로운 일상을 잊기 위해서였다. 객주 스님이 조실 스님에게 나를 데려갔다. 노승이 명상에 잠겨 있다가 나를 맞았다. 벽에 커다란 벽시계가 보였다. 문득 꿈에서 들었던 초침 소리가 기억의 골방을 뛰쳐나왔다.

차를 앞에 하고 이런저런 말을 나누다 조실 스님에게 물었다.

―저 초침 소리, 명상하는 데 방해가 되지 않는지요?

조실 스님이 빙그레 웃었다.

―그 속에 우리가 있지요. 인간. 별거 없어요. 그 진자(pendulum) 속 물건이지요. 운명의 추가 흔들리기 시작하면 이미 종 친 거라오. 째깍. 거기 한순간이 있어요. 영원이 있지요.

순간과 영원을 함께 보는 해탈(解脫)의 경지.

그것이 명상으로 이루어졌다?

돌아와 어설프게 가부좌를 틀고 명상에 잠겨보았는데 어느 날, 초침 소리가 점점 낮아지고, 날카로운 칼날의 추가 흔들리며 달려들었다. 무서웠다. 무서워 그 뒤로는 가부좌를 틀 수가 없었다.

***

 김성은 상병은 글을 읽다 말고 고개를 갸웃했다. 시계공과 물리학자? 시계공은 시간의 흐름을 일상에 녹여내는 장인이다. 그들은 흐름의 구체적인 리듬과 구조로 현상의 질서를 구현해 내려는 자다. 반면에 물리학자는 사유의 전사로서 우주의 심장을 해부하고 이론과 수식으로 해석, 존재의 본질을 증명해 내려는 자다.
 그것까지는 이해하겠다.
 그러니까, 그들이 곧 존재의 본질을 직면하고 그것을 형상화하려는 운명적 존재들이다 그 말이었다.
 어딘가 의미심상하다는 생각이었지만, 왜 하필이면 시계공과 물리학자인가?
 그렇게 묻는다면 이렇게 대답할 수밖에 없다.
 '존재의 본질은 흐름이다. 그것이 이 우주의 본질이다. 그 흐름 속에 모든 것이 있다. 그 흐름을 가늠하는 자. 그 흐름을 해부하고 이론과 수식으로 해서, 존재의 본질을 증명하려는 자.'
 하기야 그들이 이 세상의 주인공들이긴 하다. 흐름의 본질을 파헤치는 자들이며, 우주의 심장을 해부하려는 자들이기 때문이다.
 그러므로 그들에 의해 죽느냐 사느냐 하는 존재의 문제가 대두되었다?
 그들에 의해 이 세계는 존재하며, 흐름을 가늠한다는 건 존재의 방향성과 의미를 탐색하는 일이며, 우주의 언어로 흐름을 해석한다는 건 존재 이유를 밝히는 작업이다?
 하긴 그렇긴 하다.

그렇다면 그들의 현현은 이미 규정지어져 있다. 해답은 그들의 숙명이고, 운명적으로 해답에 이를 때까지 매질당해야 한다. 그럼, 흐름을 가늠하는 자는 반복에 지쳐버리고, 흐름의 존재를 밝히려는 자는 현실의 경계에 지쳐버리게 될 것이다. 결국 그들은 해답을 위해 결정의 순간을 맞이하게 될 것이다.

그래서 그들은 생사의 문제에서 해답을 찾아보기로 한다?

이건 관념 유희가 아닌가? 운명의 압박 속에서 생과 사의 모순에 걸려 있다. 해답은 방아쇠에 있다는 이 화두,

관념 유희가 아니라면 무엇인가?

말이 안 되는 소리였다.

변명이다!

김성은 상병은 자신도 모르게 소리쳤다.

그런데 또 하나의 의문이 불쑥 일어섰다.

변명이 아니라면?

정신이 번쩍 들었다. 무엇인가 머릿속에서 우지끈 부서졌다.

선택의 상징이자, 인간의 자유 의지에 관한 질문이다?

그럴지도 모른다. 변명이기 전에 인간은 어차피 이 우주 속에서 존재의 방향성과 의미를 탐색하는 존재가 아닌가.

고개를 갸웃하면서 김성은 상병은 글을 다시 읽기 시작했다.

***

우리의 뇌는 절대로 두 가지 일을 해낼 수 없다. 이 말은 곧 두 가지 생각을 한 번에 할 수 없다는 말이다. 왜 김 중령이 이 큐브를 내게 남겼는지 이제야 이해가 된다.

오늘도 그가 준 큐브가 보이기에 그것을 생각 없이 맞추어 본다. 김 중령이 그 나이에 기타에 미치기 전까지 그의 손에서 언제나 떨어지지 않던 것이 큐브였다. 그의 손때가 묻어 반들반들했다.

김 중령이 큐브의 천재라는 것은 일찍이 알고 있었다. 언제부터 김 중령이 큐브를 가까이했는지는 확실하지 않지만 밥을 먹을 때도 그의 왼손에는 큐브가 돌아가고 있었다. 세수를 하거나 손을 씻을 때는 어쩔 수 없지만, 심지어 컴퓨터 자판을 칠 때도 한 손으로는 큐브를 돌리고 있는 것을 보았다. 그러니까 한 손으로 좌판을 두드리고 있었다는 말이다.

어떻게 한 손으로?

그런 염려는 할 필요가 없었다. 그는 한 손으로 좌판을 두드려 글자를 조립해 내면서 큐브를 정확하게 맞추어 내었다. 그 모습을 보고 있으면 한꺼번에 두 가지 일을 해내는 저 머리나 손이 사람의 것일까 싶은 생각이 들 때가 한두 번이 아니었다.

언젠가 그는 큐브 대회에 나갈 기회가 있었다고 했다. 쟁쟁한 프로급 선수들이 모두 모인 세계적 대회였다. 눈을 뜨고 하는 대회가 아니었다. 전부 눈을 가린 상태에서 큐브를 맞추어 나가는데 그는 그곳에서 1등을 했다. 그때를 김 중령은 지금도 잊지 못한다고 했다. 시합에 나가기 전까지 김 중령은 눈을 감고 큐브를 맞추어 보지는 않은 터였다. 하지만 눈을 감고 한다는데도 김 중령은 그까짓 거 하면 되겠지 하고 자신을 믿었다고 했다.

그는 시합이 있기 전 며칠 동안 열심히 눈을 감고 큐브를 돌려대었다.

-나는 말이야. 먼저 늘 가지고 다니던 큐브를 버려버렸어.

-왜요? 손때가 묻어 좋을 텐데요?

-시합에 나가면 새 큐브를 내놓기 마련이지.

-아하!

-언제나 새 큐브를 만질 때마다 낯설었어. 계속해서 새것을 만지니까 그 낯섦이 점차 손에 익어오더라고. 나중에는 말이야. 이 큐브가 어느 공장에서 나온 것이라는 것까지 알게 되더라고.

그때 나는 김 중령이 룰렛이 있을 때마다 한동안 권총의 면면을 손끝으로 일일이 점검하듯 쓰다듬었다는 생각이 들었다.

-그럼 룰렛을 할 때 총구를 쓸어보던데 그것과도 연관이 있나요?

김 중령의 얼굴에 미소가 감돌았다.

-오케이. 척하면 삼천 리네. 역시 영리해. 바로 그거야. 진리는 말로 설명할 수 없는 것이야. 느낌이지. 여기 홍시가 있다. 내가 먼저 먹었어. 그 맛을 아무리 세상의 오묘한 문자를 가져와 씨부렁거려도 설명할 수가 없다. 그래서 조사들은 팔만대장경이 자신의 밑씻개보다 못하다고 하는 거야. 왜냐? 감을 먹으라고 주는 것이 훨씬 나으니까 말이야.

어느 날 무서워서 할 수 없었던 명상을 해보았다. 엄청나게 큰 칼날이 초침 소리가 되어 달려들었다.

이겨내야 해.

숨을 내쉼에도 초침 소리를 생각하고 숨을 들여 쉼에도 초침 소리를 생각했다.
 점차 평온이 찾아들었다. 비로소 칼날 같던 초침 소리가 사라지고 정적의 세상이 그 모습을 나타내었다.

***

 김성은 상병은 글을 읽다 말고 어느 날의 이영운 중위를 떠올렸다.
 비로소 그래서였구나 하는 생각이 들었다.
 김준엽 중령의 사생활은 계급 차이가 있어 잘 모르겠지만 이영운 중위도 큐브에는 일가견이 있다고 알고 있었다.
 그것이 김준엽 중령 때문인가?
 룰렛을 하면서 큐브는 이영운 중위의 손을 영영 떠나간 줄 알았는데 언젠가 무도 하나가 큐브를 가지고 놀자 손으로 불렀다.
 -이리 줘봐.
 무도가 내밀자, 이영운 중위는 큐브를 한참 요리조리 살피다가 가만히 손에 쥐었다. 김성은 상병은 그 모습을 보면서 피시방에서 컴퓨터 새 좌판을 쓰려고 할 때 손에 익지 않아 어떡하든 자판을 손에 익히려고 노력하던 자신의 모습을 문득 떠올렸다. 그때 자신의 행동과 이영운 중위의 행동이 흡사하다는 생각이 들었기 때문이었다.
 이영운 중위는 잠시 그렇게 큐브를 손에 익히더니 큐브의 한 면 한 면을 손끝으로 쓰다듬었다. 그는 느낌을 익힌 후에야 눈을 감고 심호흡을 한 다음 눈을 감은 채로 서서히 큐브를 돌리기 시작했다. 그는 어디, 어느 만큼, 어떤 속도로…. 그는 느낌으로 큐브의 상태를 정확하게 알고 있는 것 같았다. 점점 가속도가 붙었다. 계속해서 보고 있으려니까 보는 사람이 숨이 가빴다. 저게 사람의 손일까, 싶었다. 순식간에 십자로 맞추는 것 같았는데 잠시 후 이웃한 네 면의 중앙조각의 색들이 각각 일치되게 나타났다.

대원들이 탄성을 질렀다. 그들은 이영운 중위의 두뇌가 어떻게 돌고 있기에 하는 표정들이었다. 그들 딴에는 끙끙거리며 공간지각력을 이용해 이영운 중위의 손길을 따라가 보지만 어림도 없었다.

그것은 김성은 상병도 마찬가지였다. 이영운 중위에게는 아주 초보적인 2단계조차 따라가기가 힘들었다. 네 귀를 맞춰서 첫째 줄 완성하기도 버거웠다. 하지만 이영운 중위의 손은 이미 3단계 둘째 줄을 완성하고 있었고 뒤이어 4단계, 5단계로 넘어갔다. 윗면 노란색을 십자로 맞추는가 했는데 시계방향이나 반시계방향으로 90° 회전이 순식간에 일어나면서 눈앞에는 두 면의 색이 일치되어 나타났다. 그러는가 했는데 어느덧 7단계 네 귀를 제자리에 넣어 여섯 면을 완성하는 마지막 단계로 돌입했다.

대원들은 하나같이 손뼉 칠 생각도 잊고 멍한 표정을 지었다.

-중위님, 어떻게 그렇게 빨리할 수가 있습니까?

어느 날 김성은 상병은 물었다.

그러자 이영운 중위는 이렇게 물었다.

-너 단세포 안의 원시 감각이 전문화된다는 말을 들어본 적이 있냐?

김성은 상병은 무슨 말인지 몰라 눈만 멀뚱거렸다. 차라리,

-인마, 머리가 그만큼 좋다는 거야.

그렇게 말했으면 이해가 빨랐을 것이었다. 이영운 중위의 그 말은 그런 뜻이 아닌 것 같았다.

어느 날 김준엽 중령이 통문을 통과해 지나가다가 이 중위가 카드놀이를 하고 있자 다가왔다.

카드가 김준엽 중령의 손에서 흡사 미쳐버린 것 같았다. 소매 속에서도 나오고, 안주머니에서 나오고, 심지어 양말 속에서, 워커 속에서도 나왔다.

사람들이 김 중령을 그때부터 달리 보았다.

그런 이영운 중위가 큐브를 놓아버린 것은 그도 카드를 가까이하면서부터였다. 항상 큐브를 통해 머리와 감각을 키워와서인지 그의 카드 실력도 놀라울 정도였다. 카드를 만지기 시작해 얼마 가지 않아 그는 카드의 귀재가 되었다. 그의 카드 솜씨를 보면 꼭 큐브를 돌릴 때를 보는 것 같았다. 이미 그는 카드를 척 만져보면 그 카드가 무엇이라는 것을 아는 것 같았다. 아니 그의 머릿속 컴퓨터가 일일이 계산해 주는 것 같았다.

김준엽 중령이 죽고 이영운 중위는 룰렛에 미쳐 카드를 던져버리고 이번에는 기타를 들었다. 이영운 중위는 앉으나 서나 기타를 쳐댔다. 김준엽 중령이 살았을 때 무도관 관장실 안에서 기타 소리가 흘러나오고는 했는데 이상한 일이었다. 처음에는 그 흔한 유행가 한 곡도 못 치던 사람이 얼마 안 가 유행가를 쳐대는가 했더니 그때부터 일사천리였다. 한 곡을 배우고 나니까 음계고 뭐고 없었다. 한번 노래를 들어보고는 그는 그대로 음을 만들어 내었다. 문제는 왜 룰렛 하기 시작하면서 기타를 치기 시작했느냐, 하는 것이었다.

어느 날 본대 성하섭 중위가 와,

-이영운 중위, 제발 기타 안 칠 수 없는 거야?

하고 화를 내었는데 그때 그는 무시하듯 이런 말을 했다.

-너는 인마, 죽었다 깨어나도 진동이나 공명의 뜻을 모를 것이다.

-무슨 말이야?

　그때 김성은 상병은 어리둥절한 표정으로 이영운 중위를 쳐다보았다. 이영운 중위는 말이 없었다. 나중에야 안 사실이었지만 때로 기타를 치다 보면 그 음에 담긴 이영운 중위에게 없는 운동력이 가슴에 스며들 때가 있다고 했다. 그 운동력에 갑자기 심장이 고동친다는 것이다.

　-인마, 너도 기타를 배워라. 기타를 치다 보면 쉽게 공명 현상을 손끝으로 경험할 수 있을 테니까 말이야. 봐라. 여기 기타의 윗줄과 아랫줄이 완벽하게 조율되었을 때 어떤 현상이 일어나고 있는가.

　그는 기타를 내밀며 손수 한번 쳐보라고 했다. 김성은 상병은 멋모르고 팅 하고 한 줄을 쳤는데 생각지도 않았던 바로 옆줄이 따라서 울었다.

　-공명 현상이다.

　-공명 현상?

　-기타의 매력은 거기에 있지. 하지만 기타 줄이 그만큼 잘 조율되어 있어야 하지.

　-무슨 말인지 하나도 모르겠습니다.

　-너 같은 바보가 알 리가 있냐. 이 음은 바로 우주의 음이다. 알겠나?

　참 더럽게 고상한 체한다 싶었다. 자기가 배우면 얼마나 배웠다고. 잘나면 얼마나 잘났다고 상관이 꼭 도사 같은 말만 늘어놓기는 젠장.

　그런 생각이었는데 이영운 중위는 의외로 진지했다.

　-너 정말 무슨 말인지 영 못 알아듣는 것 같구나.

　-모르겠습니다.

　-하기야. 너 같은 게 뭘 알것냐. 그래 아직은 조율이란 말을 모를 나이지. 그 오묘한 조화 속을 네놈이 어찌 알것냐.

그러면서 이영운 중위는 다시 기타를 치기 시작했다.

그때의 기타 소리를 기억하면서 김성은 상병은 노트로 시선을 내리꽂다가 깜짝 놀랐다. 창문 너머로 이영운 중위가 들어서고 있는 모습을 보았기 때문이었다.

카드에 미쳐버린 대원들도 그의 등장을 눈치채지 못하고 있었다.

재빠르게 노트를 서랍에 넣고 책장에서 아무 만화책이나 뽑아 들었다. 구석으로 가 주저앉아 만화책 보는 것처럼 했다.

밖에서 이영운 중위의 고함이 들려왔다.

-미쳤어? 지금이 어느 땐데 카드놀이야?

대원들이 그대로 얼이 빠져서는 선 자리에서 경례를 하였다.

-오늘 할 일들 다 하고 카드질이야?

-잘못했습니다.

-일동 차렷. 열중쉬어. 차렷. 서로 마주 본다.

대원들이 서로 마주 보고 섰다. 군복 상의를 벗은 대원도 있고 바지를 무도복으로 갈아입다 만 대원도 있었다.

-구령과 함께 상대의 뺨을 갈긴다. 이차운 상병부터 하나.

-하나.

이차운 상병의 손바닥이 하나 하는 구령과 함께 상대방 대원의 뺨에 철썩 갖다 붙었다.

-둘.

이번엔 두 번째 대원이 상대방의 뺨을 갈겼다.

그렇게 다섯 번을 번복하고 나서야 기합이 멎었다.

GP실의 문을 열고 들어오던 이영운 중위가 눈을 크게 떴다.

-너 뭐야?

-김성은 상병, 만화책을 좀 보고 있었습니다. 워낙 만화책을 좋아해서 말입니다. 용서하십시오. 허락 없이 들어왔습니다. 청소하러 들어왔다가 그만….

이영운 중위가 빙글빙글 웃었다.

-김성은 상병, 제법인데. 왜 카드는 재미가 없나?

-할 줄 몰라서 말입니다.

-그래? 그래도 배워 놓는 게 좋을 거야.

-네. 알겠습니다.

-나가 봐. 읽던 만화책은 가져가고.

-감사합니다.

내 마음의 모습

1

설상가상(雪上加霜)이라는 말이 있다. 눈 위에 또 눈이 덮인다는 말이다. 불행한 일이 겹쳐서 일어나는 것을 이르는 말이다.

삶이란 복선의 연속일까.
아침에 이재우 정찰병이 경계근무를 끝내고 막사로 들어오더니 이상한 말을 했다. 아마 우타가와와 결투를 하기 전에 갑자기 등장한 북측의 김성만이란 놈과 한 판 하고 넘어갈 것 같다고 하였다.
-무슨 소리야? 김성만?
또 하는 생각을 하며 김성은 상병이 물었다.
-어제저녁에 양촌리 양색시촌에서 시비가 붙었어.
-그래서?
-멀쩡하게 생긴 놈들이 시빌 붙더라고. 상대가 되지 않을 것 같아서 상대하지 않았는데 그 새끼들 북에서 넘어온 놈들이더라고.

-그걸 어떻게 알아?

-한 놈이 안면이 있지 뭐야. 그 자식을 잡았더니 시발, 얼마나 놀랐는지. 우리 벙커로 룰렛 하러 오는 놈이더라고. 아주 제 부대원들을 끌고 색시촌에서 제 세상인 양 지랄을 떨더라고. 뒤지고 싶냐고 했더니 내일 내려갈 테니까 돈이나 준비해 놓으라고 하더군. 미화 180만 달러. 친인누금강이라고 했던가? 그 새끼와는 200만 달러인데 20만 달러 싸다나. 암튼 목을 내놓은 놈이 또 하나 나섰으니까, 이 중위에게 그렇게 전하라 하더라고.

무슨 말을 더할 듯하다가 이재우 정찰병이 말을 끊었다.

-누군데 그래? 김성만? 그가 누구야?

기다리다가 김성은 상병이 물었다.

-김성만이라고 하면 안다고 하더라고. 뭐 죽은 김 중령과 옛날 무도로 한판 뜬 일이 있다는데 이 중위도 알 거라고 하데.

-그러니까 그놈이 한판 붙자?

이재우 정찰병이 고개를 주억거렸다.

GP장실에 들러 북에서 연락이 왔다고 하니까 갑자기 왜? 하고 이영운 중위가 물었다.

-김성만이라고 하면 안다고 하던데요.

-김성만이?

-네.

-김성만이라고 해?

-네. 이재우 정찰병이 어제 하루 휴가를 받아 나갔는데 색시 골목에서 무력부 상위를 만났답니다.

─허허 나라가 왜 이 모양인지…. 김성만이 그놈 김준엽 중령 후배야. 인천공대 다니다가 월북했어. 동기지. 가라테도우 유단잔데 붙을 자가 없었다고 소문 날 정도였지. 사격의 일인자이기도 하고….
─그럼 큰일 아닙니까?
─큰일 날 게 뭐 있어. 붙어보는 거지. 돈은 얼마나 가져오겠대.
─180만 달러로 하잡니다.
─싸네. 그놈과의 판돈은 200만이지? 내 목이 180만 달러밖에 안 되나. 허허 참.
그렇게 말하고 목이 마른지 이영운 중위가 물을 따라 마셨다.
─준비해. 그러잖아도 목이 마른 판인데 잘됐네.
밖으로 나오자 지뢰병들이 작업을 하고 있었다. 전방 지역의 수풀과 지뢰를 제거하는 작업이었다. 한마디로 불모지 작전. 수풀 때문에 침투 자들의 모습이 드러나지 않으니까 풀과 지뢰를 제거하는 작업이었다. 지뢰 보호장구를 입은 모습들이 무거워 보인다. 촬영을 하는 것을 보니 정치권의 영향이 또 분 거 같았다. 불모지 작전은 DMZ 안에서 이뤄지는 것이라 촬영은 원칙적으로 금지되어 있었다. 촬영하려면 유엔군사령부의 승인을 받아야 한다. 허가를 받은 것을 보니 입김이 꽤 세게 분 모양이었다. 그럴 만도 했다. 올해 무인기만 해도 수십 대가 날라왔고 총격 도발까지 있었으니 유엔사가 DMZ의 취재를 허락할 만도 했다.
공병대 애들이 제일 싫어하는 것이 여름의 불모지 작전이고 겨울의 제설작업이다. 불모 작전은 시야를 확보하고, 작전 통로의 기동성을 높이는 데 그 목적이 있으므로 DMZ 안의 한 개 전방 사단의 제초 대상 면적은 축구장 백여 개를 늘어놓은 크기만 하다.

불모지 작전에선 예초기로 풀을 베거나 굴착기로 아예 땅을 갈아엎기도 한다. 굴착기가 갈 수 없는 곳에선 사람이 삽으로 흙을 퍼내야 한다. 최전방 산세는 동쪽으로 갈수록 험한 데다가 장비가 보통 무거운 게 아니다. 거기다 덥기까지 하다. 산을 타기도 힘든데 풀베기하는 게 보통 일이 아니다. 더욱이 언제 터질지 모르는 지뢰. 긴장감의 연속이다. 피가 마른다. 미치는 것은 불모 작전이 미확인 지뢰밭이라는 것이다. 불모지 작전 중 병사가 지뢰 폭발로 다친 적 있고 보면 더욱 그렇다. 물론 불모지 작전에 들어가기 전에 지뢰탐지를 철저하게 하고 장병은 보호장구를 갖추지만 이게 보통 무거운 것이 아니다.

-씨발, 이런다고 올 놈이 안 올 것 같아. 북한의 화공(火攻) 겁나다는디 퍼부으면 무슨 소용이야.

-야야 우리만 이러냐. 저 자식들도 매년 2월과 5월 사이에 DMZ에서 풀과 나무를 태워 없애잖아.

-그 새끼들은 서늘할 때나 하지. 꼭 닥쳐서야 지랄을 왜 해. 우리도 일찍 하자고. 그러니까 저 새끼들이 중동부 전선 DMZ 안에서 불내는 거 아냐. 맞드만 뭐. 화공으로 보이는 산불이 그 새끼들이 내는 게 아니고 누구겠어.

그랬다. 당시 산불은 MDL을 넘어서 DMZ까지 태웠다. 군 당국은 그제야 군사 시설에 예방 살수를 하고, 병력과 장비를 철수하고 소방헬기를 투입해 사흘 동안의 산불을 진화했다.

그에 비해 겨울의 제설작업은 어떻게 생각해 보면 양반이다. 해발 수천 미터가 되다 보니 3, 4월에도 최전방에는 눈이 녹지 않는다. 그래서 제설작업이 중요한 것이다. 경계부대나 후방 지원부대나 할 것 없이 제설 작전에 투입된다.
 제설 작전이 시작되면 GOP에서는 먼저 송풍기로 눈을 날린다. 뒤이어 제설차와 불도저로 눈을 밀어붙여 길을 뚫는다. 문제는 불도저나 제설차가 들어가지 못하는 곳이다. 넉가래나 눈삽으로 눈을 밀어내고 플라스틱 비로 쓸지만 그게 쉬운 것이 아니다.
 더욱이나 철책 순찰로는 경계부대가 치우지 않으면 치울 인력이 없다. 30~40° 급경사다. 급경사 계단의 순찰로의 눈을 치워내야 한다. 무정한 것은 하늘이다. 힘들여 치웠는데 하늘은 계속 눈을 퍼붓는다. 그럼 다시 제설 작전은 시작되고 장정들은 하염없이 쏟아지는 눈을 원망하다 못해 악마의 비듬이라고 부르며 이를 악문다.

2

 아침을 먹고 김성은 상병은 MP병커로 갔다. 우타가와와의 결투 일이 얼마 남지 않은 것 같은데 이영운 중위는 담담한 모습이었다. 운동복으로 갈아입고 눈치를 살피자 대원들이 이영운 중위의 심기를 건드리지 말라는 듯이 머리를 내저었다. 아직도 어제저녁의 노기가 가시지를 않았다는 표정들이었다. 북에서 온다는 김성만의 말을 듣고는 심기가 편치 않은지 GP장실에서 홀로 술을 했다고 하였다. 동료 김여운 중위가 노크도 하지 않고 문을 열다가 무안을 당했다고 하였다.
 김성만이 누구기에. 신경에 거슬리는 모양이었다.
 ─체력단련실로 가자. 여기서 하긴 글렀다.

체력단련실에서 돌아와 보니 이영운 중위는 한동안 치지 않던 기타를 치며 노래를 부르고 있었다. 이영운 중위가 예전에 잘 치던 카르멘 구스탑의 「내 마음의 모습(Shape of my heart)」이었다.

김성은 상병은 이영운 중위가 두려워하거나 불안함을 내보이지 않았는데 이상하다는 생각이 들었다. 그놈의 노트 때문일까. 하기야 두 자루의 총, 황금색 탄환이 그의 목숨을 기다리고 있는데 그도 인간이라면 어찌 불안하지 않겠는가. 그래서인지 그날따라 이영운 중위의 음성에는 이상한 안간힘이 서려 있는 것 같았다. 그 음성이 말하고 있었다.

보지 않았느냐. 김준엽 중령을 꺾은 촌놈이 우단 탁자에 머리를 처박는 모습을. 나는 죽지 않는다. 나는 DMZ의 신이니까.

그런 이영운 중위의 노래를 들으며 김성은 상병은 눈을 붉혔다.

흔들리고 있구나. 흔들리고 있어. 그럼 며칠 있으면 상대해야 할 조총련 그 사내는 어떡하나? 그놈이 진짜로 강한 놈이다. 김성만이 누구인지 모르지만 벌써 흔들린다면 결과는 뻔하다.

그런 생각이 들자 아직 채 다 읽지 못한 노트의 내용이 갑자기 또 궁금해지기 시작했다. 아직 노트의 내용은 종잡을 수 없는데 저렇게 흔들리고 있으니.

저러다가는 죽고 만다는 생각이 들었다. 죽음이 그를 비켜 나간다는 보장이 없다. 승부는 냉엄한 것. 더욱이 여섯 발이 장전되는 판이 며칠 후 기다리고 있다. 한 발과 다섯 발. 거기 살 수 있는 한 발의 시선이 있다. 그 시선 그것이 희망이었다. 그런데 그 희망마저 꺾어버린 여섯 발 장전의 판이 기다리고 있다. 여섯 발 장전의 판을 어떻게 이겨낼 것인가. 살 확률이 6분의 6이다. 운이 없다면 죽는다는 말이다. 지금까지의 룰이 아니다. 그 조총련 우타가와 나가시타 자식 생사를 운에 맡겨버린 것이다. 어쩌면 영악한 것인지도 모른다.

이영운 중위에게 무슨 꿍꿍이속이 있다고 해도 이제는 운을 믿어야 할 판인데 벌써 흔들린다면 보통 일이 아니다.

아무튼 곁에서 보고 있는 사람의 속이 이렇게 답답할 정도이고 보면 그의 속은 오죽하랴 싶었다. 자기 목숨만 건 것이 아니다. 대한민국의 자존심이 걸린 문제이고 DMZ룰렛의 존폐가 달린 문제다. 김준엽 중령과는 뭔가 다르다. 그는 이렇게 초조해하지 않았다. 그러고 보면 그가 좋아하는 노래도 이상하다. 그가 부르는 노래는 「내 마음의 모습」이라는 노래였다.

하루는 그 판을 구해 들어보았다. 스팅이라는 남자 가수의 노래가 있었고 카르멘 쿠어스타라고 하는 여가수의 노래가 있었다. 여가수의 노래가 스팅의 노래보다 더 정감 있게 다가왔다. 음색이 능청맞을 정도로 차분하고 촉촉하게 젖어 있어서 청승맞다는 느낌 때문이었는지 몰랐다. 그래서 약간은 처진다는 느낌이 없는 것은 아니었지만 비성과 미성이 겹치면서 분위기 하나는 그만이었다.

그런데 이영운 중위의 노래는 남자 가수 쪽에 가까웠다. 기타 반주에 녹아든 노래가 그런대로 들을 만했다. 위기의 순간, 그가 마지막으로 보이는 여유의 힘, 그 힘이 폭발적으로 느껴졌다. 분명 노래가 그렇게 힘찬 것도 아닌데 공허한 공간, 그 공간을 향한 처절한 절규 같은 것이 느껴져서 저절로 눈이 감겼다.

He deals the cards as a meditation

And those he plays never suspect

He doesn't play for the money he wins

He doesn't play for respect

……

그는 깊이 생각하면서 카드를 돌립니다

그와 카드를 하는 사람들은 그를 전혀 의심하지 않습니다

그는 카드에 이겨 돈을 따기 위해 게임을 하는 것이 아닙니다

존경받기 위해 게임하는 것도 아닙니다

……

그의 아버지나 어머니는 이영운 중위가 죽기 살기로 총을 든다는 사실을 모를 것이다. 아니 알고 있을지도 모른다. 믿었던 큰아들이 휴전선 DMZ의 무법자가 되었다는 것을.

자세히는 모르겠지만 그의 조상들은 일제 압박 때 일본으로 끌려가 갖은 고초를 겪다가 우토로라는 곳에 버려졌다고 하였다. 그래서 저번에 나타난 조총련 놈에게 더 반감을 품는 것인지도 몰랐다.

그러나 저렇게 자신이 없고서야 김만성이라는 사람은 물론 조총련 그 자식을 이길 수가 없다.

김성은 상병은 눈을 감았다.

이대로 룰렛이 끝나는 것인가?

3

약속대로 사흘 뒤 결투가 있었다.

아침부터 날이 궂었다. 바람이 거세게 DMZ를 휩쓸었다. 여기서는 꽁꽁 얼어붙는 겨울보다 여름 장마철이 더 지겹다. 숲이 자라면 시야가 가리고 그럼 불모 작전에 임해야 한다.

냉수 한 잔으로 마음을 달래고 MP벙커로 들어갔다.

밤. 2시.

굳게 잠긴 MP벙커의 문.

적외선 안경을 쓰고 지키고 선 건장한 사내들.

아무리 둘러봐도 벙커 주위에 불빛이라고는 없었다. 어둠 속을 꿰뚫어 볼 수 있는 특수 적외선 안경을 쓴 사내들이 숲속에서 소리 없이 나타난 사내들을 에워쌌다.

벙커의 문이 열리고 그들이 벙커 안으로 빨려 들듯이 들어갔다.

김만성이라는 자의 모습을 드러냈다.

뭐야?

상상 속의 인물이 아니었다. 똥자루? 그를 보기가 무섭게 김성은 상병은 그런 생각부터 들었다. 키가 난쟁이처럼 작고 몸이 비대했다. 얼굴이 동글동글하고 목이 없었다. 턱이 가슴 속으로 내려앉은 것 같았다. 인민군복이 아니었다. 하와이 남방을 걸쳤는데 야자나무가 그려진 것이었다.

이영운 중위가 일어나더니 그와 악수하였다.

-오랜만입니다.

똥자루가 핫핫핫 웃으며 잡은 이영운 중위의 손을 흔들었다.

-여전하시네.

-그동안 안녕하셨습니까?

-김준엽 선생과 만나 뵌 이후 처음이지요?

똥자루가 물었다.

-그렇게 되지요. 소문은 들었습니다. 러시아 사격 코치로 가 계셨다면서요?

-얼마 전에 귀국했다오. 수령 동무의 특별 배려도 있고 해서….

-그곳 사격부를 맡았다고 하더군요.

똥자루가 고개를 주억거렸다.

-세계 제패하고도 성이 차지 않아요. 그래서 맡아보기로 했지. 김준엽 그 사람 아까워. 꼭 한번 붙어보고 싶었는데 말이야.

-저라도 있으니 다행이지 않습니까?

-허허허. 여전하시군.

이영운 중위가 소름 끼치게 웃었다.

그 모습을 보면서 김성은 상병은 이 중위가 많이 회복된 것인가? 하고 생각했다. 그들의 말만으로도 똥자루가 보통 인물이 아님을 알 수 있었다.

벙커의 모든 문이 닫혔다. 김성은 상병은 똥자루에게 유독 눈이 갔는데 그는 한껏 여유로워 보였다. 반면에 이영운 중위는 의식적으로 눈길을 피하고 있었다.

묘한 긴장감이 흘렀다. 그들은 어떻게 서로의 생명을 뺏을까 그것만 생각하고 있을 것이었다.

드디어 목숨을 담보한 두 짐승이 우단 탁자를 사이하고 마주해 앉았다.

화려한 의상을 걸친 여판관이 등장했다.

―다섯 발까지 장전할 수 있는 룰렛 판이 시작되겠습니다. 두 발 장전도 허용되며 한 발 장전도 허용됩니다. 꼭 장전 후 실린더를 돌려야 됩니다. 첫판 두 발 장전 시 연속적으로 방아쇠를 당길 수 있습니다. 총 약실에 장전되는 탄환은 다섯 발까지 장전됩니다. 실린더를 닫은 후 방아쇠를 당기는 시간은 10초를 넘길 수 없으며 넘기면 그 자리에서 사살됩니다. 회전은 5회로 끝납니다.

그러니까 룰렛에 임한 이상 방아쇠는 당겨야 한다는 말이었다. 그렇지 않는다면 완전무장 한 저격수에 의해 사살된다는 말이었다.

반반 게임. 여섯 개의 탄구. 세 발만 탄환이 들어차도 생사는 반반이다. 그러나 죽을 확률은 거의 100%다. 단창을 돌려야 하기 때문이다.

여판관의 말은 살벌했지만, 두 짐승의 표정이 무표정했다.

무표정을 가장하는 그들의 표정이 사태의 긴장감을 말해주는 것 같아 김성은 상병은 눈을 내리감았다.

판이 시작됐다. 동전에 의해 순서가 정해지자 그제야 두 짐승의 시선이 부딪쳤다. 서로의 의중을 읽는 시간이 길어졌다. 시간이 되어가면서 서로를 쏘아보는 눈가에 핏발이 섰다. 주위를 에워싼 사람들은 이미 제정신들이 아니었다.

김성은 상병은 그 모습을 보면서 이미 결과는 정해져 있다고 생각했다.

역시였다. 두 발을 박은 이영운 중위의 총에서 찰칵하는 방아쇠 소리가 들리자 똥자루의 절망적인 신음이 분명하게 들렸다.

이영운 중위가 갑자기 자신을 회복한 듯 낄낄낄 웃었다.

두 발을 박은 똥자루의 총에서도 찰칵하는 소리가 났다.

―이제 1회전 끝났습니다. 너무 긴장하시는 거 아닙니까?

이영운 중위의 말에 똥자루가 대답 없이 몸서리치듯 머리를 한 번 흔들었다.

이영운 중위의 손가락이 주저 없이 방아쇠를 당겼다.

총소리가 일지 않자 똥자루가 꿈틀했다.

떨리는 손으로 총을 잡는 똥자루를 보며 이영운 중위가 입꼬리에 칼끝같이 차가운 조소를 떠올렸다.

-질기지요? 어떡합니까?

저런 사람이었던가? 저렇게 야비한 사람? 그래. 죽음을 각오해 버리고 나자 겁이 없어져 버린 것인지도 모른다.

갑자기 이 사태를 이영운 중위가 즐기고 있을지도 모른다는 생각이 김성은 상병은 들었다.

똥자루가 여판관의 지시에 따라 떨리는 손길로 실린더를 열었다. 그는 다시 한 발을 장전했다. 세 발의 탄환이 성난 독수리의 동공처럼 그늘 노려보았다. 이제 살 확률은 반반이었다.

-운이 좋군그래.

똥자루가 실린더를 닫으며 이죽거렸다.

-그런가요?

대답 소리가 들리기가 무섭게 여판관의 음성이 떨어졌다.

-총을 들어 올리세요.

총을 쥔 똥자루의 손이 허공으로 뻗었다.

-실린더를 돌리시오.

실린더가 돌고 공이치기가 당겨졌다. 그때였다.

-윗옷을 벗지 않을 양이면 목의 단추나 하나 더 풀지 그래요. 그러다가

숨이 넘어가겠군요.

이영운 중위의 간섭에 간섭이 지나치다는 듯이 똥자루가 입꼬리를 찢었다. 지독한 공포 속에서도 풋내기가 제법이라는 생각이 여전히 드는 모양이었다.

-겁이 나나 보지. 말이 많은 거 보니까. 하지만 제법이군. 프로 흉내를 제대로 내고 있으니. 천만의 말씀이지. 그런 객기가 통하지는 않으니까 말이야.

-그럴까요?

이영운 중위가 다시 약을 올리듯 말하여 웃었다.

-끝까지 자신만만하구나?

똥자루가 뇌까렸다.

-답답해 보이네요.

이영운 중위가 놀리듯 말했다.

-네놈이 더 답답해 보인다.

-그럼 그냥 가시든지.

사내의 손가락이 방아쇠에 걸렸다.

-공이치기를 당기시오.

여판관이 명령했다.

공이치기가 당겨졌다.

뒤이어 호루라기 소리가 울려 퍼졌다.

방아쇠에 걸린 똥자루의 손가락이 움직였다.

-잠깐.

방아쇠를 당기려던 똥자루가 구세주나 만난 듯이 손을 들며 소리치는 이영운 중위를 건너다보았다.
 -인사를 드리려고요. 잘 가시라고.
 -미친놈!
 똥자루가 씹어뱉었다.
 똥자루의 검지에 의해 천천히 방아쇠가 당겨졌다.
 피웅!
 장전된 총에서 불이 뿜어져 나왔다.
 끝났다. 똥자루가 우단 탁자 위로 권총을 떨어뜨리고 머리를 처박았다. 피가 분수처럼 쏟아졌다.
 이영운 중위의 얼굴에 그제야 화기가 돌았다. 갑자기 입꼬리가 위로 올라가더니 냉혹한 조소가 떠돌았다. 그럴 줄 알았다는 표정이었다. 그는 천천히 일어나 머리를 처박은 사내의 머리카락을 움켜쥐고 들어 올려 피를 머금은 얼굴을 내려다보다가 던지듯이 놓아버렸다.
 김성은 상병은 숨을 쉴 수가 없었다.

그날을 위하여

1

밤새도록 신병의 앓는 소리를 들었다. 이십 대 초반의 병사. 하기야 이곳의 장병 중 철책선 계단 때문에 무릎 연골이 성한 놈이 있을까. 매일 철책선 계단을 따라 순찰을 돌다 보면 허리가 나가고 무릎 연골이 성할 리 없다. 군병에 가면 진단은 대부분이 똑같다. 허리 협착증과 무릎 연골 연화증.

-씨발, 아직도 비가 오면 욱신거린다니까. 그래도 뿌듯하다. 분단된 내 조국이 준 자랑스러운 훈장.

요즘은 과학화 경계 시스템 덕분에 모든 초소를 다 채울 필요가 없어졌지만 그렇다고 철책 순찰이 없어진 것이 아니다. GOP에서는 장비가 좋아져 예전에는 도보로 걷던 곳을 전술도로를 따라 이 인용 네 바퀴의 산악용 오토바이크를 타고 다니지만 그래도 철책 순찰을 피할 수는 없다. 더욱이 과학화 경계 시스템이 말을 듣지 않으면 일이 더 많아진다. 바람이라도 불면 광망의 민감도를 높일 수가 없다. 바람에 오경보가 울릴 수 있다. 산짐승이 건드려도 마찬가지다. 그렇다고 민감도를 낮출 수 없다. 낮추면 적을 놓칠 수 있기 때문이다. 그래서 날씨에 따라 광망의 민감도를 조정하지만 아직은 병사의 손이 필요하다. 앞으로 인공지능(AI)을 적극적으로 이용한다고 하지만 그렇게 간단한 문제가 아니다. 오탐률을 줄인다고 해도 그렇게 쉬운 문제가 아니다.

AI 기반의 유 무인 복합체계로 경계 작전을 펼친다고 하자. 그 방안을 국방혁신 4.0 기본계획에 담았다고 하자. 세상이 변해 출생률이 떨어지니까 인구는 급감하게 되고 그 바람에 입대할 수 있는 성인 남성이 줄어들 것에 대한 대비라고 하지만 그것이 다일 수는 없다.

근본적인 경계 작전의 패러다임을 바꾸지 않고는 최전방의 경계는 악순환이 반복되기 마련이다. 경계 작전이 첨단장비 위주가 된다고 하더라도 소수 정예 전담 부대의 몫이지 최전방의 주력 부대인 보병사단의 몫이 아니다. 보병사단은 경계 작전 부담에서 벗어나야 한다. 그래야 제대로 된 교육훈련과 전투력 발휘가 가능하게 된다.

EMP 한방이면 전자장비가 남김없이 훼손된다. 그 대책을 보병사단이 완벽히 전담할 수 있는가? AI 로봇이나 드론, CCTV 등 전자장비로 모든 경계 태세가 끝났다고 할 테지만, 그것은 전력 공급 시설만 타격받으면 먹통이 되어버리는 맹점이 있다. 그럼, 나라 문 닫아야 한다. 누가 뭐라고 해도 최전방 전선을 지키는 병력은 최우선으로 유지되어야 한다. 첨단장비만 시급하게 논할 것이 아니라 경계병들의 환경 개선부터가 우선이다. 어떻게 저 많은 계단을 줄여줄 것인가? 어떻게 추위로부터 저들을 구해낼 것인가? 어떻게 저 지뢰밭에서 벗어나게 할 것인가?

그래도 정치하는 사람들은 제 잇속 불리기에 혈안이다. 세계에서 제일 높다는 대한민국 국회의원 봉급. 최전선에서 받는 대한민국 병사의 월급은? 정치인들은 오늘도 책상머리에 앉아서 정쟁이나 하면서 북한을 이용해 국가의 최전선을 지키고 있는 병사들의 수를 어떻게 감축할까, 그것을 고민한다. 어떻게 병력을 줄여 국방비 예산을 깎을까, 그것을 고민한다.

이미 북한은 그것을 잘 알고 있다. 어느 의원이 국방비 깎아 처먹은 것까지 다 알고 있다. 이렇게 되면 양측 대면병의 적대감은 끝 간 데를 모른다. 당국에서는 홧김에 총질을 할 수가 있어 자제시키지만, 한번 붙었다고 하면 좀처럼 물러서려고 하지 않는다.

대낮부터 시작되는 양측 대면병의 말을 들어보면 소름이 끼친다. 결코 그 누구도 외면할 수 없는 분단의 현실. 그 서글픈 현실이 거기 있었다.

대남, 대북 방송의 취지에 어긋난다, 할지라도 감정이 앞서지 않을 수 없었다. 서로 헐뜯다 보면 언제나 도를 넘기 마련이었다.

-야, 에미나이야. 밥 먹었네? 밥이나 먹고 다니라우. 나는 말이야. 오늘 점심때 소고깃국에다 조림장을 먹었어야. 아주 이제는 소고기가 보기도 싫어야. 남쪽 인민들이 밥도 먹지 못하고 굶어 죽어간다는디 우리만 잘 살면 무슨 재미네. 재미가 없어야. 너희들이 피죽도 못 먹는 거이 누구 때문인지 아네?

-웃기지 마. 너의 수령은 그래서 아주 살진 암퇘지 새끼를 끼고 다니냐. 초등학생인데 인민들 고혈 빨아 얼마나 잘 처먹였는지 살비듬이 피둥피둥하더라. 왜 죽을 때가 다 됐어? 임금 자리 물려주려고 그러는 거야?

-쌍간나 새끼, 못 하는 소리가 없음. 남한 아덜 그렇게 다 비열하네? 건드릴 게 따로 있지. 위대한 수령님의 따님까지…. 너들 통돼지는 어떻고. 그 에미나이가 룸싸롱 출신이라메? 거기 비하면 상수지. 어디서 깝죽거

리네.

—웃기지 마. 내가 오죽하면 애를 건드릴라고. 세상천지 정치판에 딸 끼고 다니는 수령이 어딧냐? 장난하냐? 불쌍한 인민들 끼고 장난해? 거기 놀아나는 놈들이나 아옹하는 놈들이나, 그 애가 뭘 안다고….

—모르면 아가리 닥치라우. 위대한 백두혈통의 거룩함을 반동 새끼들이 어떻게 알간. 그러니 맨날 속는 거 아님. 국방 위원회 민성추 말이야. 너희들 식단이 왜 그런지 아네? 국방비를 깎아버려서 그래야. 그래서 쌀밥에 잡곡이 섞인 기야. 너희들이 맛있다고 먹는 국산 김치. 국산 김치라고 박박 우기지만 중국 김치가 올라온 거이 오래됐어야. 그게 다 국방 예산 깎아 저들끼리 노놔 써서 그런 기야.

—죽어도 그것이 너들 때문이라는 말은 안 하지?

—뭐이? 우리들 때문?

—그 돈 너희들에게 갖다 바치는 거 모를 줄 알아. 너희 여공작원들. 남한 인사들 방문하면 미인계 써서 애 낳고, 협박질 한다는 거 모를 줄 알아.

—무시기 소릴 하고 있는 거임?

—다 알고 있어야. 그런 놈들이 여기서 국회위원 뺏지 달고 쥐락펴락하고 있다는 거 모를 줄 알아. 조만간에 다 밝혀질 거야.

—그거이 우리 쪽 잘못이라는 증거가 어딧네?

—그런 놈일수록 너들 편을 드니까.

—솔직히 너희 쪽 놈들이 통일 어쩌고 하면서 넘어와 애맨 애들 건드려 뒷감당 못 하는 것이라우. 그년들 다 아오지로 보냈어야.

—그래서.

—그런 놈들이 득세하니끼니 쪽팔려서 뒈져블것지?

-그게 길 줄 알아?
　-솔직히 너희들 살을 어떻게 발라 먹을까, 그런 것만 생각하는 반동은 우리도 필요 없다우, 그러니끼니 그런 세상에서 살지 말고 넘어오라는 거 아님메. 생각할 것 없다우. 다시 말하지만, 너희들은 뭐임? 이 더위에 헐떡거리며 우리를 노려보는 거 지겹지도 않네? 어리석은 기야. 그러니께 소고기도 신물이 나 먹지 않는 이곳으로 넘어오라우. 내 특별히 장군동지에게 부탁해서리 안전 보장하겠으니께. 알간?
　-뭘 알아 이 개간나야!
　-아직도 정신 덜 차렸네? 너희들 월급 올랐다며? 그래 월급 더 받으니까 노골노골하네? 그거이 다 표 때문인 기야. 표 얻으려고 잔꾀 부리는 기야. 그래도 우리의 영도자 수령 동무는 그런 잔꾀는 부리지 않아야. 그보다는 크지. 우리 인민들을 위해 불철주야 쉴 틈이 없다우. 우리가 이만큼 잘 살고 있는 것도 지도자 동무의 탁월한 영도력 때문이 아니겠음. 그 수령님의 영도 아래 똑같이 먹고, 싸고, 잘 살고 있으니끼네 너희 대가리 돼지와 비교도 하지 말라우. 낮에 먹은 소고깃국이 다 넘어올라 하니께.
　-야이 똥간나 새끼야. 소고깃국? 엿 먹어라. 무슨 소고깃국? 장마당 진흙 바닥에서 밥티 주워 먹은 거 아니고? 벨도 없냐. 너희들 피륙을 빨아 실진 그 돼지 새끼, 아, 말 나온 김에 하나 물어보자. 뭐이가? 너희들 피륙을 그렇게 빨아 잡수면서 왜 얼굴이 그 모양이네. 얼굴이 부은 거이네? 살찐 거이네? 금방 넘어갈 거 같아야. 인민들 어떻게 살릴까, 고민해서 그렇다고? 아이고야! 예수님, 부처님이 환생하싯나 부다. 그래서 너희들이 그렇게 모시는 거이네? 내일 너희들이 환장하는 소고기 라면과 소고기미역국 한 보따리 보내주려고 했는데 취소해야것다. 보내보라고? 그

럼 몇 봉지 보낼까? 그려. 맛이나 봐. 으메 이거이 남한이다이 할 텐께. 마트마다 넘쳐나. 잘 봐라이. 지금 소대원이 먹고 있는 것이 남한의 소고기라면이다. 보이지? 아, 그러고 보니 못 보겠구나. 너희들 이제야 감시카메라 설치했다메? 그런데 뭐 소고기가 남아돌아? 웃기고 자빠졌네. 오늘 보니 허름한 초소에 페인트칠했더라. 그게 뭐냐? 꼭 변소간같이. 거기다 감시카메라를 자랑하듯 달았으니, 똥개가 지나가다가 멍멍 짖고 있더라. 너희들 남한 사람들 몰살시키려고 핵무기만 만드는데 그거 우리나라 대학생 둘만 모이면 만들 수 있는 것이다. 배 쫄쫄 곯아가면서, 가엾다. 가여워. 언제 정신 차릴래? 장군님이라는 그 돼지 새끼 좀 돈 거 아니냐. 쓰지도 못할 핵만 만들면 뭐 해. 인민들 배가 불러야지.

—야 이 종간나새끼야. 웃기는 소리 말라우. 그래도 그거이라도 가지고 있으니끼네 양키 새끼들이 꼼짝을 못 하는 거이야. 너희들 현재 열 개가 넘는 육군 보병사단이 투입되어 있지비? 휴전선 남방한계선에 만들어진 철책선에 말임메. 너희들 과학화 경계 시스템으로 철책선을 경계하고 있어도 아무 소용 없다는 걸 모르네? 그 시스템 자체가 다 불량품이란 거를 알아야지비. 그걸 빨아 잡수신 게 누군지 아네? 그래도 삶은 대가리에게 정권 빼앗긴 미련둥이는 양반이었지비. 아이고 얼마나 미련했으면 제 어마니가 미련하다고 했것음. 저 아바이 그림자 등에 업고 그년이 정권 잡으려고 할 때 증권가에서 밀어주려고 했는데 그 미련둥이가 노한 거야. 제 아비를 생각해서 난 부정한 돈 싫어요. 그러니까 돈쟁이들이 오, 요년 제법이네! 어디 보자. 그래도 그 미련한 간나가 대통령 되었지비. 그년이나 깨끗했지 다 썩었어야. 그래서 큰손들이 그년을 팽 시켜 버리고 삶은 대가리를 앉힌 거이야. 그러니 조심하라우. 시스템 너무 믿으면 언제 감

전되어 데질지 모른다우. 그거 다 불량품인 거 모르네?

-웃기고 있네. 공부 많이 했네. 그런데 어떡하지? 그런 일도 없지만 설령 있다고 하더라도 그게 자유 대한의 모습이야. 그렇게 자유민주주의는 익어가는 거야.

-야이 종간나 새끼야. 말을 못 알아듣네? 너희들 입만 열면 자유 대한, 자유민주주의라고 하는데 거 자유는 왜 붙이는 거네?

-왜 붙이다니? 자유만큼 소중한 것이 어딨다고.

-야이 쌍간나야. 자유만큼 소중한 거이 왜 없네.

-그게 뭐야?

-인민이지.

-아하, 그래서 인민민주주의로구나!

-맞어야.

-민주주의 안에 인민은 이미 들어간 거 아니냐?

-머시기? 그럼, 민주주의 안에 들어가 있는 자유는 뭐네?

-그만큼 자유가 소중하다 그 말 아니냐. 인민민주주의. 조선민주주의 인민공화국. 이름은 거창하네. 그런데 사상에 눌려 자아 검열을 해야 하는 나라에서 왜 돼지 마음대로냐? 독재 냄새가 풀풀 난다야 크크.

-웃기지 말라우. 억지로 자유 찾는 너희보다는 나아야. 우리는 아주 자유에 이골이 나 그런 거 안 붙인다우. 말할 수 있지만 언제나 말해도 되는 건 아니며, 표현의 자유는 보장되지만, 자유가 언제나 안전하지는 않다는 걸 알아야지비.

-아이고, 그러셔.

-그럼!

2

 이제 천인누금강, 어쩌고 하던 우타가와와의 결투는 눈앞으로 다가왔다. 이영운 중위는 이틀 전 결투에서 오는 긴장감이 풀어져서일까. 임무 수행이 끝나고 GP장실로 들어간 이영운 중위는 바깥출입을 하지 않았다. GP장실로 불러 들어갔던 대원의 말을 들어보았더니 이영운 중위는 책을 보고 있다고 했다.
 이영운 중위가 GP장실을 나온 것은 해가 진 뒤였다. 눈이 시뻘겋게 짓물러 있었다. 김성은 상병은 소름이 끼쳤다. 책을 보고 있다더니 책을 보고 있었던 눈이 아니었다.
 이영운 중위가 이차운 상병에게 위스키를 가져오라고 했다.
 김성은 상병은 눈을 감았다.
 어쩌다 이렇게 되었을까? 결투하고 난 뒤에도 웬만해서는 흔들림이 없던 이영운 중위가 또 흔들리고 있다는 생각이 들었다. 어쩐지 예감이 좋지 않았다.
 갑자기 대원들과 찾았던 창녀촌 생각이 났다.
 왜 갑자기?
 아!
 문득 어젯밤 꿈이 떠올랐다. 이영운 중위의 꿈이 분명했다. 그가 어딘 가로 걸어가고 있었다. 술집이 아니었다. 분명히 창녀촌이었다.
 창녀촌은 GOP에서 얼마 멀지 않은 곳에 있었다. 민통선을 빠져나가면 지저분한 골목이 나오고 오래전에 지어진 적산 가옥이 빽빽이 들어서 있는 곳이 나온다. 아직도 개발이 덜 된 곳이라 일제 때 지은 적산 가옥이 한두 채가 아니었다.

창녀촌으로 가기 전에 이영운 중위는 날이 선 눈길로 쳐다보았다. 너는 부대에 남으라는 눈빛이었다. 같이 가자고 했어도 사양할 판이었다. 창녀촌의 기억이 별로 좋지 않았다. 이곳으로 차출되어 첫 휴가를 나가던 날 호기심에 동료 병사들과 창녀를 찾았다. 골목으로 들어서기가 무섭게 무엇인가 획 날아들었다. 순간 누군가 지분 냄새를 풍기며 모자를 획 낚아챘다. 정신을 차렸을 땐 저만큼 창녀 하나가 희멀건 다리를 내놓고 모자를 흔들고 있었다.

-나 잡아봐라.

어이가 없었다. 모자는 찾아야겠고 달려갔는데 골목으로 들어간 창녀가 모자를 흔들며 담벼락에 붙어 서서 기다리고 있었다.

-모자 주십시오.

창녀가 생글생글 웃었다. 스물다섯 살이나 되었을까. 머리가 길었고 얼굴이 가무잡잡한데 눈이 컸다. 예쁘장한 얼굴이었다.

-군바리 오빠, 빠구리하러 왔어?

-아닙니다.

-아니기는? 나하고 쇼타임 한번 뛸까?

-모자 주십시오.

-에이. 이리 와봐. 모자 줄 테니까.

그렇게 끌려가 처음으로 여자를 안았다. 왜 그렇게 사정이 안 되는지 낑낑거리는데 창녀가 그랬다.

-군발아, 너 처음이야?

처음이었다. 학교 다닐 때 딸딸이는 몇 번 쳐보았고 군대 와서 화장실에서 몇 번 손장난해 보았지만, 여자를 안아본 것은 처음이었다.

-아이고, 거기 아냐. 제대로 넣어봐.

어떻게 넣었는데 사정이 되지 않았다.

-군발아, 왜 이렇게 못 싸니? 시발놈아, 좋은 말 할 때 빨랑 싸라.

어떻게 사정하고 돌아왔는데 그때부터 밑이 이상했다. 다음 날부터 누런 액체가 팬티에 묻기 시작했다.

오줌 누기가 너무 아파 군병에 가니까 임질이라고 했다.

-창녀촌에 갔다 왔어?

군의가 물었다.

-네.

솔직히 대답했다.

-샷구가 있는데 왜 안 꼈어?

콘돔이 샷구라는 걸 그때 알았다.

-처음이야?

고개를 끄덕이며 웃었더니 군의가 처음은 다 그래 하는 표정을 지었다.

-꼭 초짜들이 임질에 걸려 온다니까. 다음부터 샷구를 껴.

-알겠습니다.

약을 무려 일주일 분을 지어주었다.

이틀 정도 먹으니까, 농이 멎었다.

그때의 고통을 생각하면 창녀의 창 자만 들어도 속이 메슥거렸다.

김성은 상병은 침상에 누워 허공을 쳐다보았다. 이영운 중위는 요즘 들어 더욱 대원들을 엄하게 잡는 것 같았다. 직접 총을 들고 생명을 담보로 결투에 임하다 보니 무서운 게 없어진 모양이었다. 사람을 쳐다보는 눈길도 갈수록 매서워지는 것 같았다. 아니 그런 그의 존재가 대원들은 더 무서워졌을지도 몰랐다.

설핏 잠이 들었는데 창녀들과 어울린 이영운 중위가 보였다. 창녀가 상체를 내놓고 팔베개하고 누운 이영운 중위의 입에 입술을 가져다 댔다. 입술과 입술 사이로 술이 넘쳐흘렀다. 창녀는 이영운 중위의 입속에 술을 넣어주고는 가만히 이영운 중위의 눈을 내려다보다가 노래를 부르기 시작했다.

당신을 기다리는 날들이 얼마인지 아세요
언제나 초조한 마음에 밤잠을 설치죠
그러다 깜박 졸음에 빠지기도 해요
아직도 달콤한 사랑의 말들이
머리맡에 떠도는데

다 돌이킬 수 없는 꿈이라고는 말하지 마세요
가늘게 뜬 눈 속으로
어른거리는 물방울
아마도 비가 내리는 것이겠지요

꿈은 계속되었다. 언젠가 본 서부영화가 무대였다. 거기 이영운 중위가 있었다. 바람 부는 황량한 들판, 두 사나이가 마주 바라보고 있었다. 이내 그들이 든 총구에서 불이 뿜어져 나왔다.

석양을 등지고 있던 사내가 그대로 꼬꾸라졌다. 이영운 중위의 머리에서 피가 콸콸 쏟아졌다.

누군가 이영운 중위를 안았다. 이내 이영운 중위가 축 늘어졌다.

꿈을 깨고 일어나자 전신은 식은땀으로 흥건히 젖어 있었다.

3

휴가 나갔다 온 대원 중에서 임질 환자가 두 명 나왔다는 말에 이영운 중위가 필필 웃었다.

-조치했어?

-예.

-체력단련실에 갈 테니까 일이 있으면 그리로 연락해.

-알겠습니다.

MG벙커를 나서는데 이일수 일병이 다가왔다.

-GP장님 어디 갔어요?

-체력단련실에.

이익수 일병은 김준엽 중령이 지뢰밭으로 던져졌을 때 사수 이철 병장을 도와 일을 처리했던 지뢰병이었다. KCTC 훈련(Korea Combat Training Center, 과학화 전투훈련) 이후 바로 GP로 투입되었다는데, GP는 최전방 감시·경계 임무를 수행하는 곳이라 경험과 책임감이 요구되는 곳이다. KCTC 출신이라고 해도 특수한 경우가 아니면 일병이 GP로 배치되기 쉽지 않은데, 그가 다가서더니 한 손으로 입을 가리며 귓속말을 했다.

-그년이 내려왔어요.

-그년? 누구?

-북에서 데리고 내려오던 여판관 말이에요.

-뭐?

-어떻게 내려왔는지 벌건 대낮에 부대로 찾아왔더라고요.

이북에서 내려온 병사들이 창녀촌을 활개 치고 다닌다던 말이 떠올랐다. 그들이 어떤 루트를 통해 제 안방처럼 드나드는지 모르지만, 그녀가 왜 부대까지?

생각이 거기까지 미치자 김성은 상병은 다시 물었다.

-어떻게?

어떻게 통문을 통과했느냐 그 말이었다.

-물론 가짜 신분증으로 들어왔겠지요. 일본 국적으로요.

-그게 말이 돼?

-암튼요.

-이것들이 GOP를 뭐로 보고. 그래서?

-아무튼 들어왔답니다.

-왜 온 거야?

-구미오 준위와 GOP에서 만났다고 하더라고요. 미리 연락이 되어 있었나 봐요.

-구미오?

구미오라면 대원 중에서 그래도 나이가 제일 많은 사람이다. 그래서 룰렛 운영을 거의 맡다시피 하는 사람인데 여판관이 그를 GOP로 찾아왔다?

-왜 그를 찾아?

-판돈의 구전을 늘리자고 했답니다.

-늘려?

-200만 달러에서 220만 달러로.

-뭐?

-220만 달러라면 우리 돈으로 얼마야?

계산해 보다가 김성은 상병을 입을 딱 벌렸다.

-이거 판이 너무 커지는 거 아니야.

-이미 러시아 조폭들도 냄새를 맡았답니다. 일본 야쿠자도 냄새를 맡고 조총련을 조종하고 있는데 어련하겠어요. 우리나라 군부만 모르지 이미 소문이 날 대로 나고 있습니다.

-이거 때려치워야 하는 거 아냐. 윗선에 금방 말이 들어갈 텐데 이거 끝장나는 거 아냐.

-220만이라면 우리로서도 무리라고 하더군요.

-그럼 뭐야? 천인누금강? 그 야쿠자와의 구전을 그렇게 올리자는 거야?

-아닙니다.

-아니라니?

-그 판은 300만 달러로 올리구요. 중간에 한 명이 더 있답니다. 그놈에게 220만 달러를 걸겠답니다.

-그가 누군데?

-뭐 옛날에 이북에서 총포 관리하던 놈이랍니다. 위대한 수령 동지도 신임하는 놈이라는데 총 다루는 데는 귀신이랍니다. 알아보았더니 겁이 없는 놈이라고 해요. 1호 보디가드도 했고요.

-1호 보디가드?

엄청난 놈이 등장했다고 생각하는데 이익수 일병이 못을 박았다.

-그런데 이상한 건 구미오 준위에요.

-왜?

-이영운 중위와 어떻게 약속이 되었는지 그 자리에서 약속을 해버렸다고 하니까요.

-약속을 해? 무슨 약속?

-붙자고 말입니다. 일본 우타가와와의 대결이 며칠 남지 않았는데 모레로 날을 잡았으니 말입니다.

-모레?

김성은 상병은 멍하니 눈을 크게 떴다.

-그렇게 빨리?

-아주 죽지 못해 안달이 난 것 같습니다. 돈독이 오를 대로 올랐구요.

-뭐 믿는 구석이 있는 모양이네?

-총포상을 했고 1호 보디가드였다면 말 다한 거 아닙니까? 알아보았더니 군에 있을 때 특등 사수였다고 해요.

-특등 사수?

-알고 보았더니 그놈도 조총련 소속이었습니다. 그럼, 저번에 왔던 천인누금강 그 자식과 같은 계보 아닙니까?

-그러네. 그럼, 그 자식이 조종하고 있다?

-맞습니다. 아주 판돈을 키우고 있어요.

어쩐지 싶었다.

-자식. 기회를 제대로 노리고 있다는 말이네.

-맞습니다. 천인누금강 무서운 놈인 거 같습니다.

뭔가 불길한 느낌이 다시 전신을 감았다.

이익수 일병이 사라지고 GP로 올랐지만, 불길한 느낌이 가시지 않았다. 천인누금강의 사주? 특등 사수?

안절부절못하고 있는데 이차운 상병이 GP로 들어섰다.

-왜?

하고 물었더니 고개를 홰홰 내저었다.

-소문 들었어?

-무슨 소문?

-1호 보디가드.

김성은 상병은 고개만 끄덕였다.

-이러다 난리 나는 거 아니야?

-그렇다고 지금에 꼬리를 내릴 수는 없잖아.

-어떻게 되려고 이러는지….

이차운 상병이 고개를 숙였다.

-돈이 물이다. 그동안에 생기는 대로 갖다주었는데도 똑같아. 매형이라는 자식 노름에 미쳐서…. 또 누나가 집을 나간 모양이야. 아버지는 골골거리며 누웠고, 어머니는 기억을 잃고 석상처럼 앞만 내다보고 있고. 제기랄 어쩌다 이렇게 되었는지.

그렇게 말하고 이차운 상병은 고개를 푹 숙였다.

4

그들이 그러는 사이 대정읍에서 총포상을 하는 총포상 주인이 통문을 통과했다. 그는 곧바로 이영운 중위를 찾아 MP벙커 안으로 들어갔다. 그의 사업처 총포상은 주로 사냥총이나 낚싯대를 파는 곳이었다. 때로는 구하기 어려운 총을 구해주기도 했다. 일본에 적이 있어 자주 드나드는데 옛날에는 이름깨나 날리던 경찰 출신이었다. 일본의 압력단체도 몇 군데 알고 있고 거물들도 잘 알았다.

그러고 보면 이영운 중위를 안 세월도 꽤 되었다는 생각이 든다.

총포상 주인을 보며 GP장이 반가워했다.

-아이고 GP장님 오랜만이네요.

-한참이지요?

-부탁하신 일도 있고 해서 일찍 찾아뵌다고 하면서도….

-그러잖아도 오실까 했는데, 이리이리 앉으세요. 참 부탁한 문제, 좀 알아보았습니까?

그가 권하는 자리에 앉기가 무섭게 이영운 중위가 물었다.

-아, 그 문제요. 예. 그렇긴 합니다만….

총포상 주인이 눈치를 보며 말했다.

-어찌 되었습니까?

이영운 중위가 괜찮다는 듯이 물었다.

-미츠키라는 여자분의 가문과 GP장님의 가문에 대해서 알아보긴 하였습니다만….

-그랬더니요?

-왜 미츠키의 아버지가 그렇게 GP장님의 가문에 엇가심을 가지고 있었는지 알겠더군요.

-그래요?

이영운 중위는 우타가와 사내가 찾아왔을 때 분명히 뭔가 있다고 생각했다. 그렇지 않고는 휴전선까지 그 사람이 찾아올 리 없었다. 분명히 이것은 우토로에 얽힌 문제고 미츠키와 얽힌 문제였다. 그렇지 않고는 그 사내가 휴전선 최전선까지 찾아올 리도 없고 찾아낼 수도 없는 문제였다. 가문에 대한 뭔가 얽힌 것이 없지 않고는 그렇게 뒷조사를 끈질기게 해 북측으로 넘어올 리가 없었다.

-그런데 말입니다. 두 가문을 조사해 나가다 보니까 이상한 사실이 떠올랐어요.

-이상한 사실?

이영운 중위가 되뇌었다.

-그러니까 우타가와가 찾아온 거 말입니다. 그것도 북을 통해서….

-그래요. 바로 그겁니다?

-그는 룰렛의 존재를 알고 있었던 것 같아요.

-네?

이영운 중위가 좀 놀라는 표정으로 물었다.

-사실 나도 요번에 두 가문을 뒤지면서 놀랐어요.

-그래요?

-헛소리가 아니었습니다.

-예?

이영운 중위가 무슨 말이냐는 듯 되물었다.

-맞습니다.

-뭐가요?

-그놈이 미츠키를 찾아다니다가 미츠키 어머니를 죽인 모양입니다.

그날을 위하여 **239**

-죽여요?

-야쿠자 집단이다 보니 매일 찾아와 미츠키를 내놓으라고 했고 그러다 보스였던 아버지를 죽이고 어머니를 데려가 고문을 했던 모양입니다. 결국은 그녀의 핸드폰까지 뺏어 열어보았던 모양입니다. 거기 통화 중에 이 중위의 말을 미츠키가 했던 모양인데 북측에서 사람이 넘어온다고. 그럼, 거기 네 아버지가 끼어 있을지 모른다고…. 그녀의 어머니는 북에서 넘어오는 사람들이 방문자인 줄 알았던 모양입니다.

-그게 무슨 말입니까?

이영운 중위는 잠시 눈을 크게 뜨고 고개를 갸웃했다.

무슨 말이야? 그러니까 종합을 해보자면 미츠키 아버지는 북에서 내려온 사람들하고 만나 북으로 갔던 모양이고, 그녀의 어머니는 북으로 간 남편을 생각해 거기 네 아버지가 있을지 모른다고 했다 그 말이었다. 그래서 그놈은 눈치를 채고 인민 연락부와 사통해 휴전선을 넘어왔다?

그러면 말이 된다.

-그 뒤 드러난 거는 없습니까?

-그놈 가문이 에도 시대 때부터 칼을 만드는 집안이라고 하더군요.

-칼?

-네. 그때 전쟁이 격화되면서 다양한 형태의 일본도가 등장했고, 사무라이들의 칼을 만들었답니다. 특히 하몬(刃文)과 쓰바(鐔)에서만은 최고였답니다.

-하몬? 쓰바? 그게 뭔가요?

-하몬은 열처리 무늬를 말하고 쓰바는 손잡이 보호대를 말한다고 하더군요.

―그러니까 일본의 유명한 도공(刀匠) 집안이다?

―맞습니다.

―칼 잘 만들기로 후지와라 가문(藤原氏)이 있는데 그에 버금갈 정도였다고 하더군요.

이영운 중위는 다시 눈을 감았다.

―무엇보다 중위님이 가 계셨던 우토로 땅이 그 집안의 땅이었답니다.

―흐흠. 내 조상들의 목이 그놈들의 칼날 아래 있었다? 그래서 미츠키의 아비는 그 집안에 딸을 팔아먹듯이 시집을 보냈고, 아들놈은 북을 통해 제 조상들처럼 인신매매하다가 나를 찾아왔다?

―맞습니다.

그의 대답을 들으며 이영운 중위는 이를 악물었다.

내 앞의 장군님

1

우타가와는 옷을 털면서 눈살을 찌푸렸다.

지금이 어떤 세상인데 이런 나라도 있나 그래. 그러니까 먹고살긴 하지만.

그는 이 나라의 장군님이 있는 궁으로 걸어가면서 하늘을 쳐다보고는 했다. 길옆으로 늘어선 나무에서 꽃잎들이 떨어져 내려 그의 머리를 스쳤다.

그 꽃잎을 보기 위해 길옆으로 다가가다가 그만 무엇인가를 밟고 말았다.

이게 뭐야?

발을 내려다보다가 기겁했다. 아침에 정성 들여 닦아 신은 신발이었다. 그 신발이 노란 똥 무더기를 밟고 있었다.

우엑.

목에서 아침에 먹은 음식 냄새가 올라챘다.

이 나라, 꼭 이런다니까.

이제 북조선으로 온 지 며칠 되지 않았지만 정말 길들지 않는 나라였다.

위생 관념이 전혀 없었다. 뉴스 화면에 등장하는 평양의 도심지 일부분이나 깨끗하지 조금만 벗어나도 도심 한가운데로 오물이 흘러내렸다. 말과 소가 달구지를 끌고 가며 똥을 싸대었다. 사람들도 그랬다. 여기저기 엉덩이를 내놓고 똥을 싸는 것은 예사였다.

시장바닥에는 팔지 않는 것이 없다. 술집 여자는 웃음을 팔고, 옛날의 백정인 도축업자는 소와 고기를 팔고, 어부는 생선을 팔고…. 거기까지는 고국과 다를 것이 없었다. 먹을 것이 없어 거리거리마다 비렁뱅이들이 넘쳐났다. 구리가 금이 되고, 백동이 은이 되고, 개가죽이 초피가 되고, 물건을 팔기 위해 모자지간이 손님과 장사꾼이 되었다.

-허, 근방에서는 이 집 물건이 제일 좋은 거 같네. 이거 얼마요?

어미가 손님이 되어 아들에게 설레발을 치며 사람들을 꾀었다. 바가지는 예사고, 남의 물건을 빼앗아 도망가는 놈, 슬쩍 돈을 빼내 가는 놈, 아버지가 아들의 도둑질을 도와 잡으러 가는 이의 발을 거는 놈들이 득실거리는 나라였다.

거리를 가로지르는 변으로 내려가 우타가와는 신발을 씻었다.

제길.

안 되겠다는 생각이 들어 그는 차를 불렀다.

20분도 되지 않아 차가 코앞에 당도했다.

그는 뒷좌석에 머리를 기대고 멍하니 담배 연기를 뿜어 올렸다.

이 나라를 쥐고 있는 최고의 권력자를 만나면 무슨 말부터 할까?

그의 손에 죽어가는 사람을 그동안 몇 사람 보았다. 생사를 같이하던 사람들이었다. 그러나 살아남기 위해 그들의 돈을 하나로 모을 수밖에 없었다. 조총련의 군자금이라는 명목으로 수령의 환심을 사기 위해 세

명의 목을 걸었다. 그가 함께 일하던 그들을 잡아 처넣어 주었다. 분명히 오늘 만나면 그들을 어떻게 처리해 주면 좋겠느냐고 물을 것이다.

어차피 그 돈은 이 나라의 처녀들을 잡아가 판 돈이었다. 일본의 술집으로 살빛이 좋은 애는 거물의 애물로 남겨두었다.

이를 갈며 동료 하나가 어제 죽었다.

-네놈이 그럴 줄 몰랐구나.

그는 남한 놈들과도 손잡고 중국에서 올라오는 약으로 재미를 보는 놈이었다. 이외의 수익에 오야붕은 어깨를 두드리고는 했었는데, 그 돈이 남쪽으로 흘러들어 가 선거 밑천이 된다는 걸 모르는 사람이 없었다. 그 바람에 눈에 시린 놈이었다. 양다리를 걸쳐 욕심을 부리다가 결국 오야붕의 눈 밖에 났다. 그냥 두고 볼 동료들이 아니었다.

그래도 장례는 치러줘야겠기에 화장 막까지는 따라갔다. 불구덩이 속으로 동료가 들어가는 것을 보자 갑자기 허무하다는 생각이 들었다.

허무. 허무가 무엇일까?

모든 것이 허무하다면 장군님을 찾아가 무엇할 것인가.

남한의 이영운 중위, 보통 놈이 아닐 것이었다. 사람은 눈을 보면 알 수가 있다. 사랑에 넋이 빠지면 눈빛이 흐려진다. 자신의 신기에 취하면 눈에 총기가 붙는다. 그때 사람은 신이 된다. 그놈의 눈에는 그 신이 가득했다.

잘못하면 그놈의 총에 사라질 수도 있다.

정말 그렇게 사라지는 것일까? 화장 막으로 들어가 버린 그 죽음처럼.

총을 맞아 죽은 M을 화장할 때 화부가 말했다.

-어찌시다가?

그는 M을 알고 있었던 모양이었다. 그럴 것이었다. 부하들이 죽어나가면 화장장 출입을 했었으니까 그를 모를 리 없을 것이었다. 그러고 보면 북조선으로 와서도 사람을 많이도 죽였다.

언젠가 M은 술에 취해 말했었다.

-저는 지우갭니다. 인간이라는 흔적을 지워버리는. 흔적도 없이 날려버리는.

그때 왜 M의 연인 모리코 생각이 났는지 모를 일이었다.

놈이 왜 그녀를 지워 버리고 싶었을까.

그때 한국 놈을 따라가 버린 미츠키를 생각했다. 그녀와 그놈을 죽이고 지워버리고 싶었다.

우타가와라는 이름을 두고 굳이 X라고 불리기를 고집하는 것도 그 때문이었다. 어쩌면 할아버지가 이 나라를 배신할 때부터 가문이나 자신은 그때 사라져야 했을지 몰랐다.

언젠가는 보복당할 수 있다는 생각에 무술을 배우고, 칼 쓰는 법을 배우고, 사격을 배웠다. 학교도 다녔다. 사격부에 들어가 국가선수로도 뛰었다.

국가선수가 문제가 아니었다. 동메달을 따고 돌아오는 날 살인 명령이 떨어졌다. 상대는 인삼협을 위협하던 구파의 오야붕이었다.

살인을 밥 먹듯이 하면서 그때마다 화장 막에 누워 이제 살인도 지겹다고 생각하고는 했다. 언젠가는 자신도 자신이 죽인 생명들처럼 이 세상에서 영원히 사라질 때가 있을 것이라 생각했다. 그 지우개에 의해.

그러고 보면 화장장의 장지기가 완벽한 살인자였다. 흔적조차 없애버리는.

잠시 생각에 잠긴 사이 차가 어느 사이에 장군님의 궁에 닿았다.

그가 내리자 장군님이 기다리고 있다가 덥석 손을 잡았다.

-어서 오시오. 우타가와 씨.

-안녕하십니까?

-온다고 수고 많으셨습네다.

궁으로 들어 사진 몇 방 찍고 대화를 나누었다.

-최전방을 돌아보셨다고 해 내레 기대가 큽네다.

-네. 엄청나더군요.

-많이 도와주시라요.

그 말이 이 나라의 처녀들을 부디 많이 잡아가 팔아서 돈을 보내달라는 말로 들렸다.

왜 그때 미츠키가 생각나지 않고 술집 계집이 벌어오는 돈으로 마약이나 하면서 살던 때가 떠올랐는지 몰랐다.

나중에는 아예 마약방의 주인이 되었다. 일본이나 남한 놈들은 약을 공급해 주면 약에 미쳐 어쩔 줄을 몰랐다. 러시아 흰둥이들도 그랬고 미국, 홍콩, 필리핀….

약기운이 떨어지는지 감당 못 할 추위로 몸이 오그라들었다. 다시 헤로인을 촛불에 녹여 찔러야 할 터인데.

어떡할까? 내 앞에 앉은 이 살진 돼지를 잡아먹어 버릴까?

2

어젯밤 술을 마시느라 부엌에서 가져다 놓은 된장찌개가 냄비 안에 한

종바리쯤 남아 있었다. 냄비 뚜껑을 열기가 무섭게 파리 떼들이 달려들었다. 집요하게 달라붙은 놈들을 잡으려고 하다가는 꼭 냄비를 엎고 만다. 조용히 손으로 쫓으며 입으로 떠 넣는 게 상책이다.

술기운에 다시 얼마나 잤는지 몰랐다. 눈을 뜨자 아직 어둠이었다. 문을 조금 열었다. 뜨거운 바람이 몰아쳐 들어왔다. 시간 가는 줄 모르고 잤던 모양이었다.

무슨 꿈을 꾸었더라?

다시 누웠지만 잡다한 생각으로 머리가 지끈거렸다. 이영운 중위는 참 공허하다는 생각이 들었다. 일본의 우토로 마을이 생각났다. 그곳에 있을 때 한국 정부에 무수히 호소했었다. 우리를 버리지 말아 달라고. 우리는 갈 곳이 없다고. 그렇게 한국 정부에 건의해도 잠시만 기다려 달라. 고려해 보겠다 그러면서 온갖 핑계나 대다가 일본 정부를 향해 징용으로 데려갈 땐 언제고 이제 내쫓으려 하느냐며 당신들이 깨끗이 책임을 지라며 고개를 돌려버렸다.

지금도 그곳이 있을까?

오후 4시 30분쯤 귀대했더니 중앙시스템 염도노 소위가 체력단련실에서 나오다가 경례를 했다.

밤 1시 50분.

MP벙커.

긴장감이 돌았다. 이영운 중위를 따르는 대원들과 북측의 대원들만 참석한 자리였다.

이영운 중위가 우타가와의 제자라고 하는 사내를 보았는데 이제 삼십대의 건장한 체격의 소유자였다. 머리를 올백 해 넘기고 코가 우뚝했다.

입이 크고 목이 굵었다. 운동깨나 한 몸이었다. 눈이 날카로웠다.
　사내는 의외로 양복을 말쑥하게 입고 있었다. 그에 비하면 이영운 중위는 형편없는 모습이었다. 군복도 입지 않았다. 아직도 술이 덜 깬 얼굴. 그는 남방 하나를 달랑 걸친 모습이었다. 머리도 부스스하고 수염도 깎지 않아 초췌해 보였다.
　두 사내가 원탁을 마주하고 앉았다. 북쪽 사내는 여유가 있어 보였다. 죽음 앞에서도 두 사내가 저렇게 태연할 수 있다는 것이 김성은 상병은 이해가 되지 않았다. 잠시 후면 누가 꺼꾸려져도 피를 흘리며 꺼꾸러질 것이었다.
　이영운 중위가 남방의 단추를 두 개 풀고 느물거렸다.
　-총을 쏠 줄 아는지 모르겠군.
　-대학 때 사격수였지. 특등 사수였어.
　그 역시 이영운 중위의 간파가 끝났다는 듯이 심드렁하게 말을 받았다.
　-일본인이 아니었나?
　이영운 중위의 물음에 그가 피식 웃었다.
　-나 이북 사람이야.
　이번에는 이영운 중위가 웃었다.
　-대단하군그래. 우타가와 제자라면서?
　사내가 무섭게 입꼬리를 비틀었다.
　-말 많이 들었지. 귀에 못이 앉을 정도로.
　-일구월심 날 죽이기 위해 살았다는 말이로군?
　-물론.
　-하긴. 자신이 있어서 왔겠지? 그럼 우리에게는 우리 대로의 룰이 있

다는 걸 알고 있겠지?

-물론이다.

여관관에 의해 상자 두 개가 들려 나오고 권총 두 자루가 모습을 드러냈다. 한 자루는 사내 앞에, 한 자루는 이영운 중위 앞에. 비로소 이영운 중위의 얼굴에 핏기가 돌았다.

-하하하 역시 대단하군. 화색이 도는 걸 보니.

사내가 웃다가 말했다.

-왜 무섭나?

이번에는 이영운 중위가 능글거렸다.

-실력을 한번 보자. 소문대로인지.

-그렇다면 그 소문은 이제 비극이 되겠지! 그럼 시작해 볼까?

그렇게 되받는 이영운 중위의 얼굴에 비웃음이 떠돌았다.

-네놈에게 죽을 것 같았다면 오지도 않았다.

사내가 말했다.

-오호라. 무사의 오기가 발동하셨군그래.

느물거리는 이영운 중위의 얼굴에 무섭도록 잔인한 미소가 흘러갔다.

-왜 대일본제국에서 나를 버리지 못하는지 몰랐나 보군. 다 사격 솜씨 때문이다. 그 누구도 날 이긴 자가 아직은 없다는 걸 아셔야지.

-내가 잘못 건드린 게 아닌가.

-그렇지. 잘못 건드렸지.

-하하하.

이영운 중위가 웃고는 고개를 끄덕였다.

먼저 지명된 사람은 사내였다. 여관관이 룰을 바꾸어 동전으로 선행을 가리지 않고 총으로 가렸기 때문이었다.

여관관이 두 사람 사이에서 돌린 총구가 사내를 가리키자, 주시하고 있던 사내의 찢어진 눈이 푸르르 떨렸다. 깊게 팬 이마의 주름살과 미관이 꿈틀거렸다.

그 모습을 보고 있던 이영운 중위가 느물거렸다.

-네놈들은 겁이 많아. 한 발 가지고도 벌벌 떨고 있잖아. 그러면서 판을 벌이는 게 용해.

-하지만 더 신난다는 걸 아셔야지. 5회전이면 다섯 발을 박을 수 있으니까, 말이야.

-그렇긴 하군. 그러나 두 발로 5회전을 견딘다면 어떻게 될까?

긴박한 시간이 흘렀다. 두 짐승이 앞에 놓인 두 자루의 총과 각기 지급된 다섯 발의 탄환을 쏘아보았다. 이 판 역시 누가 탄환을 5회전까지 많이 박느냐로 결정 난다.

사내는 한 발의 탄환을 약실에 박았다. 이영운 중위가 그럴 줄 알았다는 듯이 조소를 물자 사내는 묘한 표정을 지었다.

하기야 언제 한꺼번에 두 발의 탄환을 탄창에 박을지 모르는 일이었다.

현재 약실에 장전된 한 발의 탄환. 그가 살 수 있는 확률은 약실에 박힌 탄환을 비껴가는 길밖에 없다.

사내가 천천히 옆머리에 총구를 가져다 댔다. 손가락이 사시나무처럼 떨렸다. 총을 쥔 손의 검지가 방아쇠에 걸렸다.

잠시 시간이 흘렀다. 열기로 후끈거리던 벙커 안이 꼭 유화 속의 풍경 같았다. 하나같이 움직일 줄 몰랐다. 숨소리조차 들리지 않았다. 갑자기 얼어붙어 버린 사람들. 누군가 참지 못하고 갑자기 비명을 내질렀다.

-빨리 당기지 않고 뭐 하는 거야?

그제야 사람들은 깨어난 듯이 웅성대기 시작했다.

-뒈지기가 겁나긴 겁나나 보군.

-어이 한 번 죽지 두 번 죽은 게 아니야. 당겨. 이 겁쟁이야!

사내가 어금니를 씹으며 으아 신음을 내다가 방아쇠를 잡아당겼다. 장전된 총이 이마에서 찰칵 소리를 냈다.

우와!

지켜보고 있던 양 측의 대원들이 환호성을 내질렀다.

식은땀을 흘리며 방아쇠를 당긴 사내의 얼굴에 그제야 핏기가 돌았다.

-으하하하, 대조선 반도 인민공화국 인민도 겁은 나나 보군.

이영운 중위가 능글거렸다.

사람들의 시선이 일제히 이영운 중위의 얼굴에 멎었다.

이영운 중위의 손길은 거침없었다. 그는 이미 탄환 두 발을 약실에 박은 상태였다. 실린더를 돌리는 손이 사람의 손 같지 않았다. 어느 한순간 실린더를 잡았다. 그리고는, 그대로 옆머리에 총구를 갖다 댔다.

찰칵.

소리와 함께 극도의 긴장으로 인해 새하얗게 변해가던 사내의 얼굴이 새파랗게 질렸다.

이영운 중위가 총을 쥔 손을 내리며 희미하게 웃었다. 그리고는, 뇌까렸다.

-한 발 가지고 웬 발버둥인지.

-웃기지 말아. 네놈이 두 발로 끝까지 갈 것 같아.

-물론.

대답하기가 무섭게 사내가 떨리는 손길로 탄환 한 발을 더 약실에 장전하고 실린더를 돌렸다. 그의 이마에 솟은 땀방울이 쪼르르 볼을 타고 흘러내렸다. 그는 오달지게 어금니를 앙다물고 총구를 천천히 옆머리에 갖다 댔다.

 방아쇠를 잡아당기려는 순간 이영운 중위가 손을 들어 그를 제지했다.

 방아쇠를 당기려다 말고 사내가 이영운 중위를 건너다보았다. 그의 눈길은 증오에 불타기보다는 겁에 질려 있었다.

 -죽기 전에 한 곡 들어볼 테냐?

 이영운 중위가 여유 있게 웃으며 악마처럼 말했다.

 -미, 미친놈!

 사내가 떨리는 음성으로 소리쳤다.

 이영운 중위가 천천히 일어났다. 그는 홀 중앙으로 나아갔다. 이영운 중위는 구석에 놓인 기타를 들어 어깨에 메었다. 그는 기타가 울기 시작하자 노래를 부르기 시작했다. 이미 사내는 넋이 나간 상태였다.

 가버린 날들은 언제나 후회뿐이니
 너 죽어가면 검은 깃발 나부끼리라
 누가 네게 향불 사르어 올리리
 누가 네 영혼 거두어 가리
 주여, 이 자를 천국으로 인도하소서
 ……

 노래를 끝낸 이영운 중위가 다시 자리로 와 앉았다. 그는 여유 있게 사내를 건너다보았다.

 －내 노래 실력이 어떤가?

 －미친놈!

 이영운 중위가 다시 웃었다.

 －그대 마지막 가는 길이 외로울까 불러준 임을 위한 장송곡이라네.

 －개자식!

 －어서 당기시지 그러나.

 사내의 검지가 방아쇠에 걸렸다. 그의 손끝이 가늘게 떨렸다. 그의 엷은 입술이 씰룩대는 것을 김성은 상병은 분명히 보았다. 손가락이 천천히 방아쇠에 힘을 가했다. 총구에서 불이 뿜어져 나왔다.

 피윽!

 끝났다. 사내가 탁자 위로 권총을 떨어뜨리고 머리를 처박았다. 맞은편으로 터져 나온 탄피가 벽에 가 박혔다. 피가 분수처럼 쏟아졌.

 이영운 중위는 입가에 튄 피를 혀로 핥으며 냉혹한 미소를 입가에 흘렸다. 그러고는, 일어나 버렸다.

 칵.

 머리를 처박은 사내의 머리 위로 이영운 중위의 침이 날았다. 피에 섞인 침은 정확하게 사내의 뒤 머리카락에 찰싹 달라붙었다.

 증거의 시간

1

갑자기 북측 확성기 방송이 중지됐다. 이게 무슨 일이냐며 말들이 많았다.
-애들 비로소 정신을 차린 거 아냐?
-어휴. 그럴 리가.
역시였다. 얼마 지나지 않아 북측 확성기가 웽웽거렸다. 방송 장비가 오래되다 보니 수리를 했던 모양이었다.
-그럼 그렇지!
그 와중에 김성은 상병은 이영운 중위가 없는 MP병커 구석에 앉아 동정을 살폈다. 대부분이 모여 앉아 이영운 중위가 그렇게 하지 말라던 카드에 열중하고 있었다.
그들은 카드에 열중해 김성은 상병에게 신경을 쓰지도 않았다. 김성은 상병은 GP장실로 다가갔다. 유리창 안으로 동정을 살펴보았더니 안은 텅 비어 있었다. 김성은 상병은 문을 열고 안으로 들어갔다.
창밖으로 모습이 보이지 않게 키를 최대한으로 낮추고 서랍을 땄다. 노트는 그 자리에 있었다. 의자에 앉아 읽을 수가 없었으므로 구석 자리로 갔다. 그곳에서 읽을 참이었다.

어디까지 읽었더라?
아 여기!
그는 바깥을 한번 살핀 다음 노트의 글을 읽기 시작했다.

***

참 알다가도 모를 사람이 김준엽이었다. 그는 분명 나름대로 그만의 비법을 터득하고 있었다.
기타를 가까이하던 그가 어느 날 보여주었던 신기에 가까웠던 모습들. 그것이 그것의 증명이었다.
분명 그것은 빈총이었다. 그는 빈총 실린더를 열고 구멍마다 번호를 볼펜으로 매겼다. 123456. 김준엽 중령은 그 구멍에다 문방구에서 파는 애들이 쓰는 장난감 실탄을 박아 넣었다. 언제나 두 발이었다.
-잘 봐라.
그렇게 말하고는 실린더를 닫고 소리 나게 돌렸다.
피리릭 피리릭….
그런 다음 벽을 향해 방아쇠를 당겼다.
참으로 이상한 일이었다. 한 번을 하거나 열 번을 하거나 그것은 마찬가지였다. 귀신이 따로 없었다.
-봐라. 이번에는 총알이 터질 것이다.

그러면 어김없이 탄환이 벽을 향해 터져 나왔다.

-어떻게 하는 겁니까?

내가 물었다.

-대학을 졸업하고 절로 들어가 명상을 오래 한 적이 있다. 아마 그때 생긴 어떤 초월적 힘이라고 생각한다.

초월적 힘.

그때 나는 몰랐었다. 그 초월적 힘이 곧 느낌이요 그 느낌 자체가 직관이요 본질이라는 것을.

물론 지금도 정확히 그 뜻을 이해할 수는 없다. 한데, 김준엽 중령이 어떻게 해서 그런 과정을 통해 초월적 힘을 가질 수 있게 되었는지는 알 것 같다.

문제는 김준엽 중령이 죽었다는 사실이다. 자신에게 주어진 초월적 힘을 믿다가 죽은 것이다.

어떻게 된 것일까?

그의 가르침을 침착하게 따라가 보자.

약실은 여섯 개다. 그 약실에 한 발을 넣는다.

방아쇠를 당겼을 때 발사될 확률이 어떻게 되는가?

정확히 6분의 1이다. 소수로는 약 0.167, 백분율로는 16.7%다.

이건 생각해 보고 또 생각해 보던 것이다. 그런데 오늘 그렇게 느껴지지 않는 것은 무엇 때문일까?

두 발이다. 두 발을 약실에 박는다면 본능적으로 죽느냐, 사느냐 하는 생각이 들기 때문이다. 죽고 살고가 2분의 1(약 0.5 또는 50%)이다. 2분의 1? 더 생각할 필요도 없이 50%다.

그런데도 두 발을 박는다? 왜?
김준엽 중령이 그려놓은 그림.

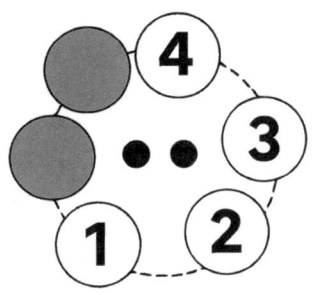

육 연발 권총 약실에 두 개의 탄환이 장전되면 네 개의 약실은 비어 있다. 이건 상상이나 관념이 아니다. 현실이다. 실린더를 무작위로 돌려보자. 운이 좋아 탄환이 없는 약실 1에서 멎었다. 그러면 다시 방아쇠를 당기면 2다. 탄환의 위치를 알 수 있다면 그렇게 네 번을 연속으로 당겨도 죽지 않는다.

이를 정밀하게 계산해 보면, 첫 번째 방아쇠를 당길 때, 탄환이 발사될 확률은 2/6=약 33.3%. 탄환이 발사되지 않을 확률은 6분의 4, 약 0.6667(66.7%)이다.

문제는 방아쇠를 당길 때마다 남은 탄환의 수와 비어 있는 약실의 수가 변하게 되므로, 확률도 함께 변한다는 사실이다. 첫 번째 방아쇠를 당겼을 때의 확률과 두 번째, 세 번째 방아쇠를 당길 때의 확률은 각각 달라진다.

첫 번째 발사 후 탄환이 발사되지 않았다면, 남은 약실은 다섯 개이며, 그중 빈 약실은 세 개, 탄환이 든 약실은 두 개다.

다시 방아쇠를 당긴다면 탄환이 발사될 확률은 5분의 2, 즉 약 0.4(40%)다.

두 번째 방아쇠를 당겼을 때 탄환이 발사되지 않았다면, 남은 약실은 네 개(탄환이 실린 약실 포함). 빈 약실은 두 개. 남은 탄환은 두 개.

다시 방아쇠를 당긴다면 탄환이 발사될 확률은 4분의 2, 즉 0.5(50%)이다.

세 번째 방아쇠를 당겼을 때도 탄환이 발사되지 않았다면, 남은 약실은 세 개. 남은 탄환은 두 개. 빈 약실은 한 개.

다시 방아쇠를 당길 때 탄환이 발사될 확률은 3분의 2, 즉 약 0.6667(66.7%)이다.

네 번째 방아쇠를 당겼을 때 탄환이 발사되지 않았다면, 남은 약실은 탄환이 실린 두 개. 남은 탄환 역시 두 개. 빈 약실은 없다.

다시 방아쇠를 당긴다면 탄환이 발사될 확률은 2분의 2, 즉 1.0(100%)이다.

그럼, 약실에 한 발을 넣는 사람은 어떤가?

한 발을 넣어도 죽느냐 사느냐고 생각하는 사람은, 확률 자체가 2분의 1(50%)이다. 이 말을 뒤집으면 확률은 운이 되어버린다는 말이다. 이것은 계산해 볼 것도 없다.

그렇다면 김준엽 중령은 그것을 알고 있었다는 말이다. 운이 아니었다는 말이 되기 때문이다.

그렇다. 1이나 2, 3, 4에서 실린더를 멈추게 할 수 있느냐는 문제가 운이 될 수는 없다.

그렇다면 그것을 알아내어야 한다.

***

　방아쇠를 앞뒤로 고정시켜 놓고, 약실에 탄환을 박아 실린더를 돌렸다. 그제야 들렸다. 김준엽 중령이 듣던 그 소리가 들렸다. 이것은 장인이 기차의 숨소리만 들어도 그 맥을 짚어내는 이치와 같았다. 유능한 정비공은 소리만 들어도 자동차 어딘가 나쁘다는 걸 안다. 빈 실린더 돌아가는 소리와 탄환이 실린 약실 돌아가는 소리가 틀렸다. 탄환 한 개 박은 소리가 틀리고 두 개 박은 소리가 틀렸다. 한 개 박은 소리가 희미하다면 두 개 박은 소리는 분명했다. 네 개의 공간이 눈으로 보듯이 보였다. 그럼 네 발을 그냥 당겨도 탄환은 터지지 않는다.
　큐브. 눈을 감고 맞추어 내던 큐브. 그때의 느낌. 바로 그것이었다. 거기에 모든 것이 있었다. 소리, 진동, 시간, 손끝의 촉감, 그 촉감을 향해 일어나는 촉수들, 호흡, 호흡의 리듬….
　그 정도 되자 김준엽 중령의 손끝과 눈빛이 떠올랐다. 실린더가 돌 때 그의 모든 신경이 실린더 돌아가는 소리에 가 있었다. 이영운 중위가 어떻게 했느냐고 물었을 때 명상이라고 했다.
　명상. 명상이 무엇인가? 명상은 직관의 세계다. 직관으로 가는 길이란 말을 들은 적이 있다. 그럼, 직관이 무엇인가? 느낌이다. 느낌!
　그럼, 느낌을 개발하면?
　그렇구나! 그게 정답이었구나!
　오늘도 인간들은 묻는다. 인간이 죽음을 앞에 두고 그 느낌을 잡을 수 있는가? 그게 가능키나 한 일인가?
　그것을 이 과정을 거친 자만이 알 수 있다?

현관문 비밀번호 눌리는 소리만 들어도 몇 번인지 알 수가 있다. 전화번호를 돌리거나 눌러도 그 소리를 알아낼 수가 있다.

2

이제 이영운 중위의 결투 일이 내일이다. 더 거세어진 대남 확성기 방송 때문에 밤새 뒤치락거리다가 일어났을 때 아침이 오고 있었다. 저들의 대담 방송 중에서 끔찍한 것은 밤새도록 귀신의 울음소리를 내보낸다는 것이었다. 귀신의 호곡 소리를 듣고 있으면 정말 온몸에 소름이 돋는다. 그런데도 잠이 쏟아지는 걸 보면 희한하다. 더욱이 이영운 중위의 일이 걱정되면서도 잠들 수 있다는 사실이 스스로 생각해도 신기하다. 이렇게 늦도록 잘 수 있었다니. 무슨 꿈을 꾼 것 같긴 한데 분명히 이영운 중위의 꿈은 아니었다.

막 점심을 먹고 막사로 돌아오는데 갑자기 소란스러웠다.

—저 새끼 잡아!

뒤를 돌아보았더니 병사 하나가 한 손에 총을 들고 한 손에 수류탄을 들고 뛰어오고 있었다.

—그 새끼 잡으라고!

뒤에서 주번 하사가 따라오며 소리쳤다.

정신이 없었다. 엉거주춤하고 있는데 병사가 바람처럼 곁을 스쳐 갔다. 따라오던 부사관이 눈을 흘기며 따라 뛰었다.

잠시 후 내무반 안에서 총소리가 들렸다. 주번 하사가 덮쳤던 것이 천

만다행이었다. 이미 입으로 수류탄의 핀을 뽑은 상황이었다.

창밖으로 던져버린 수류탄은 굉음을 내며 터졌고 그 사실이 언론을 통해 보도되었다. 자동소총으로 무장한 병사가 근무하던 생활관에 총기를 난사하고 수류탄을 던졌다는 것이다. 정치권 일각에서는 정전협정 미준수를 지적했다. 국방부는 그래도 무장은 해체할 수 없다고 우겼다. 결국 유엔사령부가 나섰다. 그러나 이미 법 개정은 2014년 9월부터 비무장지대에 중화기를 반입할 수 있도록 관련 규정이 개정되어 있었다. 그때 남북정상회담에서 비무장지대를 실질적인 평화지대로 만들어 나가기로 합의한 마당이었다. 비무장지대를 평화지대로 만든다는 구상은 오늘도 말로만이고 내일도 말로만 끝날 것이었다.

엄밀히 따지고 보면 GP 철거는 간단할지도 모른다. 일주일이면 비무장지대 밖으로 철수할 수 있기 때문이다. 인민군도 이와 비슷하다. 문제는 서로 못 믿는다는 데 있다. 그래서 신뢰가 중요하고 절차와 방법을 마련해야 한다. 서로 군사적으로 손해날 짓은 하지 않을 터이니 그래서 통일은 요원하다는 것이다.

사실 GP병들의 근무 수당은 보잘것없다. 요즘 들어 좀 올랐지만, 룰렛판에 정신을 빼앗길 만도 했다. 몇천 원이라도 챙겨주면 다행이다. 비무장지대로 들어가 받게 되는 특수지 근무 수당을 못 받은 병사가 한둘이 아니다. 당연히 받아야 할 특수근무지 수당을 한 푼도 받지 못하고 전역한 군인이 수두룩하다. 군 당국에서 업무상 잘못을 인정하고 지급하겠다고 한다. 지켜질지는 아직도 미지수다.

설령 수당을 곱과 곱으로 올린다고 해도 안 주면 그만이다. 부대는 올해 12월 안에 미지급된 수당을 신속히 지급하겠다고 하지만, 그것도 받아봐야 받은 것이다.

3

드디어 결투 날이 내일 새벽인가. 6월 6일. 6발 실린더. 6발 탄환. 6회전. 66666.

김성은 상병은 자신도 모르게 시계를 보았다.

밤 12시 1분.

룰렛 시간은 2시.

룰렛은 단 30분 정도면 끝낼 수 있을 것이다.

입속에서 이상하게 이런 말만 떠돌았다.

무한한 시간, 그 속의 압박, 선택의 공포, 그 운명의 아이러니를 어떻게 벗어날 수 있을까?

이영운 중위는 계속 걸었다. 이영운 중위는 익숙하게 약속된 장소로 나아갔다.

이내 MP벙커가 나타났다. 대원 둘이 완전무장 하고 보초를 서고 있다가 길을 비켰다.

MP벙커 안으로 들어서자 아직 룰렛을 하기 전이라 병사들은 준비하느라 제정신들이 아니었다.

이영운 중위는 우단 탁자 맞은편에 자리를 잡았다. 그는 맞은편에 앉은 우타가와의 얼굴을 흘끗 쳐다보았을 뿐 내색하지는 않았다. 우타가와의 얼굴은 흔들림이 없었다. 저번에 볼 때보다 좀 야위어 보였으나 선글라스 때문일지도 몰랐다.

저놈의 선글라스.

속을 보이지 않으려고 쓰고 있는지 모르지만, 답답해 보였다.

음흉한 자식!

선글라스를 벗기고 한 대 갈겨버렸으면 싶었다.

우타가와의 선글라스 속 눈길이 어디로 향하고 있는지 모르겠다는 생각이 들자 더욱 속이 답답해 왔다. 분명히 딴청을 부리고 있으면서도 무섭게 상대를 노려보고 있을 것이었다.

이윽고 뎅 하고 종이 울었다. 뒤이어 팡파르가 울렸다. 사람 목숨이 왔다 갔다 하는 판에 팡파르라니.

2시 정각이 되자 그제야 마이크를 쥔 장내 사회자가 나타났다. 머리에 기름을 바르고 제비처럼 잘 차려입은 젊은이였다.

-에 지금부터 생사를 건 룰렛 게임이 시작되겠습니다. 청 코너. 대일본 제국 우타가와 나가시타.

저승사자 같던 여판관은 어디로 가버린 것이야?

뒤이어 이영운 중위의 소개가 계속되었다.

-홍 코너 대한민국 이영운 중위! 한 발부터 시작합니다. 오늘은 특별히 여섯 발까지 장전됩니다. 6회전입니다. 어차피 상대방은 죽게 되어 있습니다. 총신을 돌려 총구가 겨누어진 쪽이 먼저 시작합니다.

다시 종이 울렸다. 붉은 옷을 입은 여판관이 그제야 엄숙하게 탁자 쪽으로 권총이 든 상자를 두 손으로 높이 쳐들고 나왔다.

김성은 상병은 탁자 주위를 살펴보았는데 방아쇠에 손가락을 건 채 이영운 중위 주위를 서성거리고 있는 대원들이 보였다.

불길한 예감이 머리로부터 내려와 명치 끝에 매달렸다.

물을 마셨으면 하고 생각하는데 갑자기 이영운 중위의 음성이 들려왔다.

-그놈의 시커먼 선글라스 좀 벗으시지, 그러나.

김성은 상병이 보니 이영운 중위가 우타가와의 얼굴을 쳐다보고 있었다.

-왜 답답한가?

우타가와가 물었다.

불길한 예감이 전류처럼 전신을 다시 휘감았다.

여판관에 의해 권총이 상자에서 들어내져 탁자 위에 놓였다.

다시 종이 울렸다.

여판관이 총신을 잡고 비단보가 깔린 탁자 위에서 휘리릭 돌렸다. 총이 빙글빙글 돌았다.

-윽.

게임에 임한 맞은편의 우타가와가 신음을 내며 눈을 뒤집었다. 권총의 총신이 자기 가슴을 향해 겨누어졌기 때문이었다.

이영운 중위가 비시시 웃었다.

-운이 없나 보군. 어차피 죽게 생겼으니. 하지만 걱정하지 마라. 내 생각엔 6회전까지 갈 것도 없을 것 같으니까.

여판관이 마이크를 잡았다.

-자, 1회전이 시작되겠습니다. 먼저 지정된 선수는 총을 집으시오.

우타가와가 총을 집었다.

-약실에 한 발 장전.

약실에 탄환을 박는 손이 떨렸다. 여섯 개의 구멍이 함정처럼 깊어 보였다. 그는 약실에 탄환을 박고 실린더를 닫았다.

-총을 어깨 위로 들어 올리시오.

우타가와가 총을 들어 올렸다.

-실린더를 돌립니다.

우타가와가 실린더를 휘리릭 돌렸다. 그가 한 번 돌리고 말자, 여판관이 고함쳤다.

-총을 내리고 옆머리에 댑니다.

옆머리에 총구가 겨누어졌다.

-공이치기를 당깁니다.

그 와중에도 여판관의 말솜씨가 참 특이하다는 생각이 들었다. 당기시오가 아니라 당깁니다. 옆머리에 댑니다. 돌립니다…. 극존칭을 쓰고 있다는 사실이 긴박감과 공포를 더욱 가중시키고 있다는 느낌이었다.

여판관의 말이 떨어지자, 공이치기가 당겨졌다.

여판관이 호루라기를 입에 물었다.

-호루라기 소리와 함께 방아쇠를 당깁니다.

우타가와가 눈을 한 번 감았다가 이영운 중위를 건너다보았다. 손이 떨리고 있었다. 지켜보는 사람들의 시선도 움직일 줄 몰랐다.

갑자기 우타가와가 사회자를 향해 신호를 보냈다.

이영운 중위가 그를 쳐다보았다. 우타가와가 이영운 중위를 향해 입술을 비틀어 말을 내뱉었다.

-이게 마지막일지 모르니까 할 말은 하고 가야겠군.

-해봐.

이영운 중위가 무심한 음성으로 말을 받았다.

-내가 왜 여섯 발 장전에 6회전을 고집했는지 그 대답을 해주고 가지.

이영운 중위가 무서운 시선으로 그를 쏘아보았다.

-재미가 있을 것이야. 우선 네놈을 어떻게 찾아내었는지부터 말해주는 것이 순서일 것 같다. 너는 물을 테지. 왜 내가 하필이면 가능하지도 않은 휴전선을 통해 넘어왔고 룰렛 판을 자청하고 있는지. 그래. 맞아. 미츠키 때문에 네놈 뒷조사를 시작했지. 돈깨나 들었어. 결국 네놈이 대한민국 최전방의 GP장이 되었다는 걸 알아내었지 뭐야. 그리고 북측과 묘한 장난을 하고 있다는 것도. 그런데 문제가 생겼어. 접근이 쉽지 않더군. 그래서 내가 거래하고 있는 북측 루트를 통하게 된 것이지. 네놈과 거래하던 놈들을 찾아내었고 이렇게 납시게 된 것이야. 이제 이해가 돼?

알고 있었다는 듯이 이영운 중위가 눈을 감았다.

그런 이영운 중위를 보며 우타가와가 말을 이었다.

-원수의 등판에서 날기를 꿈꾸던 년이 있었다.

우타가와가 갑자기 소리를 죽이고 속삭이듯 하는 말에 이영운 중위가 눈을 떴다.

우타가와가 입꼬리를 비틀고 웃었다.

-언제나 달력에 동그라미를 그리던 년이었지. 6월. 나는 그 6자를 볼 때마다 이상하게 저 6자로 인해 내 인생이 결정되리라는 느낌에 사로잡히고는 했다. 왜 6자였을까. 6월이면 핀다는 상사화, 상사화를 알겠지?

-상사화?

이영운 중위가 되뇌었다.

-그래. 한때 네놈이 일본에서 유학하며 살던 곳. 네놈은 그년을 사랑하면서도 악착같이 결혼하자고는 하지 않았다고 하더구나. 배롱나무 밑에 핀다는 그 꽃 말이다. 잎과 꽃이 만날 수 없어 언제나 울고 있다는 그 상

사화 말이다. 묻고 싶구나. 왜 하필 그 꽃이 필 때 만나자고 했었는지? 너희들이 영원히 만나지 못할 것이라는 걸 알고 있었던 것인가?

이영운 중위가 고개를 숙였다. 그는 눈을 지그시 감았다가 뜨며 그를 쏘아보았다.

-나중에야 알겠더구나. 암수가 하나가 되지 않으면 꽃을 피우지 않는다는 상사화. 거기에 얽힌 너희들의 사연을.

그렇게 말하고 그가 크크 웃었다.

-암수가 하나가 된다? 아이고, 숭고하셔라. 사랑의 관념주의자들! 인간에게 그런 휘황한 빛이 있었던가? 난 지금까지 그런 빛을 본 적이 없다. 그년은 그렇게 네놈과 하나가 되기 위해 그 꽃이 필 6자에다 언제나 동그라미를 그렸다는 말이다.

그렇게 말하고 우타가와는 다시 또 크크 웃었다.

-더러운 너희들의 감상에 침이라도 뱉고 싶다만 이해가 안 되는 건 아니다. 그래 바로 지금이 그 꽃이 필 때이지. 그러니까 너의 운명을 6에다 걸고 싶었다는 말인가?

이영운이 잠시 생각하는 표정을 짓다가 고개를 끄덕였다.

-그렇군! 오늘이 6월 6일인가? 묘하기는 묘하네. 거기에다 여섯 발 약실. 여섯 발의 탄환. 거 재밌군. 그렇다면 네놈이 죽어주어야 한다는 말이 아니냐.

이영운 중위의 말을 듣던 우타가와의 입가에 조소가 흘렀다.

-그 말은 내가 할 말이다. 미츠키가 6자에다 동그라미를 그렸다면 이제 그 동그라미를 올가미로 만들어 네놈 목에 걸어주겠다는 말이다.

-흐흠. 네놈에게는 그게 행운의 숫자다?

―이제야 말귀를 알아들으시는군.

―이미 막판까지 간다면 죽음은 맡아 놓지 않았는가.

―하하하 확률적으로 볼 때 마지막이 문제지. 내가 네 발로 4회전을 마친다면 너는 5회전에서 탄창에 다섯 발을 박아야 한다. 다섯 발까지 박고 살아남을 수 있을까. 여섯 개의 구멍, 한 개의 시선, 다섯 개의 시선이 너를 놓아줄까. 그럼 내 죽음을 인정해 주마.

―미츠키가 네놈을 왜 사랑하지 못했는지 알겠구나.

―그것은 내가 할 소리지. 너 같은 놈을 그녀가 사랑했다니. 그러고 보니 맞아. 그년은 역시 날지 못하는 날개 꺾인 새였어.

―듣기 싫구나.

―흐흐흐…. 그러나 짚고는 넘어가야 하지. 그래야 내게 유리하기도 하고. 이제 말해주지. 너의 할아버지. 칼을 만드는 검문방(劍門房) 가문의 종이였지.

―시작하자니까!

이영운 중위는 듣기 싫다는 듯이 소리쳤다.

이영운 중위가 흔들리고 있다는 걸 간파한 그의 입가에 야비한 웃음이 떠돌았다. 그는 전혀 말을 그만둘 태세가 아니었다.

―왜 종이라고 하니까 언짢은 것이야? 하지만 종을 종이라고 하지 뭐라 그러겠는가. 임진란 때 끌려와 우리 가문에서 종질이나 한 것은 사실이니까 말이다. 우리 가문의 칼받이.

―닥쳐라.

김성은 상병이 보니 이영운 중위가 흔들리고 있었다.

―왜 흔들리느냐?

그가 노골적으로 이영운 중위를 꼬집었다.

-이 바보 조센징아, 흔들리라고 하는 말이다. 내 조상들은 너희들을 죽이기 위해 강철을 연마하고 날을 벼렸지. 내 이제 그동안 조사해 본 이야기를 해주지.

그렇게 말하고 그가 필필 웃었다.

-네 8대조 영감이 반역을 꾀했다는 것이야. 족보를 따라 올라가 보니까 네 조상이더라. 그때 알았지. 아하, 네가 일본으로 유학 와 왜 우토로에 머물게 되었는지. 네 조상은 자기가 만든 칼로 내 조상을 죽였다고 해. 감히. 조선의 칼로? 그러나 조센징은 어디로 가든 살 수가 없었다. 왜? 조센징이었으니까. 그 길로 도망을 갔지만 바로 찾아내 죽였다고 하니까.

-이 쪽발이 새끼야, 그게 자랑스럽다니.

이영운 중위가 눈을 치뜨며 씹어뱉었다.

우타가와가 흐흐흐 웃었다.

-맞아. 영광스러운 내 가문의 역사지. 어쩌지? 하나도 부끄럽지 않으니. 그 정도는 되어야지. 예술을 위해서라면. 모든 역사는 마지막으로 예술에 이르러서야 그 이름을 얻는다. 내 조상들은 예술을 위해 신명을 다 바쳤을 뿐이야.

-예술 좋아하네. 부정과 긍정의 협곡이 거기 기다리고 있다는 건 모르나 보지. 그게 예술의 본모습이야. 네놈 조상들의 예술은 어디에 속할까?

우타가와가 필필 웃었다.

-어떤 말도 평계에 지나지 않을 양이면 말이 필요 없지. 그렇다면 이 시대 이야기나 하고 끝내야 되겠군. 네놈은 모를 것이다. 단 한 번만 날기를 원했던 다리 없는 새. 어디에도 앉지 못하고 날기만을 했던. 그년은 경

찰과 나를 피해 이 땅을 떴어. 그년을 찾아 어두운 곳을 몇 해를 찾아 헤매었는지 모른다. 칼을 만들었다. 미치겠더구나. 이 그리움의 실체를 잘라낼 칼을 만들어야 했어. 알겠더구나. 내 조상들이 왜 칼을 만들었는지. 그래. 나는 그 실체를 죽였다. 그년을 죽이고 나서야 알겠더구나. 그 그리움의 실체를 말이다. 그년에 대한 그리움이 나를 미치게 했으니까. 무슨 말이냐 하면 그년을 느끼게 해줄 원수인 네놈마저도 만나보고 싶어지더란 말이다. 이제 네놈마저 가버리고 나면 이 세상은 다시 삭막해질 거다. 이제는 그녀를 추억할 만한 그리움의 실체마저도 사라져 버릴 테니까.

 말을 끝내기가 무섭게 그가 주머니를 뒤지더니 무엇인가를 꺼내 이영운 중위 앞으로 던졌다. 그것은 이영운 중위가 미츠키에게 주었던 노리개의 반쪽이었다.

 그가 비로소 안경을 벗었다.

 김성은 상병은 흠칫했다. 선글라스 속에 감추어져 있던 그의 얼굴.

 흉측했다.

 눈 주위가 온통 흉터투성이었다.

 -네놈이 미츠키를 죽였단 말이냐?

 이영운 중위가 떨리는 음성으로 그의 얼굴을 보며 물었다.

 -그년 모질었지. 흐흐흐 그년이 던진 염산을 제대로 맞았지 뭐냐. 미친년의 마지막 발악이었어. 그것이 그년의 목에 걸려 있더구나. 그 목걸이 말이다. 정말 별난 인연이다. 하지만 이제 조금 있으면 끝나겠지. 묻고 싶구나. 왜 그년이 네게 등을 돌렸는지.

 이영운 중위가 갑자기 하하하고 웃었다.

 -아무튼 잘됐네. 그런데 말이야. 아침에 전화가 왔더군. 미츠키한테

서…. 그녀를 죽였다는데 전화는 누가 걸었지?

이번에는 그가 웃었다. 웃는 눈가가 서서히 붉어왔다.

-이제 돌아가 죽일 것이다.

-이미 날아가 버린 새를?

-아가리 닥치고 죽을 준비나 해라. 얽히고설킨 우리의 인연사 이제 제대로 풀 때가 되었으니까.

-오너라.

우타가와의 입가에 지독한 조소가 물렸다.

그 조소를 보는 순간 김성은 상병은 등이 섬뜩하게 얼어붙었다.

이영운 중위의 미간이 가늘게 움직였다. 얼어버린 쇠처럼 차디찬 얼굴이 허물어지고 있다는 생각이 김성은 상병은 들었다.

우타가와가 사회자를 향해 이제 시작하자는 눈짓을 보냈다.

이내 호루라기 소리가 울려 퍼졌다.

우타가와가 눈을 감고 천천히 방아쇠를 당겼다. 식은땀 한 방울이 그의 엄지손가락으로 떨어지는 게 보였다.

찰칵.

동시에 섬뜩한 미소가 우타가와의 입에서 퍼졌다. 갑자기 벙커 안이 술렁이기 시작했다. 조금 전의 정적은 순식간에 사라져 버리고 미친 듯한 소음이 벙커 안을 메워버렸다.

잠시 이영운 중위가 눈을 감았다.

여판관이 이제 이영운 중위의 차례라고 해서야 이영운 중위는 멀거니 총을 내려다보다가 맞은편 우타가와를 건너다보았다.

이영운 중위가 천천히 총을 집은 것은 잠시 후였다. 여판관의 지시에 따라 실린더가 능숙하게 열리고 탄피가 박혔다.

실린더가 닫히고 총이 허공으로 들어 올려졌다.

-실린더를 돌립니다.

실린더가 돌았다. 손이 실린더를 돌리는데 이상했다. 계속 실린더를 돌리는 것 같은데 실린더가 도는 것인지, 실린더를 돌리는 손이 도는 것인지 김성은 상병은 정신을 차릴 수가 없었다.

이영운 중위가 사회자의 지시에 따라 옆머리에 총을 가져다 댔다.

-잠깐!

앞에 앉은 우타가와가 벌떡 일어났다.

-실린더를 열어보아라. 손이 눈보다 더 빠를 수가 있으니까.

-너무 마술을 많이 보았나 부다.

그렇게 느물거리며 이영운 중위가 실린더를 능숙하게 열었다.

약실을 확인하던 우타가와가 털썩 주저앉았다. 탄환은 정확하게 장전되어 있었다. 그대로 쏘았다면 이영운 중위의 머리가 터져나갈 자리에 박혀 있었다.

이영운 중위가 그제야 슬며시 우타가와를 건너다보며 웃었다. 그러고는 물었다.

-방금 그리움이라고 했느냐?

대답 없는 우타가와의 얼굴이 일그러졌다.

-그렇지. 그리움이란 지울 수 없는 것이지. 문신처럼 말이다.

이영운 중위는 말을 끝내고 실린더를 다시 휘리릭 돌렸다. 이영운 중위는 알고 있을 것이었다. 여섯 개의 구멍. 하나의 시선. 자신이 박은 탄환. 실린더가 도는 사이 그 탄환이 어느 구멍에 있으리라는 것을.

그렇게 김성은 상병은 믿고 싶었다.

철컥.

순식간이었다.

4

-2회전이 시작되겠습니다.

여판관의 지시에 따라 탄환이 약실로 들어갔다가 닫히고 찰칵.

다시 이영운 중위의 차례.

실내에는 정적과 소음이 계속해서 반복되었다.

3회전.

세 발의 탄환이 그들의 생명을 노렸다. 역시 불발.

이내 네 발의 탄환이 약실에 박혔다. 이제까지 보지 못한 광경이라 양측 대원들이 숨을 죽였다.

그래도 승부는 나지 않았다.

단 한 번. 단 한 번만 걸려다오. 그럼, 이영운 중위는 살 수가 있다.

김성은 상병은 침을 꼴깍 삼켰다.

우타가와가 약실에 다섯 발의 총탄을 박았다.

그가 머리에 총신을 갖다 댔다.

김성은 상병은 주먹을 쥐었다. 부르르 몸이 떨렸다.

제발.

찰칵.

드디어 안도의 한숨이 우타가와의 입에서 흘러나왔다. 북측 대원들이 손뼉을 치며 위대한 지도자 동지 장군님을 외쳤다. 그제야 우타가와는 종업원이 가져다주는 독한 위스키를 연거푸 마셨다.

김성은 상병은 보았다. 그의 얼굴에 흘러가는 지독한 조소를.

이영운 중위에게는 두 발이 남았고 우타가와에게는 한 발이 남았다.

이영운 중위가 한 발을 약실에 박았다. 모두 다섯 발.

잠시 여판관이 장내를 정리하는 사이에 작은 실랑이가 있었다. 술에 취한 북측 병사 하나가 결과를 기다리다 못해 오줌을 바지에 싸면서 탁자로 돌진했기 때문이었다.

-이 짐승만도 못한 쌍간나들아. 생명을 유희하다니. 어떻게 장군님이 주신 고귀한 생명을 이렇게 유희할 수 있단 말임메.

북측 대원들이 달려들어 술꾼을 가볍게 제압했다.

이제 시계는 2시 59분을 가리키고 있었다.

김성은 상병은 머리를 내저었다.

그래 아직은 끝나지 않았다. 이영운 중위는 이겨낼 거야.

냉소를 머금은 채 침묵하던 이영운 중위가 서서히 일어났다. 포기하는 것인 줄 착각한 상대방이 이영운 중위를 마주 쳐다보았다. 소란이 일었다.

-포기냐?

우타가와가 물었다.

-이곳에 포기란 없다. 저들을 보아라. 완전무장이다. 왜? 포기를 쏘는 자들이기 때문이지. 그것이 이곳의 법이다.

이영운 중위는 그렇게 말하고 천천히 벙커 중앙으로 나갔다. 그는 구석에 놓인 기타를 메었다.

양측 대원들이 넋을 놓고 이영운 중위를 바라보았다.

기타가 울기 시작했다. 이영운 중위가 자주 부르던 「내 마음의 모습」은 아니었다. 그것은 「아드린느를 위한 발라드」였다. 김성은 상병이 알기에 그 곡은 피아노 연주곡이라고 알고 있었다.

이영운 중위가 마이크를 잡았다. 기타 음을 타고 이영운 중위의 음성이 흐르기 시작했다. 약간은 쉰 듯한 음성. 비음과 섞인 알 수 없는 겹이 느껴지는 애수 어린 음색이 공허한 공간을 향해 손짓하듯, 처절히 절규하듯 그만의 색조를 지니며 퍼져나갔다.

그녀에게 나는 물었지
그리움이 무엇이냐고
그녀가 말해주더군
그리워해도 볼 수가 없고
가려고 해도 갈 수가 없고
지우려 해도 지울 수 없는 것

나는 언제나 거기 있었다
기억의 조각들을 숨기고
그녀의 소리를 들었다
온몸으로 그렇게 그녀와
하나가 되고 있었다

이제 가야 하리라

그리움을 찾아
가야 하리라

노래가 끝나자, 양측 대원들은 얼추 넋이 빠진 모습이었다. 실내는 완전히 정적 그 자체였다. 꼭 얼어붙어 버린 것 같았다. 노래를 끝낸 이영운 중위가 뚜벅뚜벅 발소리를 내며 미소를 머금고 제 자리로 돌아왔다. 그는 천천히 의자를 잡아당겨 앉았다.

이영운 중위는 상대를 한번 건너다보았다. 그리고 약간 젖은 음성으로 말했다.

-이제 시작해 볼까?

이영운 중위는 완전히 평정을 되찾은 냉혈한 같았고 우타가와의 얼굴에는 조소와 살기가 떠돌았다.

이영운 중위는 담배를 한 대 물고 불을 붙였다. 불빛에 돌처럼 굳은 이영운 중위의 얼굴이 한순간 붉게 드러났다. 이영운 중위는 짧은 머리를 뒤로 쓸어 넘기고 상대방의 얼굴에 길게 연기를 내뿜었다. 지독하게 야비한 표정을 이영운 중위는 짓고 있었다.

불안함이 공포가 되어 다시 김성은 상병을 휘감았다.

이영운 중위가 목에 걸린 천인누금강 노리개를 뜯어내었다. 한 번도 벗어본 적이 없는 그 노리개를. 그는 반쪽의 노리개를 우타가와가 던져준 미츠키의 노리개 쪽으로 던졌다. 부러진 두 노리개가 짝을 만난 듯 놓였다.

이영운 중위는 잠시 그것을 무심히 쳐다보다가 실린더를 열고 다섯 발째의 탄환을 박았다. 그의 눈빛이 소리를 따라 흘렀다.

어느 한순간 이영운 중위가 돌아가는 실린더를 잡았다.

그 모습을 보며 김성은 상병은 눈을 감았다. 문득 이영운 중위가 말하던 공명이란 말이 떠올랐다.

그때 이영운 중위가 하던 말.

무슨 말을 했더라?

아아! 맞다! 그 소리에서 우주의 소리를 듣는다고 했었다. 그리고 그 소리와 하나가 된다고 했었다. 공명.

그렇다면 뭔가? 그래. 오늘도 들을 것이다. 실린더를 돌리면서 자기 몸 전체가 온 우주가 되는 소리를 들을 것이다. 그리고 진동이 멈추는 순간, 그 순간을 사랑할 것이다. 거부할 수 없는 본능적 느낌. 직관. 이영운 중위는 알고 있다. 이미 정확하게 탄환이 어느 구멍에 있다는 걸 느낌으로 알고 있다. 그래, 나 같은 것이 어떻게 이영운 중위의 경지를 알 수 있겠는가. 실린더의 운동력. 그 미세한 기계음. 공이치기가 스프링의 힘으로 공이를 칠 때의 느낌, 공이가 탄의 뒷머리인 뇌관을 때릴 때의 그 느낌, 그때 이영운 중위가 느낄 수 있었을 최소한의 미세한 운동에너지….

그러나 갑자기 그는 가고 말 것이라는 생각이 들었다. 사랑하는 여인을 결코 죽이지 못하는 저 미련한 사내를 위해서 그는 가고 말 것이라는 생각이 들었다. 그것이 영원히 하나 됨을 알기에. 말려야 한다는 생각이 들었다.

안 돼.

김성은 상병은 짧게 부르짖으면서 눈을 떴다. 눈을 뜨는 순간 달력에 그려진 붉은 동그라미가 올가미가 되어 이영운 중위의 목을 낚아채는 모습을 보았다. 김성은 상병은 다시 외쳤다.

-안 돼.

실린더를 돌린 이영운 중위가 뒤이어 담배를 입에 물고 천천히 공이치기를 젖히고 총신을 옆머리로 가져갔다. 그의 주위로 담배 연기가 피어올랐다. 안개가 꼭 이영운 중위를 감싼 것 같았다. 무표정한 얼굴. 갑자기 부챗살처럼 붉은 실핏줄이 퍼진 그의 눈에서 눈물이 주르르 흘러내렸다.

피윽!

입을 다물지 못하고 바라보는 김성은 상병의 눈에서 눈물이 주르르 흘러내렸다.

5

머리를 감싸안은 김성은 상병의 어깨를 이차운 상병이 안았다.

그사이에 허겁지겁 사태를 수습하기 위해 대원들이 모여들었다. 국방부에 일이 있어 불참했던 수색대대 중대장 구창모 소령이 달려왔다. 회의가 시작됐다. 정보시스템 분과장 구미오 준위, 김여운 소위, 중앙시스템 책임관 염도노 소위, 이철로 소위, 정보장 김여운 소위, 관리병 염무웅 상병, 지뢰병 이철 병장, 이익수 일병….

겨우 정신을 차린 김성은 상병이 나자빠진 이영운 중위를 보며 이를 갈았다.

-이럴 수는 없어.

-빨리 조처해야 합니다.

구미오 준위가 구창모 소령에게 말했다.

눈물을 흘리며 김성은 상병이 그들을 노려보며 소리쳤다.

-안 됩니다.

-뭐야?

김여운 소위가 소리치는 김성은 상병을 돌아보았다.

-어이 김 상병 왜 그래?

-이 중위님, 지뢰밭으로 던질 순 없다고요.

-저 쌔끼 뭐라는 거야?

염도노 소위가 갈아붙였다.

위기를 느낀 이차운 상병과 이익수 일병이 동조한다는 듯이 김성은 상병의 뒤에 와 섰다.

-아니 안 던지겠다면 어떡하겠다는 거야?

-장례를 치를 겁니다.

-이 쌔끼가 미쳤나?

김여운 소위가 총을 빼 들자 완전히 패가 나뉘었다. 한쪽은 지뢰밭으로 던져야 한다는 쪽. 한쪽은 그럴 수는 없다는 쪽. 두 축이 나뉘었다. 장례를 치르겠다는 측이 김성은 상병 뒤로, 지뢰밭으로 던져야 한다는 쪽은 김여운 중위의 뒤로.

-그럴 수 없다는 걸 알면서 왜 그래? 조사가 들어오면 모두가 아웃이야.

김여운 소위가 소리쳤다.

-입만 다물면 문제가 없다고요. 자살한 것으로 위장하면 됩니다.

김성은 상병이 소리쳤다.

-자살하려면 이유가 있어야 할 거 아냐.

-이유야 충분합니다. 일본인 애인이 변심해 떠났다고 하면 그만이에요.

-안 돼. 위험해.

김여운 소위가 소리치며 앞으로 나섰다.

-이철 병장, 이익수 지뢰병은 앞으로 나서서 시신을 지뢰밭으로 옮겨.

그들이 나서자, 김성은 상병이 총부리를 들어 올렸다.

-움직이지 마세요.

구미오 준위마저 총을 빼 들고 김성은 상병을 겨누었다.

-배신하면 죽음이 있을 뿐이라는 건 알고 있겠지?

-배신이 아닙니다. 의립니다.

-왜 그러나? 김 상병. 김준엽 중령 때도 가만있더니.

-더는 안 됩니다. 이렇게 보낼 순 없어요. 미츠키 형수를 생각해 보세요. 그때 우리는 하나였습니다. 서로를 아끼고 이해했고요. 우리가 지키던 지뢰밭으로 던지자고요. 그리는 못 합니다. 김준엽 중령님만 해도 그래요. 그렇게 보낼 사람이었습니까? 그 사람이 우리에게 어떻게 했는데요. 왜 그렇게 했겠습니까? 왜 우리의 잇속 채워줬냐구요? 총 들고 제 목숨 담보로 앞장섰다고 해서 자기 몫 더 가지지 않았어요. 그건 이영운 중위님도 마찬가지였습니다. 우리는 뭡니까? 아직도 덜 찬 주머니 채우자고 그렇게 죽은 사람을 지뢰밭으로 던지자고요. 더는 안 됩니다. 더는 안 돼요.

광기로 번뜩이던 김성은 상병의 눈에서 눈물이 주르르 흘러내렸다.

-이봐. 사사로운 인정에 끌릴 때야? 그러다 다 죽어. 조사 들어오면 끝난다고.

-조사 들어온다고 해도 겁날 거 없어요. 이 중위님 손에 총을 쥐여주면 그만입니다. 생각해 봐요. 이제 룰렛도 끝입니다. 누가 나설 겁니까. 씨발. 나설 사람 있어요? 김 소위 니가 나설래? 구미오 준위 니가 나설래?

이차운 상병 니가 나설래? 그렇지. 염도노. 염도노 소위. 군인 집안에서 태어난 우리의 용사. 이 중위 살았을 때 그대에게 후계를 맡겼지? 뭐? 싫다고? 내 그럴 줄 알았지. 봤습니까? 봤어요? 우리들의 잇속 채워주기 위해 목숨 내놓고 나설 사람 없다고요. 김 중령님이나 이 중위처럼 그렇게 거룩하게 죽을 사람 없다고요.

-그럼 니가 나서면 되겠네.

김여운 소위였다.

-그래. 날 내세우겠지. 내가 모를 줄 알아. 제비뽑기. 대원 준칙이 그렇잖아. 유사시 제비뽑기로 룰렛 임자를 선정한다. 한통속이 되어 날 뽑을 테지. 김준엽 중령과 이영운 중위 곁에서 많이 배웠잖아 그러면서 날 꼬드길 테지. 누가 모를 줄 알아. 하지만 제비뽑기로 될 일이 아니라고. 그걸 이영운 중위로부터 배웠으니까. 자기 신념이 없다면 한 번에 골로 간다고. 난 그런 신념 없어.

-겁쟁이 새끼!

역시 김여준 소위였다.

-웃기지 마. 난 너희들을 위해 그렇게 거룩하게 싸울 마음이 없어. 씨발, 우리는 군인도 아니야. 제 잇속 차리려고 대한민국 최전선에 처박혀 사기를 치고 있는 굶주린 개새끼들이라고. 이제 끝났어. 만약 이 중위를 지뢰밭으로 던져버리겠다면 내 발로 갈 거야. 불어버릴 거라고.

-아이고 저 골통 새끼. 야이 겁쟁이 새끼야. 총 못 내려!

-그래. 너 김 소위 말 잘했다. 이제 네가 나서라. 우리를 위해 목숨 내놓고 거룩하게 싸워보라고! 저쪽 새끼들과 싸워보라고!

-뭐?

순간적으로 당황한 김여준 소위의 눈이 흔들렸다.

-왜 겁나냐? 이 개새끼야. 이영운 중위와는 동기지? 그런데 찰싹 붙어서는 골을 빼먹었지? 그게 친구냐? 내 잇속 채워주던 친구가 죽으니까, 지뢰밭에 던져버리자고? 그게 친구냐? 그 친구답게 이제 네가 싸워 봐라. 왜 싫냐? 그렇게 데지기는 싫어?

-그만해.

수색대대 구창모 소령이 지켜보다가 소리치며 다가와 고개를 끄덕였다.

-사자는 말이 없다. 좋아. 그렇게 하지. 총을 쥐여줄 것도 없지 않은가. 이 중위가 옆머리에 대고 스스로 쏘았으니. 입만 열지 않으면 끝날 것이야. 우리들의 판도 여기서 끝내자고. 결산은 천천히 하기로 하고.

사건은 그렇게 일단락됐다.

소초병의 눈물

1

　유엔사의 허락이 떨어지기 무섭게 GOP의 통문이 열렸다. 사건의 중대성을 감안하여 즉시로 허락이 떨어졌고 군 수사 당국의 수사관들과 미군 범죄수사대 요원들은 물론 군의관들이 물밀듯이 들어왔다. 이영운 중위의 시신은 미 군의관에 의해 수습되어 군병으로 옮겨졌고 그때부터 세상은 이영운 중위의 죽음에 매달렸다.

　지금 세상에 어이없는 일이 벌어졌다고 했다. 지금이 옛날 90년대냐고 했다. 그들은 1998년에 일어난 김훈 권총 자살 사건의 예를 들며 군을 질타했다.

　김훈 중위의 자살 사건은 아직도 미제(未濟)로 남아 있는 사건이다. 1998년 4월 말쯤 GP 지하 벙커에서 이유를 알 수 없는 자살 사건이 발생했다. 군은 김 중위가 자신의 권총으로 자살했다고 발표했으나 말들이 많았다. 첫째 자살 동기가 불확실했고 사건 현장이 훼손되었다는 점이 그랬다. 그러나 무엇보다도 세인의 의심이 수그러지지 않았던 것은 배후에 북한군이 있지 않으냐는 것이었다. 그때만 해도 북한군과의 내통이 심할 때였다. 1998년 남한으로 귀순한 변 상위의 증언에 의하면 자신이 소속된 부대에만 사십 명 정도의 한국군 접촉 기록이 있었을 정도였다고 진술했다. 그것은 남한 측도 마찬가지였다. 판문점 경비소대의 이 모 하사는 삼십여 차례 북한 초소를 드나든 것으로 확인되었다. 새벽에 북한 초소로 넘어가거나, 그들이 남쪽 벙커로 찾아와 인삼주를 마시거나, 맥주를 마셨고, 독일제 약 등을 가져가거나 가져왔다는 것이다. 이미 군 수사 당국에서는 그 외 몇몇 병사들도 북한 쪽 초소에 드나들며 그들만의 거래가 있었다는 것을 확인했다.

결국 김훈 중위 검시 결과는 자살이었다. 무려 이 재판은 십몇 년간 진행되었지만, 여전히 풀리지 않는 미제사건으로 남았다.

이영운 중위의 사인을 조사하느라 몇몇 대원이 군 수사 당국에 드나들었다. 여전히 세상의 관심은 이영운 중위의 사인에 몰려 있었다. 통문이 열릴 때마다 이영운 GP장의 사인을 조사하기 위한 보도진들과 조사관들이 몰려들었다.

조사가 진행되는 사이 김성은 상병과 이차운 상병은 휴가를 신청해 문이 열리기를 기다려 GP를 빠졌다. 남의 생명을 담보로 돈이 걸렸을 때는 눈을 붉히더니 여파가 미칠까, 하나같이 몸을 사리는 마당이었다.

GP를 벗어나기는 하였지만, 이차운 상병은 여전히 충격에서 벗어나지 못하고 집으로 먼저 가보겠다고 했다.

김성은 상병은 무작정 걷다가 우선 영화관으로 향했다.

차라리 영화나 보자. 지금 내가 무엇을 할 수 있나.

학교 다닐 때부터 생각이 정리되지 않으면 걷거나 영화관부터 찾았던 것이 버릇되어 버렸는지 몰랐다. 어머니가 있는 집으로 가야 할 터인데 극장부터 그는 먼저 떠올리고 있었다.

개봉관에는 못 가겠고 동시상영관을 찾아보자 마침 두 프로 하는 곳이 있었다. 국내 영화「바보의 꿈」이었고 하나는 미국 영화였다. 섹스 영화. 그런데 어울리지 않게 다음 상영 프로가 월켄이 나오는 영화였다.

예전에「킹 오브 뉴욕」이라는 영화를 본 적이 있었다. 감독이 '페라라'였던가? 주인공이 월켄이었다. 월켄이면「디어 헌터」에 나온 배우다. 광고 문구를 보자 눈이 번쩍했다.

구역 탈환을 위해 목숨을 건 룰렛이 시작된다! 누가 뉴욕 밤 세계의 황제로 등극할 것인가?

룰렛이라는 단어가 눈에서 불꽃을 튀겼다.

매표하고 안으로 들어가자,「바보의 꿈」이란 영화가 반쯤 돌아가고 있었다. 시골에 살던 소녀가 도시로 와 공장에 들어가고 고생고생하다가 사랑을 찾는다는 내용이었다.

뒤이어 섹스 영화는 아무 의미도 없었다. 그저 옷 벗은 배우들이 등장하다가 말았다.

「킹 오브 뉴욕」같은 영화가 어디 없나?

그 영화를 봤을 때의 감동이 손에 잡힐 듯이 느껴졌다. 월켄이 출소하고 있었다. 그는 구역 탈환을 꿈꾸고 있었다. 혈투를 벌이기 위해 러시안 룰렛을 선택하고 뉴욕 밤 세계의 황제로 등극한다.

피바람을 원하는 넓은 홀, 귀청을 찢는 음악, 사이키 조명, 그 아래 사나운 짐승들이 중앙에 놓인 긴 탁자를 주시하고 있는 모습이 환상적이다.

그러고 보면 이영운 중위의 얼굴이 월켄의 표정을 닮은 것 같기도 하다. 이영운 중위의 퀭한 듯하면서도 광기 넘쳐흐르는 눈빛. 심장을 얼릴 듯한 냉기.

옛날에 본「디어 헌터」생각이 났다. 마이클 치미노의 작품「디어 헌터」. 몇 연도에 만들어졌는지는 잘 모르겠지만 아주아주 오래전에 본 영화다.

월남전이 막바지에 이른 혼란한 베트남에서 붉은 두건을 머리에 둘러쓰고 이글거리는 눈빛으로 옛 친구 로버트 드니로에게 최후의 러시안룰렛을 제안하는 광기 어린 크리스토퍼 월켄.

갑자기 울컥했다.

김준엽 중령의 차가운 눈빛이 보였다.

이 중위의 숨 막힌 외침이 들리는 것 같았다.

GP에 주저앉아 헬멧을 벗고 울던 모습이 떠올랐다.

살아남았다는 사실이 저주스러웠다.

이 중위의 뇌를 뚫었던 피 묻은 탄피 하나가 손에 쥐어져 있었다. 그 속에 담긴 기억은 군복보다 무거웠다.

밤마다 GP 벙커 안에서 이 중위의 속삭임이 독백이 되어 의식을 물어뜯었다.

그저 살아남기 위해 버텼다. 버티고 버텼다.

언젠가 이영운 중위가 말했다. 아마 룰렛 대원이 되기 직전이었을 것이다.

-야,「디어 헌터」를 한번 봐라. 지나간 것이지만….

김성은 상병은 갑자기 그런 말을 하는 이영운 중위가 그때는 이상하다고 생각했다. 그러면서도 무심히 받아넘겼다.

-그 영화가 언제 적 것인데 난 지나간 것은 안 봅니다.

그때는 뭘 모르고 한 말이었다.

-좋은 영환 인마 세월이 없는 거야. 월켄이란 배우 죽이더라. 그들도 우리와 같은 족속이었어. 보면 배울 것이 많을 거야. 180분이라는 압박 때문에 나도 미뤄두다 방송에서 해주기에서 우연히 보았는데 그 자식 정말 나를 닮았더라.

김성은 상병은 이영운 중위가 왜 그런 말을 하나 하고 생각하다가 보았다. 룰렛 대원이 된 것도 사실 그 영화 때문이라고 해도 과언이 아닐 것이었다.

-중위님이 그 사람을 닮았더군요.

어느 날 「디어 헌터」를 봤다고 하자 이영운 중위가 웃다가 말했다.

-미친 자식, 네 단점이 뭔지 아냐?

-뭔데요?

-다른 사람들은 나를 영웅으로 떠받드는데 넌 나를 너무 과소평가하고 있다는 거다.

-그러다 큰일 나면…?

-그럴지도 모르지.

이영운 중위는 남의 말을 하듯이 그렇게 대답했다.

-하지만 내가 원하는 종자들을 싹 쓸어버릴 때까지는 결단코 죽지 않는다. 내게는 그런 능력이 있으니까. 그들의 도시를 쓸어버릴 거야. 쓸어버리고 나면 이 땅에 제대로 뿌리를 내릴 수 있을 테지.

그러나 그는 죽었다.

진자가 흔들리는 것은 추가 있기 때문이다. 흔들림을 가능케 한 무게,

그것이 바로 추다.

이 중위가 그 추를 붙들고 흔들리면서 죽음을 맞았다면, 동요(動搖)를 유발한 근원은 무엇이었을까?

어쩌면 그는 총을 들 때부터 자신을 되돌아보고 있었을지 모른다. DMZ라는 웅덩이 속에서 삶의 리듬과 균형을 보고 있었을지 모른다.

이 좌우의 흔들림은 외부의 강제력의 소산이다. DMZ라는 웅덩이 속에서 그가 할 수 있었던 것은 체제에 대한 시위와 항거였을 것이다. 총을 든다는 것이 그의 시위였고, 멈춤이 그의 항거였다면 진자의 세계는 이제 끝난 것인가?

솔직히 그의 시위는 나의 핑곗거리이기도 했다. 이영운 중위가 유혹했을 때 마지못한 듯 들어서면서 내가 한 변명거리.

그랬다. 나는 분명 변명거리를 그렇게 장만하고 있었다. 나라를 지키는 군인으로서 무슨 짓거리냐고 손가락질하는 자들에게 나는 그렇게 변명거리를 만들고 있었다. 거대한 강제력에 대한 시위.

우습구나. 몇 푼의 돈에 흔들려 군을 더럽혔던 것은 아니고?

그랬을지도 모른다.

그러나 나는 영악하게 그런 변명거리를 마련하고 있었다. 아니 나만이 아니라 유혹을 뿌리치지 못한 군상들은 그렇게 변명거리를 장만하고 있었다.

아직도 흔들리고 있는 이 흔들림.

보았을까? 김 중령이나 이 중위, 진자의 추가 멈추는 순간 자기 정체성의 모습을 보았을까? 좌우로 흔들리던 추가 제 무게를 내려놓는 순간 그들이 본 것은 과연 자기 정체성의 회복이었을까?

내가 그들처럼 진자의 추를 멈추지 않는 이상 나는 볼 수 없을 것이다. 이 흔들림의 반복 속에서 흔들리고만 있으니 말이다.

영화관에서 나와 역으로 이어진 대로를 벗어났다.

노트에서 보았던 이영운 중위의 글이 계속 머릿속에서 맴돌았다.

그럴까?

그 말을 생각해 보았다. 소리만 들어도 어디가 나쁜지를 안다던. 그렇게 될까?

철길 밑으로 연결된 길을 따라 내려서자, 철로 밑 굴다리가 보였다. 축대 벽에 애들의 낙서가 어지러웠다. 판자촌은 온통 비안개에 젖은 것 같았다. 언 땅이 풀리고 비가 온 것이 어제인 것 같은데 신작로는 먼지가 풀썩거렸다. 골목골목에 쌓여 있는 쓰레기 더미들, 파리 떼, 썩어 가는 오물, 거기에서 뿜어내는 지독한 악취, 생선 뼈를 물고 도망가는 도둑고양이들, 어슬렁거리는 개들이 때를 만난 듯 고양이의 뒤를 따라 뛰었다. 귀신이라도 금방 나타날 것 같은 철길 밑 골목이 참으로 음습하다, 한 발만 잘못 디뎌도 넘치는 흙탕에 바짓가랑이가 젖으리라.

천천히 지붕마다 돌이 얹힌 집들을 향해 다가갔다. 전봇대가 낡고 낮다. 어디서 끌어왔는지도 모를 뒤엉킨 전선들이 보였다.

한때 180가구가 넘게 살았던 곳이다. 형은 이곳에다 집을 얻으며 그래도 좋다고 헤헤거렸다.

연분홍 치마가 봄바람에

1

밖엔 바람이 불고 있었다. 어디선가 밀려온 새벽안개가 아직도 물러가지 않아서인지 부대는 수확을 끝낸 텅 빈 보리밭처럼 살풍경했다.

이영운 중위가 죽은 지도 벌써 7일째.

분명히 군은 변명거리를 만드느라 시일이 필요했을 것이다. 곧바로 이영운 중위의 부모들에게 연락하지 않은 것이 분명했다.

김성은 상병과 이차운 상병은 군병 대기실에서 이영운 중위 부모의 도착을 기다렸다. 보호자가 오는 데 시간이 걸리자, 대원들은 마음이 편치 않았다.

아들의 죽음을 보기가 무섭게 실신했던 이영운 중위 어머니는 문밖에 옹송그리고 앉아 있었다. 넋이 나간 모습이었다. 옹송그리고 앉은 이영운 중위 어머니의 입성이 잊히질 않았다. 그녀는 분명히 노래를 웅얼거리고 있었다.

새파란 풀잎이 물에 떠서 흘러가더라
오늘도 꽃 편지 내던지며
청노새 짤랑대는 역마차 길에
별이 뜨면 서로 웃고 별이 지면 서로 울던
실없는 그 기약에 봄날은 간다

그 옛날 할머니와 부르던 노래. 그 할머니처럼 이영운 중위 어머니는 아들과 함께 살던 곳을 생각하는지 모를 일이었다.

불어오는 바람에 머리카락을 내맡긴 이영운 중위 어머니는 계속해서 노래만 웅얼거렸다.

김성은 상병은 코가 벌침을 맞은 것처럼 매워왔다.

2

-야, 저기 오는 저 여자.

두 병사의 시선이 여자에게로 달려갔다. 큰 키. 아름다운 얼굴. 세련된 걸음걸이. 검은 마후라…. 미츠키였다. 이영운 중위의 여자.

-저 여자가 어떻게?

GOP무도관을 나서다 말고 김성은 상병은 자신도 모르게 중얼거렸다. 아, 그러고 보니 이 중위가 간 지도 벌써 이렇게 지났다는 말인가?

-어떻게 된 겁니까? 형수님. 형수님이 왜 이런 곳에?

-돌아오려고 이 중위에게 전화했었어요. 일본에서 우타가와가 나타나 날 놓아주었거든요. 한국으로 들어오면 GOP무도관으로 오라고 하더라고요. 휴가받아 거기 있겠다고. 이 중위 안에 있어요?

우타가와. 그 자식이 왜 날 풀어주었는지 모르겠다는 표정을 지으며 그녀가 물었다.

김성은 상병은 이차운 상병을 쳐다보았다. 낭패한 침묵이 흘렀다.

-왜 그래요?

이상한 기미를 느낀 미츠키가 물었다.

-그러니까 그게….

-뭐예요 지금?

-바로 우타….

듣고 있던 김성은 상병이 미츠키의 눈치를 힐끗 살피며 더 말하지 말라는 듯 이차운 상병의 배를 주먹으로 찔렀다.

-형수님 떠나고 이 중위님 상심 많이 했습니다.

이차운 상병 대신 김성은 상병이 말했다.

-호호호 그랬을 테죠. 그 사람 나 없인 안 된다니까요.

-늘 술로 사시고….

-아이고 그놈의 술, 어딨어요? 그이. 안에 있는가 보네?

-지금 여기 없습니다.

-없어요?

그때 이차운 상병이 더는 못 참겠다는 듯이 고함을 질렀다.

-이 중위님 자살하셨어요.

미츠키가 뭐요? 하는 표정을 짓다가 호호호 하고 웃었다.

-왜 그래요? 벌건 대낮에….

-농담이 아닙니다. 자살하셨다구요.

이차운 상병에게 머물렀던 미츠키의 눈길이 김성은 상병의 표정을 살폈다. 김성은 상병이 고개만 숙이고 있자 표정이 점차 싸늘하게 변해갔다.

-뭐예요 지금?

두 사람 다 고개를 숙이고 있자 그녀가 중얼거리듯 물었다.

-정말이에요?

그렇게 또 중얼거리다가 그녀는 그 자리에 풀썩 꼬꾸라졌다.

군병 응급실.

울다 지쳐버린 미츠키 옆에 두 상병이 죽을죄를 지은 사람처럼 서 있었다. 겨우 정신을 차린 미츠키가 입을 열었다.

-전 이 중위와 결혼할 때 이로우치카케를 입고 싶었죠. 이로우치카케는 종류가 몇 가지 돼요. 천에 자수를 놓은 자수 이로우치카케, 천 자체를 짜가며 모양을 넣는 오리모노 이로우치카케. 그리고 천에 직접 모양을 그림으로 그려 넣는 유젠 이로우치카케. 그 세 가지 중에서 가치가 높은 것이 오리모노 이로우치카케죠. 전 시로무쿠라고 불리는 하얀 이로우치카케를 입고 싶었어요. 혼례는 첫출발이죠. 그러므로 하얀색을 입는 거예요. 하얀색은 순백의 순수함을 뜻하죠. 순수함을 간직하고 시집을 간다는 의미니까요. 아무 색도 물들지 않았다는 뜻이죠. 순백색으로 상대 집안에 들어가 물이 들겠다는 의미죠. 맞아요. 전 물이 들고 싶었어요. 이 중위에게 물이 들듯이요. 그런데 끝내 입지 못했네요. 이렇게 가버렸으니, 말이에요.

횡설수설하는 미츠키의 말이 끝나기가 무섭게 어디에선가 핸드폰 우는 소리가 들려왔다. 미츠키는 제정신이 아니었다.

-어젯밤에 꿈을 꿨어요. 이상하게 순백색의 시로무쿠가 아니었어요. 새빨간 이로우치카케를 입고 있는 거예요. 이상하게 불길했지만 좋게 생각하자고 했죠. 붉은색의 옷을 입고 시집을 가면 한 번 죽고 다시 태어난다는 속설이 있거든요. 새로운 가정에서 새 삶을 살아간다는 것이 각오죠. 무엇이든 그때그때의 시간을 다 바쳐 새 삶을 살아가야 한다는 각오 말이에요. 순간을 바쳐 각오하고 그리하여 다시 살아야 하는 삶을 살아가게 될 거라고 각오했죠.

핸드폰 전화벨 소리가 점점 가까워졌다.

-전 알고 있었어요. 이 중위가 누구를 사랑하고 있었는지요. 그는 언제나 찾고 있었어요.

김성은 상병이 눈을 감았다.

-그래서 더 이영운 중위를 사랑하게 되었는지도 몰라요. 일본 우토로에서 초등학교 다닐 때 짝꿍 애 말이에요. 그 애를 늘 생각한다는 걸 왜 몰랐겠어요. 미츠키라는 여자. 그 여자를 찾아 헤매는 이영운 중위가 좋았다면 이해할 사람이 몇이나 되겠어요. 하지만 그랬어요. 그가 나를 안고 미츠키를 부르면 저는 미츠키가 되고 싶었으니까요. 그러면서도 언젠가는 이런 날이 오리라는 불안감이 송곳처럼 날 괴롭혔어요.

그만! 하고 김성은 상병은 소리치고 싶었으나 입을 열 수가 없었다.

얼마나 곡진했으면.

-그럴 때마다 전 생각했어요. 이게 우리들의 현실이라고.

김성은 상병은 눈을 뜨고 먼 산등성이를 바라보았다. 송홧가루가 날리고 있었다.

 -미츠키라는 여인을 찾으면서 언제나 제게 말했지요. '미츠키, 이 세상을 살다가 문득문득 내 피와 살이 문드러져 나가는 아픔에 떨 때가 있다. 내가 지켜야 할 것들. 내가 사랑하는 사람들. 그것이 현실이라는 생각이 들 때면. 저들과 살기 위해서는 나도 저들처럼 저들의 피를 원해야 한다는 사실이 내 현실이라는 생각이 들어.' 그때 난 직감적으로 절망을 보았어요. 이제 그녀를 잊어야만 하는 한 사내의 절망을요. 그게 이영운 중위의 현실이었어요.

 -현실?

 김성은 상병은 망연히 미츠키의 말을 되씹었었다.

 -그래요. 점차 그에게는 현실만이 진실이 되어가고 있었지요. 묻고 싶었죠. 도대체 이영운 중위에게 있어 사랑은 무엇이냐고. 이영운 중위가 그러더군요. 그리움.

 미츠키의 눈에서 눈물이 흘러내렸다. 고개를 숙이고 흐느끼는 그녀를 보며 김성은 상병은 자신도 모르게 시선을 떨구었다.

 이영운 중위의 간극, 이곳에서 그가 벌여왔던 간극, 생사를 걸고 증명하려 했던 것의 정체.

 그녀는 잠시 후 또 말을 이었다.

 -이제야 알 것 같아요. 이영운 중위의 사랑, 그 정체를요. 그러고 보면 우리는 그리움의 정체를 찾아 헤매는 새들인지도 모르겠네요. 내가 그 사람을 그리듯이요. 내 아버지를 죽인 원수의 씨앗을 안고 가야 하는 나나 무엇이 다를까요?

 그녀가 고개를 돌려 송홧가루 날리는 산등성이 어딘가에 시선을 붙박았다.

잠시 후 그녀의 입속에서 무슨 소리인가 흘러나왔다. 마른 갈댓잎이 서걱이며 부딪치는 소리 같았다.

사랑한다고 말할 때 알아보았어요
손잡고 웃던 날이 꿈이 되리라고

철조망 너머
꽃이 피면
바람 되어 갈게요
꽃이 피듯 갈게요
……

이영운 중위의 안장은 기약이 없었다. 그 전에 일차 사인이 발표되었다. 김성은 상병은 그들의 발표를 들으며 눈을 감았다. 그날의 사건 현장이 눈앞에 그려졌기 때문이었다.

운명의 추가 흔들릴 때부터 이러한 결말은 정해져 있었다는 생각이 들었다. 누군가 멈추어야 했음에도 이 지경이 되도록 왜 멈출 수 없었던 것일까?

끊어버려야 할 자리에서 끊어버리지 못했다는 자괴감이 다시 솟구쳐 올랐다. 몇 푼의 돈을 위해서든, 나라보다 위대한 긍지를 위해서든, 규정 지어져 있는 틀 속에서 그렇게 항거할 수밖에 없었다는 자기 합리화가 무엄하게 익어가고 있는 마당이다. 운명에 몸을 맡긴 선택의 반복. 끊어야 할 순간에 끊어내지 못했던 우매함. 그런데도 돌아가는 실린더처럼 우리의 일상은 이렇게 돌아가고 있지 않은가.

초등학교 글짓기 시간, 쉼표를 찍어야 할 자리에 쉼표를 찍지 않았는데 그때 여선생님이 말했다.

-성은이 나중에 소설가가 돼야 할 것 같다.

왜요? 하고 그때 물어보지 못했다. 나중에야 알았다. 문장의 결을 살려야 하는 소설 문장에서는 쉼표를 찍지 않는 용기가 필요하다는 것을. 그때 그 허구가 나의 침묵이 되고 진실이 된다는 것을. 인생은 논리가 아닌 것이다. 쉼표를 건너뜀으로써 인생의 숨결을 들을 수도 있는 것이다.

이런 제기랄. 또 이따위 자기 합리화로 나를 속이고 있다니.

그의 죽음에 관계된 짐승들이 입을 열지 않는 이상 이영운 중위의 죽음은 그대로 묻힐 것이다. 자살했다면 자살 동기를 발견하지 못한다는 것도 그 때문일 것이다. 군 수사 당국의 발표는 그날의 현장을 그대로 설명하고 있었다. 이 중위의 왼발로부터 1m 떨어진 곳에 권총이 떨어져 있었고, 그의 오른쪽 머리에 사망 원인인 총상이 있었다고 했다.

의심스러운 점이 몇 가지 있다고 했다. 이영운 중위의 오른손과 왼손에서 화약흔이 동시에 발견된다는 것이다. 그러자, 그가 오른손잡이냐, 왼손잡이냐로 의견이 분분했다. 왼손잡이면 총은 왼쪽으로 떨어져 있어야 한다는 것이다. 오른손잡이면 총은 오른쪽으로 떨어져 있어야 하고.

그 말을 들으면서 김성은 상병은 이를 악물고 무릎에 얼굴을 묻었다.

오른손에서 화약흔이 발견되었다고 해서 총이 오른쪽으로만 떨어지라는 법은 없다. 총알이 그의 오른쪽 옆머리를 꿰뚫는 순간 그는 왼쪽으로 튕기며 넘어졌었다. 그때 오른손에 쥐어진 총이 왼쪽 발아래로 떨어질 수도 있다.

그것이 인생의 추일지 모른다는 생각이 들었다.

인생은 물리학이 아닌 것이다. 정해진 시간. 정해진 단순조화운동(Simple Harmonic Motion). 그 운동이 아닌 것이다. 한 점에 매달려 있지도 않으며, 중력에 의해 움직이는 물체도 아니다. 단순한 물체가 아니다. 살아 있으며 어디로든 움직일 수 있다. 고정된 삶일 수 없으며, 단순조화적 삶일 수 없다. 진자가 법칙에 따라 정해진 대로 움직인다면, 인생은 개척되는 운명을 살아가는 것이다.

DMZ라는 이 웅덩이. 이 웅덩이가 요구하는 것은 규정지어진 삶이다. 이념, 규율, 통제, 반복되는 일상. 그렇게 진자처럼 움직이는 삶이다. 이념의 도구. 그렇지 않고는 체제가 성립되지 않는다.

그러나 인간은 진자가 아니다. 단순조화적 삶일 수 없다. 그러므로 울타리 밖으로 뛰쳐나가려 한다.

뛰쳐나가면 들개가 되고 사살당한다. 그 체제 안에 살아남을 수가 없으므로 그 체제 밖으로 사라져 간 사람의 이야기를 지금 조사하고 있는 것이다.

뻔한 결말인데도 무엇 하나 쉽게 결론이 날 것 같지 않았다.

수사팀이 자살 동기를 밝혀내지 못하자, 사인 규명 토론회까지 열렸다. 재미 법학자는 사입구가 밀착의 형태로 보기 힘들다고 했다. 접사가 아니라 약간 떨어진 상태에서 근접사로 볼 수밖에 없다고 했다.

반면에 자살설을 지지하는 법학자들은 별 모양의 파열과 총구 자국이 있다는 점이 접사라고 했다.

이상하긴 이상했다. 접사든 근접사든 이영운 중위의 오른손과 왼손에서 동시에 화약흔 및 잔여물이 발견된다는 것이다.

두 손으로 쏘았다?

한 손으로 쏘았다?

그래서 누구는 타살이라고 했고, 그래서 누구는 자살이라고 했다. 소위 법학자들이라는 이들이 그랬다. 오른손잡이인 이영운 중위가 왼손에 화약흔이 발견된다는 것은 탄환을 본능적으로 막으려다 생긴 흔적이라는 법학자도 있었다.

아무튼 국방부는 특별합동 조사단을 조직해 재수사를 결정했다고 하였다.

타살로 판명이 날 경우, 부검이 진행될 수 있고, 유족이 거부한다고 하더라도 강제 부검이 있을 수 있다고 하였다.

이틀 후 군병으로 가보았더니 법의학자 여덟 명 중 일곱 명이 자살로 인정했고 그렇게 판명이 나는 바람에 군에서는 그 어떤 혜택도 줄 수 없다는 연락이 이영운 중위의 부모들에게 있었다고 하였다.

그럼, 특별합동 조사단의 재수사는 무엇이고 자살 인정은 무엇인가?

이미 아들의 명예 회복에 절망한 이영운 중위의 부모들이 울부짖었다.

-아들 장례식이라도 치르게 해주십시오. 저 찬 냉동고에 내 아들을 계속 눕혀 놓을 수는 없어요.

밖에는 바람이 불고 있었다. 한 가닥 바람이 창을 타고 넘어와 옷깃을 흔들고 머리카락을 흔들었다. 김성은 상병은 미츠키의 말을 떠올렸다.

원수의 씨앗이란 말이 송곳이 되어 폐부를 찔렀다. 눈물에 뒤범벅된 머리카락 몇 올이 그녀의 입가에 물려 있었다.

3

이영운 중위의 아버지와 어머니가 앞장을 서고 미츠키와 대원 몇이 그 뒤를 따랐다. 천천히 꽃으로 장식된 이영운 중위의 관이 화구로 들어갔다.

아들을 찾는 아버지의 음성이 들려왔다.

-아들아.

이영운 중위 어머니의 울음소리가 들려왔다.

불이 붙기 시작했다. 검은 연기와 불길이 솟아올랐다. 돌처럼 굳어버린 이영운 중위 아버지의 눈에서 눈물이 흘러내렸다. 아들의 죽음을 내려다보며 말을 잃은 아버지였다. 어머니는 실신해 버렸고 미츠키가 그녀를 안고 넘어졌다.

-영운아.

이영운 중위 어머니의 처절한 목소리를 들었다.

평소 그가 부르던 노랫소리가 기억났다.

아무 말 하지 말자 6월 어느 날
바람이 일으킨 모래 같은 하얀 구름 속으로
이제 새벽 동이 터온다

두 눈을 감고 소원을 빌어보자
돌 아래 돌로 된 돌거북이가 있으니
숨을 죽이고 더듬어서 찾아보자
어쩌면 낙원에 이르는 길을 가르쳐 줄지도 모르지

이제 가려 한다오

사랑하는 사람의 손을 잡고

늘 그리던 곳으로

늘 가려던 곳으로

끝

작가의 말
- 죽음과 삶의 본질을 가르는 사랑 없이,
하나가 될 수 있을까요?

   그동안 다른 글 쓰느라, 해오던 작업을 하지 못했다. 오래전에 『등대의 불 밝히기』를 썼고 『공명조가 사는 나라』를 썼는데, 그 연장선상으로 쓰던 작품이 이 작품이었다.
   마무리를 하지 못했었는데, 이청준 선생님이 살아 계실 때 『공명조가 사는 나라』를 읽으시고 뭔가 아쉬워하시던 모습을 잊을 길이 없다. 언젠가 완성해야 된다고 생각하면서도 이제야 완성을 보았다.
   빚은 좀 갚은 거 같기도 하고.
   내게는 본시 문학적 두 기둥이 있었다. 불교와 분단이었다. 불교사상은 내 정신을 살찌우는 자양분이었고, 분단은 내 삶의 지표였다. 분단된 국가의 자식으로서 당연히 내 눈은 그곳에 가 있을 수밖에 없었다.

   한반도는 용이다. 머리가 두 개 달린 용. DMZ는 그 몸의 역린이다. DMZ는 그들에게도, 우리에게도 건드려서는 안 될 용의 역린이다. 금기의 공간. 그 속에 우리가 풀어야 할 숙제가 있다.

그러나 그 공간은 아직도 한반도라는 지리적 공간에 갇혀 있다. 어떻게 살아 숨 쉬는 공간으로 만들어 나갈 것인가?

나는 희망하고 있다. 결국은 분단의 상징 DMZ가 금기의 틀을 벗고, 경계의 틀을 벗고 승천하리라는 것을.

오늘도 생각해 본다. 용의 비늘 사이에 앉은 사람들을. 용의 역린은 이 나라에만 있는 것이 아니다. 비늘과 비늘 틈새에 모여 앉아 존재의 본질을 보려는 사람들은 어디에나 있다.

존재의 본질은 흐름이다. 그것이 이 우주의 본질이다. 그 흐름 속에 모든 것이 있다.

여기 두 전사가 있다. 하나는 흐름을 리듬과 구조로 구현하려는 자이며, 다른 하나는 사유의 칼날로 우주의 심장을 해부하고, 이론과 수식으로 존재의 본질을 밝히려는 자이다.

그들로부터 죽느냐? 사느냐? 하는 존재의 문제가 시작되었다. 그들이 증명하려 했던 흐름은, 시간, 생명, 우주, 인간의 선택까지 모두를 아우르는 개념이요, 그 흐름 속에서 인간은 단순한 수동적 존재가 아니라, 흐름을 가늠하고 해석하는 능동적 존재로 거듭나고 있다.

그러므로 그들에 의해 이 세계는 존재한다. 흐름을 가늠한다는 건 존재의 방향성과 의미를 탐색하는 일이며, 우주의 언어로 흐름을 해석한다는 건 존재의 이유를 밝히는 작업이다.

그들의 현현은 이미 규정 지어져 있다. 해답은 그들의 숙명이다. 운명적으로 해답에 이를 때까지 매질당한다. 흐름을 가늠하는 자는 반복에 지쳐버리고, 흐름의 존재를 밝히려는 자는 현실의 경계에 지쳐버린다. 결국 그들은 해답을 위해 결정의 순간을 맞이한다. 그들은 생사의 문제에서 해답을 찾는다.

 이 화두가 모순적인가? 그 운명의 압박 속에서 생과 사의 모순에 걸려 있고, 해답은 방아쇠에 있다는 이 화두. 관념 유희이기 전에 선택의 상징이자, 인간의 자유 의지에 대한 질문이다.

 글을 쓰는 내내 느끼한 세상의 중심에 내가 있다는 생각을 했다. 꿈과 현실, 시간과 죽음, 기억과 해탈 사이로 오늘도 죽음의 신은 킬킬거리며 노려보고 있고, 한 발의 총성은 우리들의 무관심 속으로 달려온다. 비늘과 비늘 사이(鱗隙)에 앉아 세상을 조롱하는 이는 너인가? 나인가?

 생사 앞에 선 내 생은 너무 느끼하지만, 순리에 따르지 않고 물살을 거슬리는 역어(逆魚)처럼 살다 보면 흉물이 된다. 변하는 것은 세계가 아니라 나라는 것을 미물이 어찌 알겠는가.

백금남

디엠지
나이트

초판 1쇄 발행 2025. 11. 8.

지은이 백금남
펴낸이 박종순
펴낸곳 피플워치

편집진행 김재영
디자인 최다빈
마케팅 송송이 박수진 박하연

펴낸곳 피플워치
등록 제2023-000054호
주소 서울특별시 은평구 갈현로 47가길 1-7

제작 BarunBooks Co., Ltd.

ⓒ 백금남, 2025
ISBN 979-11-984047-5-6 03810

- 파본이나 잘못된 책은 구입하신 곳에서 교환해드립니다.
- 이 책은 저작권법에 따라 보호를 받는 저작물이므로 무단전재 및 복제를 금지하며,
  이 책 내용의 전부 및 일부를 이용하려면 반드시 저작권자와 도서출판 바른북스의 서면동의를 받아야 합니다.